मास्टरबा

उपन्यास

कुमार विक्रमादित्य

अंजुमन प्रकाशन

अंजुमन प्रकाशन
942, मुट्ठीगंज, प्रयागराज-3 उत्तर प्रदेश, भारत
www.anjumanpublication.com
contact@anjumanpublication.com

प्रथम संस्करण अंजुमन प्रकाशन द्वारा 2021 में प्रकाशित

आवरण व टाइप सेटिंग : अंजुमन प्रकाशन

ISBN : 978-819530-458-5

यह पुस्तक उन सभी शिक्षकों को समर्पित है
जो अर्थाभाव में रहकर भी समाज के कोने-कोने तक
शिक्षा के अलख को जगाने का प्रयास कर रहे हैं।

दो शब्द

बीतते वक़्त के साथ बदल जाना प्रकृति का नियम है पर अपने मूल पथ से भटक जाना किसी भी समाज के लिए अच्छा नहीं माना जाता है। यह उपन्यास समाज के अंतिम पायदान पर खड़े उस सरकारी नौकर का है जिसे ''मास्टरबा'' से संबोधित किया जाता है। समय बदला, शिक्षा के प्रारूप बदल गये- जहाँ पहले गुरुजी गुरुकुल में रहकर शिक्षा देते थे, दायरा बढ़ा, शिक्षा गुरुकुल से निकलकर आम-जन तक पहुँचने लगी। गुरुकुल का स्थान विद्यालय ने ले लिया और गुरुजी शिक्षक बन गये। जब शिक्षकों की संख्या बढ़ी तो छात्र भी बढ़े, शिक्षकों के ऊपर जब दबाव बढ़ना शुरू हुआ तो वह ''मास्टर'' बन गये या यूँ कहें कि शिक्षकों ने अपनी ज़िम्मेदारी से भागना शुरू कर दिया तो समाज ने उन्हें ''मास्टर'' कहना शुरू कर दिया।

वक़्त बदला सरकार ने शिक्षा को अंतिम पायदान पर रखना शुरू कर दिया, उसने नियमित शिक्षकों की जगह नियोजित शिक्षकों को बहाल करना शुरू कर दिया। नियोजित शिक्षकों की बहाली इस तरीक़े से हुई कि समाज ने उन्हें स्वीकार करना उचित नहीं समझा। इधर विद्यालय के लिए पढ़ाई द्वितीयक हो गया जबकि पैसा बाँटना प्राथमिक।

अब नियोजित शिक्षकों को चौतरफ़ा लड़ना पड़ रहा था- एक तरफ़ अपने पदाधिकारी से जो नियोजित शिक्षक को अस्तित्वहीन समझते थे, दूसरी तरफ़ नियमित शिक्षक जिसे नियोजित शिक्षक फूटी आँखों से नहीं सुहाते थे, तीसरे प्रधानाध्यापक जो अपनी कुर्सी को कमाने का ज़रिया समझते थे और चौथे समाज से जिसने इसे ''नियोजित मास्टर'' फिर ''नवका मास्टर'' और अंत में ''मास्टरबा'' कहना शुरू कर दिया था।

यह उपन्यास हिन्दुस्तान के सभी राज्यों के उन शिक्षकों की कहानी है जिसे आप आसानी से सभी जगह देख सकते हैं, महसूस कर सकते हैं। आप जैसे-जैसे उपन्यास के अन्दर डूबते जायेंगे आपको लगेगा कि यह कहानी तो मेरी है, मेरे बग़ल वाले मास्टर साहब की है। हाँ, वो अलग बात है कि वर्तमान परिस्थिति में जूझ रहा है अपने अस्तित्व के ख़ातिर आज का मास्टर, जिसे अपनी पहचान छिपानी पड़ती है इसलिए क्योंकि आर्थिक अवनति के कारण समाज को उसे

स्वीकारने में असहज लगता है।

प्रस्तुत उपन्यास को मैंने किसी ख़ास स्थान का नाम नहीं दिया है क्योंकि मुझे लगता है कि ऐसा करना उन पाठकों के साथ बेईमानी होगी जो उस क्षेत्र-विशेष के नहीं होंगे। परन्तु आज का शिक्षक, नवका शिक्षक, नियोजित शिक्षक, चार हज़ारिया शिक्षक, दस हज़ारिया शिक्षक, पारा शिक्षक और न जाने कितने वर्गीकरण हैं जिसे आप उपन्यास के अन्दर देख पायेंगे जो उत्तर भारत के कई राज्य ख़ासकर बिहार, झारखण्ड, उत्तर प्रदेश, दिल्ली जैसे राज्य में तो आसानी से मिल ही जायेंगे, लेकिन भारत का शायद ही कोई ऐसा राज्य हो जहाँ किसी न किसी रूप में यह विचित्र प्राणी आपको विचरण करते न मिल जाये।

यह उपन्यास लगभग पचास वर्षों के इतिहास को समेटे एक ऐसे जीवट शिक्षक की कहानी है जिसने समाज के हर एक पहलू को छुआ है। हर एक सोच को जीवंत करने की कहानी है इस उपन्यास के अन्दरः कैसे एक कर्तव्यनिष्ठ मास्टर को ईमानदारीपूर्वक काम करने में समाज, प्रधान और पदाधिकारी से जूझना पड़ता है। भ्रष्ट आचरण अब समाज के लिए कोई नयी बात नहीं है, समाज ने उसे अब अपना हिस्सा मान लिया है। सच तो सच ही होता है लाख कोशिशों के बावजूद कुंदन बाबू को कोई उनके पथ से हटा नहीं सका और अंततः उसका साथ मिल ही गया जिसके लिए उसने ''तबे एकला चलो रे'' के राह पर चलना सीखा।

मास्टरबा

अगर दूर से आता कोई शख़्स जिसके हाथ के दस-टकिया झोले में कुछ फ़ाइल, रजिस्टर व कुछ काग़ज़ात नज़र आयें तो उसे एक नज़र ज़रूर देखें। बार-बार फ़ाइल को खोलते फिर रखते, कभी कुछ लाइन को लिखते कभी काटते, कभी पन्नों के बीच कार्बन में पिन लगाते तो कभी पान की डिब्बी को निकालते लगाते और साथ बैठे लोगों से नज़र बचाकर उसे अपने मुख में डालते। अगर पाँच रुपया बचाने के लिए पाँच किलोमीटर चलना पड़े तो उनके पैर में ऐंठन तक नहीं हो, शादी में मिला कोट केवल पंचवर्षीय योजना की तरह एक बार योजना आयोग के सामने पेश हो, साइकिल चलने पर खर्र-खर्र की आवाज़ इतनी हो कि घंटी की आवश्यकता ही ना पड़े, निःशब्द सड़क पर चप्पल की फटर-फटर इतनी हो कि डर से कीड़े-मकोड़े रास्ता छोड़ दें तो समझ लो कि आप उस विचित्र प्राणी को एकदम सामने से देख पा रहे हो जिसे "हेडमास्टर" कहते हैं।

हालाँकि हेडमास्टर कभी मास्टर ही था, बाद में कई वर्षों तक झोला ढोते-ढोते वह इस पद को धारण करता है जो उसके जीवन की अंतिम उपलब्धि होती है। छः महीने या साल भर का उनका कार्यकाल होता है, विरले ही ऐसे होते हैं जिन्हें ज़्यादा दिन की कुर्सी नसीब होती हो और अतिविरले वो होते हैं जो अधिसूचित प्रधान होते हों। अगर ऐसे होते भी हों तो उनके ज़िम्मे दो-चार प्रखंड की व्यय और निकासी का ज़िम्मा होता है। अब आप ख़ुद सोच सकते हैं कि उनकी महानता कितनी होती है कि बिना किसी विद्यालय गये, बिना जाँच किये

सभी के रजिस्टर पर हस्ताक्षर करना, बिल बनाना और पैसे का लेखा-जोखा रखना सब ऐसे देख लेते हों जैसे महाभारत के ख़त्म होने के बाद संजय की दिव्यदृष्टि उन्हें ही विरासत में मिली हो।

आनंद ने बग़ल वाले विद्यालय में जब दाख़िला लिया था तो सबसे पहले उसकी नज़र संस्कृत शिक्षक से ही लड़ी थी। जब उसने शिक्षक के पैर छुए थे, दिया गया आशीर्वाद अब भी उसके दिल को सुकून देता है या यूँ कहें जब कभी भी मुसीबत में या द्वन्द उस पर हावी होता है उसे वह वाक्य अन्दर से ऊर्जा देता है।

समय पर विद्यालय आना, अपने वर्ग में ब्रह्मवाक्य-सा कभी ना चूकना उन्हें अपना आदर्श मानने के लिए काफ़ी था। संस्कृत के श्लोक वैसे भी ज्ञानवर्धक होते हैं अगर सही से उसका रसास्वादन किया जाये। शायद यही कारण था कि आनंद प्रतिदिन विद्यालय समय से जाता और आकर अपना गृहकार्य करके ही अन्य कार्य को हाथ लगाता। माँ अक्सर कहती, "बेटा पहले खा ले फिर पढ़ाई करना।" पर उसे तो जैसे धुन सवार होता पढ़ने की, "नहीं माँ! हमारे संस्कृत वाले शिक्षक अक्सर कहते हैं- "पहले विद्या कार्य, फिर अन्य कार्य।"

"अच्छा बाबा और क्या कहते हैं तुम्हारे शिक्षक? क्या उन्हें पता नहीं कि पहले आहार फिर विद्याहार? भूखे पेट तो हरि भजन भी अच्छा नहीं लगता, ये तुम्हारे शिक्षक को नहीं पता क्या!!"

"नहीं माँ हमारे शिक्षक ऐसे नहीं हैं जैसा तुम समझती हो, पर मुझे न जब तक गृहकार्य नहीं होता तब तक कुछ करने का मन ही नहीं करता है। बस माँ एक घंटे की तो बात है फिर मैं तेरी सारी रसोई ख़त्म करने आ रहा हूँ, बस तुम फुल्के तैयार रखो।"

माँ ने अंगीठी पर तवा चढ़ाया और आटा गूँथना शुरू ही किया था कि आनंद ने ज़ोर-ज़ोर से संस्कृत के श्लोक पढ़ना शुरू किया। कभी पूरा पढ़ पाता तो कभी आधे से वापस आता, फिर आगे बढ़ता।

आनंद का पिता था "दिग्विजय", हट्टा-कट्टा जवान माँसल शरीर और छः फ़ीट लम्बाई। देश की सेवा के लिए काम कर रहा था पंद्रह वर्षों से लगातार, वाघा बॉर्डर से मैकमोहन रेखा तक की दूरी उसने नापी थी अपने कार्यकाल में। गाँव में एक अच्छी इज़्ज़त थी उसकी क्योंकि गाँव के उसके उम्र या उसके शाम

की मजलिस में साथ देने वाले को मुफ़्त में सोमरस का प्रबंध हो जाया करता था, वो भी देशी-विदेशी सभी। दिग्विजय जब भी आता था अपने साथ कई कार्टन लाता, कुछ कार्टन में घरेलू सामान होते जो उन्हें कैंटीन से मिल जाया करते थे और कुछ कार्टन में केवल और केवल शीशे की बोतलें होतीं जिसे दिग्विजय अपने सामने गाँव के युवकों से दरवाज़े पर पूरी सुरक्षा से रखवाता। फिर जब तक गाँव में रहता उसकी चाबी दिग्विजय के पास ही होती और हर एक शाम को कुछ बोतलें ख़ाली होतीं और अंत में बचता कार्टन जिसे विनीता सहेजकर रखती ताकि उसे रद्दी वाले को बेचकर कुछ पैसा कमाया जा सके।

आनंद को बात समझ में ना आती, वह अक्सर विनीता से पूछता-''माँ, पापा आते हैं तो वह घर क्यों बंद रहता है? क्यों पापा प्रत्येक शाम को बंद झोले में से कुछ निकालते हैं और फिर वो दरवाज़ा बंद हो जाता है?''

माँ के पास कोई उत्तर नहीं होता पर बात रखने के लिए कहती, ''बेटा पापा देश को दुश्मनों से बचाते हैं, अब उसके लिए कई बातें उन्हें सबसे छिपाकर रखनी होती हैं ताकि किसी ऐसे-वैसे व्यक्ति के पास सूचना न पहुँच जाये।''

आनंद के लिए पापा के प्रति और सम्मान बढ़ जाता। माँ उसे खिलाती, दुलराती और थपकियाँ दे गोद में सुला देती। माँ की गोदी तो ऐसा बिछौना होता है जहाँ दुनिया के सभी प्रश्नों का हल होता है, आनंद चुपचाप माँ की बातों को सुनता और कब गहरी नींद आती उसे पता भी नहीं चलता।

विनीता भी उसे सुलाकर अन्य कामों का निपटारा कर लेती ताकि समय पर दिग्विजय को वैसा ही मिल सके जैसे उन्हें फ़ौज में समय से सभी चीज़ की पूर्ति होती हो। विनीता दिग्विजय की अनुपस्थिति में घर का सारा काम करती फिर आनंद के गृहकार्य बनवाती। समय मिलने पर अच्छी कहानियाँ सुनाती जिससे आनंद को प्रेरणा मिल सके, इसलिए आनंद जब संस्कृत के श्लोक का अभ्यास कर रहा था तो वह उस श्लोक के अर्थ को समझने की चेष्टा कर रही थी। तभी दिग्विजय की आने की आहट उसे सुनायी दी, दिग्विजय जैसे ही घर आया उसने आवाज़ दी- ''अरे विनीता कहाँ गयी?''

विनीता दौड़ी पानी लेकर आयी, दिग्विजय ने एक ही घूँट में पूरे लोटे का पानी अपने उदर में डाल दिया। विनीता से पूछा- ''आनंद की आवाज़ नहीं आ रही है, कहाँ गया है मेरा लल्ला?''

विनीता बोली, ''अरे वह तो अब विद्यालय से आने के बाद पहले अपना

गृहकार्य करता है फिर अन्य कार्य को हाथ लगाता है।''

''पर है कहाँ वह?'' उसने विनीता से पूछा।

''दरवाज़े पर होगा सुनो तो सही, उसकी आवाज़ें तो आ रही हैं।'' दिग्विजय ने अपने पुत्र की आवाज़ सुनी और दरवाज़े पर जा पहुँचा; विनीता भी उसके साथ ही थी। दिग्विजय ने देखा कि आनंद किसी श्लोक को याद करने में लगा है, उसे धीरे से अपने गोदी में उठा लिया और प्यार से बोला- ''क्या पढ़ रहे थे आनंद?''

आनंद ने वही सब कह सुनाया जो उसके साथ हुआ था। वही संस्कृत शिक्षक की बातें और पूरे विद्यालय की कहानी।

विनीता ने धीरे से दिग्विजय से पूछा- ''कहो कैसा लगा हमारे लल्ला का किताब के प्रति समर्पण?'' दिग्विजय ने आनंद की तरफ़ देखा वह अब भी ज़ोर-ज़ोर से श्लोक याद करने में लगा था।

''विनीता ध्यान रखना, कहीं यह छोरा मास्टर न बन जाये।'' दिग्विजय ने ज़ोर से कहा। विनीता बोली- ''नहीं रे बब्बा, ऐसा नहीं होगा। मेरा इसके सिवा और है ही क्या जो इसे मास्टर बनाऊँगी।''

आनंद ने जब यह सुना तो उसे लगा कि ''मास्टर'' शायद कोई निकृष्ट-सा पद है जिसे सामान्यतया कोई ग्रहण नहीं करना चाहता। फिर उन बातों में ना उलझकर वह श्लोक को याद करता रहा। समय बीतता गया और दिग्विजय के मन के प्रश्न भी विस्मृति में जाते रहे, कब चार वर्ष बीत गया पता भी नहीं चला। लेकिन कहते हैं न कि जब आपकी बुद्धि परिपक्व होने लगती है तो पुराने प्रश्न जो कभी विस्मृति में थे वह भी स्मृति बनकर मानस पटल पर सामने आ जाते हैं, ऐसा ही आनंद के साथ हुआ। अब उसके अन्दर प्रश्न पूछने की क्षमता पनप चुकी थी जिसे वर्षों से उन्हीं शिक्षकों ने सिखाया था जिसके बारे में पिताजी बोल रहे थे कि ''मास्टर'' बनना है।

एक दिन जब आनंद विद्यालय गया तो उसकी नज़र संस्कृत शिक्षक से मिली, उसने पहले तो उनके पैर छुए फिर पूछा- ''सर ये ''मास्टर'' क्या होता है?''

संस्कृत शिक्षक रघुवंश बाबू, हिन्दी शिक्षक विनय बाबू से कुछ बातें कर रहे थे, उन्होंने उसकी तरफ़ ग़ौर से देखा और बिना कुछ कहे प्रधानकक्ष के तरफ़

चले गये।

इधर विनय बाबू का ग़ुस्सा सातवें आसमान पर था, रघुवंश बाबू के जाते ही उसने शानदार अंदाज़ में दो झापड़ आनंद को रसीद किये। आनंद ने तो सपने में भी नहीं सोचा था कि कुछ पूछने पर ऐसा भी हो सकता है, उसे लगा जैसे माथे का तार हिल गया हो वह वहीं पर गिर गया। विनय बाबू ने फिर उसके बाल पकड़े और उसी जगह ऊपर उठा लिया, फिर लगी ज़ोरदार थाप और आनंद सीधे पहुँच गया वर्ग कक्ष।

सभी बच्चे ज़ोर-ज़ोर से हँस रहे थे। कोई आकर पूछता क्या हुआ था? कोई कहता और जाओ सर के पास! किसी ने कहा, "क्या पूछा था तुमने जो सर इतना ग़ुस्सा हो गये?" किसी ने कहा, "ऐसे नहीं मारना चाहिए था, भला हम लोग जानवर थोड़े हैं।"

सोमेश बोला- "अरे वो सर है हीं ऐसे जब भी कोई उनसे कुछ पूछता है तो वो इसी तरह पेश आते हैं, पर पढ़ाते हैं बहुत अच्छे से। पता नहीं आख़िर उनको कभी-कभी क्या हो जाता है जो इस तरह बच्चों की पिटाई कर देते हैं।"

आनंद चुपचाप सबकी बातों को सुन रहा था और सोच रहा था कि मेरा आख़िर गुनाह क्या था। क्या प्रश्न पूछना गुनाह है? और प्रश्न का उत्तर जानने के लिए शिक्षक के पास न जायें तो कहाँ जायें? माँ तो अक्सर कहती है प्रश्न अगर है तो उसका उत्तर ज़रूर होता है और उसका उत्तर जानने के लिए जहाँ भी जाना पड़े ज़रूर जाना चाहिए।

मन के अन्दर कई तरंगें उठ रही थीं, कभी ज्वार इतना बढ़ जाता था कि लगता था विद्यालय छोड़ दूँ और रास्ते में सर का इंतज़ार करूँ और नज़दीक आने पर पत्थर से सर फोड़ दूँ। पर तभी ख़याल आता- "नहीं, सर ने अगर मारा होगा तो उसके कुछ निहितार्थ होंगे, नहीं तो भला सर को क्या आवश्यकता पड़ गयी मारने की।"

पापा भी अक्सर कहते हैं, जो गुरुजी की जितनी मार खाता है वह उतना ही बड़ा आदमी बनता है। मेरे चाचा भी अपने ज़माने के सर के बारे में अक्सर कहते, "उनके शिक्षक की एक मार ने उन्हें आदमी बना दिया"। तभी तो आज बैंक के अच्छे पद को वो सुशोभित कर रहे हैं। पर चोट तो ऐसी पड़ी थी कि पाँचों उँगलियों के निशान को गाल पर स्पष्ट देखा जा सकता था।

आनंद सोचता, अपने आपको तसल्ली देता पर शारीरिक चोट पुनः उस

क्षण को याद करा देती और आँखों में अवस्थित नीर का बाँध टूट जाता। वास्तव में जो मन के अन्दर चल रहा होता है वह बार-बार अपनी अंतरात्मा से प्रश्न पूछता है कि "आख़िर मेरे किस क़ुसूर कि सज़ा मुझे मिली थी?" मैंने जो कुछ सुना था वही तो पूछा था पर बात इतनी बढ़ जायेगी कि मुझे मार तक खानी पड़ेगी यह तो मेरे सपनों में भी नहीं था।

आख़िर कब तक रोता, कुछ देर के बाद आँसू अपने आप सूख गये और बहते भी कब तक, कोई पूछने वाला भी हो तब तो। "अगर सच्चा आँसू पोंछने वाला मिल जाये तो तक़दीर बदल जाती है, पर विद्यालयों में ऐसे शिक्षक तो शायद ही मिलते हैं जो बच्चों की भावनाओं को समझ सकें।" आनंद को भी ऐसा ही लगा और मन में यह विचार आते ही कि कोई नहीं है यहाँ मेरे मन के तरंग को संपोषित करने वाला, आँसू ने अपना रास्ता रोकना ही उचित समझा।

विद्यालय में शिक्षक आते गये, सुबह से दोपहर बीती, फिर छुट्टी भी हो गयी। पर किसी के मन में उस घटना को लेकर न कोई संवेदना थी न कोई दुःख का भाव। ऐसा लगा जैसे यह एक सामान्य घटना है और किसी को उसका ध्यान भी नहीं कि विद्यालय परिसर में ऐसा कुछ हुआ भी जो किसी के जीवन में तूफ़ान बनकर खड़ा है और ज़रा-सी चूक किसी की ज़िन्दगी बर्बाद कर सकती है। विनय बाबू भी वर्ग में आये पर सब कुछ सामान्य-सा था और आते ही उन्होंने आदर्श पाठ पढ़ाना शुरू किया। उन्होंने कई उदाहरण से यह समझाने की चेष्टा की कि विद्यालय के नियम क़ानून सर्वोपरि हैं, उससे ऊपर कुछ भी नहीं है। आनंद के मन में तो जैसे ज्वार उठ रहे थे, मन करता कह दे कि "सर बच्चों को मारना किस आदर्श की श्रेणी में आता है?" पर उस थप्पड़ की याद कहीं उस पर हावी हो रही थी, मुख में आये प्रश्न अपने आप गले में वापस जा रहे थे जैसे धूप के डर से उल्लू कहीं अपने कोटर में छुप रहा हो। लेकिन मन तो उनकी बातों को ज़रा-सा भी पचाने के लिए तैयार नहीं था।

आनंद समझ चुका था यह हक़ीक़त है और ज़िन्दगी में इसी के साथ आगे बढ़ना होगा। उसने निश्चय किया कि घर में भी इस बात की चर्चा नहीं करनी है, वह घर जा अन्य दिनों की तरह अपने गृहकार्य को बना रहा था। माँ ने देखा आनंद आज कुछ उदास-सा है और उसके हाव-भाव मुरझाये फूल की तरह लग रहे थे। आनंद की नज़रें आज जब भी माँ की तरफ़ जातीं, अपने आप नीचे गिर जातीं; आज उसके चेहरे की चमक जैसे ग़ायब थी। वो आंतरिक ख़ुशी जो उसके विद्यालय से आने पर माँ के हृदय को रोमांचित करती थी, आज माँ से दूर थी।

माँ तो माँ होती है, वह तो बच्चों की हर एक बात को बिना देखे भी समझ जाती है और यहाँ तो आनंद सामने बैठा था।

विनीता अब आनंद के सामने खड़ी थी, उसने ग़ौर से आनंद के गाल पर बने निशान को देखा और वहीं ज़मीन पर बैठ गयी। ग़ुस्से से तमतमाते हुए बोली- "किसकी मजाल कि हमारे लल्ला को मार बैठे। बेटा सच-सच बता किसने तुम्हारे कोमल गाल को हाथ लगाया है?"

आनंद ने अनसुना करते हुए कहा- "नहीं माँ वो तो गिर गया था मैं।"

विनीता बोली- "माँ हूँ मैं तेरी, कोई दूसरा नहीं जो मुझसे कहने से डर रहे हो। बताओ तो किससे झगड़ा हुआ था और किसने तुम्हें मारा है?"

"अरे माँ कहा न किसी से झगड़ा नहीं हुआ है और वैसे भी आप ही ने तो बतलाया है कि झूठ नहीं बोलना चाहिए।"

"पर तू आज बोल रहा है बेटा इसलिए तो मुझे चिंता हो रही है, तू सच-सच बता पापा आयेंगे तो उसकी ख़बर लेंगे।"

"नहीं माँ तुमने ही तो बतलाया था कि अगर कुछ बात छिपा लेने से भला हो तो नहीं बोलने में ही फ़ायदा है, इसलिए नहीं बोल रहा हूँ।"

"पर बेटा ऐसी बात भी नहीं छिपानी चाहिए कि जिससे आगे बड़ी मुसीबत खड़ी हो जाये। तू बता किसने तुझे मारा है? जा नहीं बताता तो मैं तुझसे बात नहीं करती; मैं समझूँगी मेरा बेटा अब मेरी बात नहीं सुनता है।"

"पर माँ मुझसे वादा करो कि पापा को नहीं बतायेंगी।"

आनंद से अब नहीं रहा गया, बोला- "माँ आपको याद है आज से कुछ साल पहले आप और पापा आपस में बात कर रहे थे कि लगता है यह "मास्टर" बनेगा। मेरे मन के अन्दर यह बात वर्षों से घूम रही थी इसलिए आज मैंने हिम्मत कर संस्कृत शिक्षक से पूछा कि सर ये "मास्टर" क्या होता है? बस इसी बात पर विनय बाबू ने हमारी ख़बर ले ली।"

"भला ये भी कोई बात होती है! इस बात के लिए कोई मार सकता है क्या। बच्चे प्रश्न, शिक्षक से नहीं पूछेंगे तो कहाँ जायेंगे, शिक्षक को बच्चों की भावना का भी ख़याल नहीं रहता है। तुम तो बहुत प्रशंसा करते थे संस्कृत शिक्षक की, अब देखो उनका हाल। अरे आजकल अच्छे शिक्षक है हीं नहीं, समाज में इसी कारण तो शिक्षकों की इज़्ज़त नहीं रह गयी है। ज़रा-सा भी मोह नहीं आया उन्हें

हमारे फूल से इस बच्चे को मारने में, मारते वक़्त उन्हें तुम्हारे इन कोमल गालों का भी ख़याल नहीं आया! जिस शिक्षक के लिए हमारे बच्चे जाग-जागकर गृहकार्य बनाते हैं, भला उन्हें इसका भी ख़याल नहीं आया। बंद करो संस्कृत पढ़ना, वैसे भी संस्कृत पढ़कर कौन-सा तीर मार लोगे, अच्छी नौकरी भी नहीं मिलेगी।''

आनंद तो माँ का यह रूप देखकर अन्दर से काँप गया। संस्कृत के वो श्लोक जिन्हें पिछले दिनों बड़े चाव से याद कर रहा था, अब माँ उन्हें ही छोड़ने को कह रही हैं और वो संस्कृत शिक्षक जिसकी वाणी से अमृत निकलता था, क्या अब उन्हें छोड़ना पड़ेगा?

आनंद मन ही मन सोच रहा था, शायद माँ ग़लत समझ गयी हैं पर संस्कृत वाले शिक्षक ने तो कुछ कहा ही नहीं। माँ के मन में कहीं उस शिक्षक के प्रति ग़लत भावना न बैठ जाए, यह सोच ही रहा था कि तभी पापा की आवाज़ सुनाई पड़ी। माँ ने दरवाज़ा खोला, पापा के हाथ में काली पन्नी थी, उन्होंने माँ को दी और उनसे कहा- ''जल्दी से बनाना, कुछ लोग आने वाले हैं।''

माँ ने आनंद को वहीं छोड़ रसोई की कमान अपने हाथों में लेना उचित समझा, पर मन उनका तो आनंद के गाल पर पड़े निशान पर ही टिका था। माँ पहले दूध गरम कर उसमें बादाम मिला आनंद के लिए लेते आयीं फिर दिग्विजय से पूछा- ''कौन-कौन लोग आ रहे हैं?''

दिग्विजय ने चार लोगों के नाम गिनाये, जिसमें दो को तो आनंद जानता था पर अन्य दो को न माँ जानती थी न आनंद। फिर उसने बताया एक हैं, ''मेजर सुरेश दृष्टिमुख'' और दूसरे हैं ''लेफ़्टिनेंट हृषिकेश सेनापति।''

माँ ने उन लोगों का नाम सुनते ही अपनी रसोई में उन सभी चीज़ों को एक निगाह से देखना शुरू किया जिससे अच्छी मेहमान-नवाज़ी हो सके। माँ ने देखा टमाटर और इमली को छोड़कर सभी कुछ पर्याप्त है, आकर बोलीं- ''थोड़ा टमाटर और इमली मँगवाना पड़ेगा।'' दिग्विजय ने बग़ल वाली दुकान से दोनों चीज़ मँगवायीं और विनीता को देकर कहा- ''और किसी चीज़ की दिक़्क़त हो तो बताना।''

समय पर मेहमान आ गये। दिग्विजय ने आनंद का उन दोनों आगंतुकों से परिचय करवाया। लेफ़्टिनेंट हृषिकेश सेनापति ने आनंद से कई प्रश्न पूछे, किस वर्ग में पढ़ते हो? विद्यालय में तुम्हारा क्या स्थान रहता है? कौन-सा विषय सबसे

अच्छा लगता है? आगे क्या बनना है? आनंद ने सभी कुछ उसी अंदाज़ में कहा जैसे आर्मी के जवान अपने परेड के दौरान प्रतिक्रिया देते हैं। सब उसके उत्तर को सुनकर हँसने लगे, पर तभी दिग्विजय ने कहा- "बेटा आनंद, सर को यह भी बताओ कि आपको कौन शिक्षक सबसे अच्छे लगते हैं?" आनंद तपाक से बोला- "सर देवभाषा संस्कृत से अच्छा न तो कोई विषय मुझे लगता है और न हीं रघुवंश सर जैसा कोई शिक्षक।" जब माँ ने यह सुना तो पूछा- "बेटा मार खाने के बाद भी सर से तुम्हें वैसा ही प्रेम है?" दिग्विजय ने यह सुना तो उसे आश्चर्य हुआ कि आनंद ने उसे कुछ भी बताया नहीं, पर बाप का दिल अपने बेटे को कोई मारे कब तक चुप बैठ सकता है। उसमें भी सेना का जवान, जहाँ हमेशा मार काट की ही बात होती हो; मारना और काटना उनके दिमाग़ में हमेशा इस तरह से सिखाया जाता हो जैसे एक सफल गृहणी के द्वारा पत्ता गोभी को काटा जा रहा हो।

उसने कड़ककर पूछा- "बता तो सही किस मास्टर का दिन ख़राब हो गया है जो मेरे बेटे को हाथ लगाया।" विनीता ने सोचा भी नहीं था कि दिग्विजय इतने ग़ुस्से में आ जायेंगे। इधर आनंद तो डर के मारे थर-थर करने लगा, उसने डरते-डरते कहा- "पापा आपने ही तो कहा था कि शिक्षक की जितनी मार पड़ती है वह उतना ही तेज़ बनता है, फिर आप ऐसा क्यों कह रहे हैं? मैंने तो जान-बूझकर बदमाशी की थी ताकि मुझे मार पड़े और मुझे शिक्षक का आशीर्वाद ज़्यादा मिले।"

अबतक दिग्विजय को अपनी भूल का एहसास हो चुका था, उसने आनंद की तरफ़ देखा और प्यार से बोला- "अरे हाँ, मैं तो भूल ही गया था कि वह तुम्हारे मार्गप्रदर्शक हैं। मुझे माफ़ करना पुत्र सच में मैं भूल गया था कि आज मैं जो भी हूँ उस शिक्षक के ही बदौलत हूँ जिसने हमें खेलकूद कराकर इस क़ाबिल बना दिया कि सेना की बहाली में तो हमें कोई समस्या ही नहीं हुई।"

अब बात चलने लगी अपने ज़माने की, तीनों जन अपने ज़माने के क़िस्से सुनांने लगे। इधर विनीता खाना बनाने रसोई में गयी तो आनंद तैयार हो विद्यालय की ओर भागा। ह्रषिकेश सेनापति ने कहा- "मुझे अभी तक अपने वो शिक्षक याद हैं जिन्होंने हमें पहाड़ा याद नहीं रहने पर मुर्ग़ा बनाया था और हम मुर्ग़ा तब तक बनते रहे जब तक हमें पूरा याद नहीं हुआ। आमतौर पर हमें पहाड़ा बीस तक ही याद रहा करता है पर उस शिक्षक के बदौलत हमने पचास तक का पहाड़ा याद कर लिया था। हालाँकि बाद में हमने जोड़-जोड़कर कोई भी पहाड़ा

बनाने और याद करने का तरीक़ा जान लिया था पर उस समय के लिए तो वह एक अनोखी बात थी। धन्य थे वह गुरुजी और धन्य थे हम लोग जिसने सर की बात बिना मार की परवाह किये माना और गुरुजी के आशीर्वाद से आज अच्छे मुक़ाम को हमने हासिल किया।'' अब तक चखने का प्रबंध हो गया था, विनीता ने मंदिर का बहाना बना घर से बाहर जाना ही उचित समझा।

अब महफ़िल जम चुकी थी, लाल-पीले बोतल से द्रव ने निकलकर गिलास में अपना आकार ले लिया था। सेनापति और दृष्टिमुख दोनों ने बॉर्डर की कमान सँभाल ली थी, दिग्विजय ने रेफ्रिजरेटर से बर्फ़ निकालकर गिलास में डाल दी और सबसे शानदार, जानदार और प्रचलित अंग्रेज़ी के शब्द जहाँ से दूसरे लोक की शुरूआत होती है उनके मुख से निकला और फिर असभ्यता की पराकाष्ठा की ओर क़ाफ़िला बढ़ चला। दुनिया में जितनी भी ख़राब से ख़राब गालियाँ होती हैं, सभी गालियों ने महफ़िल की शान बढ़ाने के लिए आना उचित समझा। बात बढ़ते-बढ़ते बच्चों तक आ गयी, आनंद अपने घर वापस आ चुका था पर माँ ने उसे घर के ऊपर वाले कमरे में भेज दिया ताकि उसे मजलिस के बारे में पता न चल सके। पर कहते हैं न, ''कभी न कभी तो अंडा फूटना ही है, भले आप लाख कोशिश कर लो उसे सहेजने की।''

हुआ भी वही, दिग्विजय ने ज़ोर से आवाज़ लगाई- ''अरे आनंद कहाँ हो?''

आनंद ने जैसे ही पिता जी की आवाज़ सुनी सीधा दौड़ा-दौड़ा आया उसी कमरे में जो अक्सर बंद रहा करता था। आनंद ने जो देखा वह उसके समझ से परे था, उसने देखा पिता जी योगी राज के जैसे आसन जमाये पलंग पर बैठे हैं और सेनापति और दृष्टिमुख चाचा नीचे आसन जमाये हुए हैं। जैसे ही आनंद पर नज़र पड़ी बोले, ''आओ बेटा नीचे आसन जमाओ।'', आनंद ने आज्ञाकारी पुत्र के जैसे आसन जमा लिया। आनंद की नज़र ने उस कमरे को पहली बार ग़ौर से देखा था। उसने देखा ट्रे में ख़ाली गिलास हैं और बग़ल में चमचमाती लाल-पीली बोतल रखी हैं। आनंद ने सोचा पापा से पूछूँ, पर पिता जी की हालत देखकर उसकी हिम्मत नहीं हुई कुछ पूछने की।

दिग्विजय ने कहा- ''हाँ तो सेनापति जी सुनिए, मेरा बेटा ''मास्टर'' बनेगा इसलिए मैंने इसे पढ़ने के लिए सभी सुविधा उपलब्ध करवाई। मेरा आनंद पढ़ने में कमज़ोर नहीं है, वर्ग में प्रथम आता है पर जब भी इससे पूछता हूँ एक ही

जबाब होता हैः "मुझे फ़लाना शिक्षक बहुत पसंद है, मैं तो उसी जैसा बनूँगा"।" तभी दृष्टिमुख ने कहा- "माफ़ करेंगे उस्ताद पर मास्टर बनना तो सुकून की नौकरी है।"

"हाँ-हाँ सभी यही कहते हैं पर आप जानते भी हो आजकल के मास्टर को, न तो ख़ुद सुकून से रहते हैं न अपने परिवार को रहने देते हैं।"

आनंद को कुछ समझ में नहीं आ रहा था कि पापा क्या सब बोले जा रहे हैं। तभी विनीता ने आनंद की चप्पल कमरे के बाहर देखीं। अब तो उसके होश उड़ गये, जिस चीज़ को उसने आज तक उससे छिपाया क्या आज सच सामने आ जायेगा! उसे कुछ सूझ नहीं रहा था, तभी उसके मुख से निकला- "आनंद!" विनीता की आवाज़ सुनते ही दिग्विजय पलंग से कूद गया और दृष्टिमुख और सेनापति को सावधान हो जाने को कहा।

सेनापति ने पूछा- "क्या हुआ?"

दिग्विजय बोला- "अरे कमांडर इन चीफ़ आ रही है।"

आनंद को आदेश दिया, "थल सैनिक कमान सँभालो"; अब सारा कमरा व्यवस्थित हो चुका था। विनीता ने किवाड़ खोला तो दिग्विजय बाबा बनकर आँख बंद किये हुआ था और आनंद, सेनापति और दृष्टिमुख के साथ आँख बंदकर ॐ मन्त्र का जाप कर रहा था। उसने योग में ख़लल डालना कहीं से भी उचित नहीं समझा, उसने चुपके से आनंद को वहाँ से उठा लिया। पर विनीता को आश्चर्य हुआ, ऐसा कैसे हो गया ये साधु कब से हो गये? उसे दाल में कुछ काला लगा इसलिए वह किवाड़ बंद करके वहाँ खड़ी हो गयी।

इधर विनीता के जाते ही खुसर-फुसर शुरू हो गयी। सेनापति ने कहा- "बाबा अब आँखें खोल लूँ? कमांडर इन चीफ़ चली गयीं हैं!

दिग्विजय ज़ोर से बोला- "नहीं भक्तों, तुम उसे नहीं जानते हो। त्रिकालदर्शी है वह, आँख खोलोगे तो सब समझ जायेगी।" दृष्टिमुख ने हँसते हुए कहा- "तब तो उसे यह भी पता चल गया होगा कि हमारी मजलिस में क्या-क्या प्रबंध था?"

दिग्विजय बोला "अवश्य ही उसे सोमदेव और उसके रस के बारे में तो बिल्कुल पता चल जायेगा, पर लगता है उसे कुछ पता नहीं चला इसलिए तो वह चुपचाप बिना बातों का टॉनिक पिलाये ही चली गयी।"

फिर अचानक ज़ोर से चिल्लाया- ''आनंद ''मास्टर'' बनेगा!'' और ज़ोर-ज़ोर से बोलने लगा- ''सेनापति मैं ''मास्टर'' का बाप बनूँगा।'' कभी चीख़ता-चिल्लाता तो कभी हँसने लगता।

विनीता ने आनंद को वहाँ से चले जाने को कहा पर उसके आँखों में आँसू आ गये वह हिचक-हिचककर रोने लगा। माँ के पल्लू से चिपककर वह वहीं खड़ा हो गया। उधर बात बढ़ने लगी।

कहते हैं अगर किसी के दिल की बात जाननी हो तो मयख़ाने में चले जाओ। भले वह कितना भी ख़राब क्यों नहीं हो पर मय के असर होने पर वह कभी ग़लत नहीं बोलता; यहाँ भी मय का असर अब दिखने लगा था।

सेनापति ने सवाल पूछा- ''दिग्विजय बाबा एक बात पूछूँ?''

दिग्विजय बोला- ''अवश्य बच्चा अवश्य!''

सेनापति ने पूछा, ''दिग्विजय बाबा आप मास्टर से इतने क्यों खफ़ा हैं जो आनंद को बार-बार ताना मार रहे हो कि ''मास्टर'' बनेगा ''मास्टर'' मेरा बेटा?''

''बहुत सही पूछा बच्चा! तो सुन अरे ये मास्टर अब पहले वाला मास्टर नहीं रह गया है।''

''ऐसा क्या?'' सेनापति ने कहा।

''ऐसा इसलिए क्योंकि अब ''शिक्षक'', शिक्षक नहीं रहा वह ''मास्टर'' बन गया है।''

''क्या मतलब योगी बाबा?''

'' मतलब साफ़ है, पहले के ज़माने में शिक्षक की क़द्र थी, समाज में वह अब नहीं रह गयी है।''

''पर क्यों बाबा?''

''अरे सेनापति बच्चा, शिक्षक का काम पहले शिक्षा देना होता था पर अब वह शिक्षा छोड़कर अन्य सभी कार्य करता है, इसलिए तो समाज ने उसे ''मास्टर'' बना दिया है।''

''पर योगी बाबा मैंने जहाँ तक पढ़ा है और मेरा अनुभव है, मास्टरी हासिल करना तो बहुत ही कठिन काम है जिसे समाज ने बहुत आसानी से यह उपमा दे

दी है।

यह सुनकर दिग्विजय ज़ोर-ज़ोर से हँसने लगा और हँसते-हँसते बोला- ''क्या बच्चा सेनापति, तुम जो समझ रहे हो वैसा समाज नहीं समझता है समाज ने तो उसे बस एक नाम दे दिया है, उसे इससे क्या लेना देना कि किसे किस क्षेत्र में मास्टरी है और कौन-से क्षेत्र में उसने अभी तक निपुणता हासिल नहीं की है। वह तो उसे ''टेलर मास्टर'' समझता है, जैसे उसकी कैंची चलकर वस्त्रों को किसी भी आकार में ढाल जाती है पर कपड़े का वहाँ कुछ भी नहीं चलता है। वैसा ही हाल है आजकल के शिक्षक का, इसलिए समाज ने इन्हें ''मास्टर'' बना दिया है।''

तभी दृष्टिमुख बोला- ''नहीं बाबा! समाज उसे ''रिंग मास्टर'' समझता है जो अपने इशारे पर बाघ, सिंह को अपने बस में करके अपने अनुसार नचाता रहे पर आप ही बताओ किसी भी रिंग मास्टर की मजाल है कि वह असभ्य और बर्बर शेर को अपने वश में कर ले?''

सेनापति बोला- ''कदापि नहीं, पर समाज यही चाहता है शिक्षक से अब बताओ, घर और समाज उसे शिक्षा की नींव दे नहीं पायेगा पर कोसेगा शिक्षक को माँ बाप बच्चों की प्रथम पाठशाला हैं, जहाँ उचित पोषण बच्चों को आगे बढ़ने में मददगार होता है पर यहाँ सभी कुछ शिक्षक पर ही छोड़ दिया जाता है, जैसे उनके पास कोई काढ़ा हो जो बच्चों को घोलकर पिला दिया जाये और बच्चा उसे पीकर फ़टाफ़ट जबाब देना शुरू कर दे।''

सेनापति बोला- ''बिल्कुल सही, वही लोग शिक्षक को मास्टर कहने में सबसे आगे रहते हैं जो अपने बच्चों के लिए मुश्किल से समय निकाल पाते हैं।''

दृष्टिमुख बोला- ''पर मुझे एक बात समझ में अभी तक नहीं आयी बाबा, जब आप मास्टर के बारे में इतना सुन्दर ख़याल रखते हैं तो फिर आनंद के मास्टर बनने की बात पर इतना ग़ुस्सा क्यों?''

''दृष्टि बच्चा तुम नहीं समझोगे। चल बंदकर ये प्रश्न और डाल अपनी दृष्टि लाल वाले बोतल पर, देख कितनी सुरा बची है।''

''दृष्टिमुख ने कहा, बाबा मैं अपनी दृष्टि खोल लूँ?''

''हाँ बच्चा खोल लो और आनंद को भेज दो, कहीं वह लाल बोतल देखकर शरबत समझ पी न ले।''

दृष्टिमुख ने आँखें खोलीं और कहा- ''बाबा रॉंग नंबर।''

बाबा ने भी आँखें खोल लीं और कहा- ''क्या हुआ बच्चा?''

''कुछ नहीं बाबा जैसा कि मैं देख पा रहा हूँ आपका बच्चा यहाँ से ग़ायब हो गया है।''

बाबा बोले- ''कहाँ ग़ायब हो गया है?''

''पता नहीं बाबा।''

''अरे तो ढूंढ़ो न!''

सेनापति बोला- ''अरे बाबा मैंने उसे सब जगह ढूँढ़ा।''

दृष्टिमुख ने पूछा- ''कहाँ-कहाँ ढूँढ़ा दोस्त?''

वह बोला- ''अरे ये पूछो कहाँ नहीं ढूंढ़ा, गिलास में ढूंढ़ा अपने प्लेट में ढूँढ़ा, तुम्हारे प्लेट में ढूँढ़ा यहाँ तक की पीला बोतल, लाल बोतल सब में ढूँढ़ा, पर कहीं नहीं मिला बच्चा।''

''मिलेगा कैसे वह ''मास्टर'' बनने गया होगा।'' दिग्विजय बोला।

दृष्टिमुख को फिर याद आया वह बोला-''हाँ तो बाबा हमारे प्रश्नों का जबाब दे दो न!''

बाबा बोले, ''प्रश्न क्या था बच्चा? फिर से पूछो तो सही।''

''जी बाबा मेरा प्रश्न है कि आप आनंद के मास्टर बनने वाली बात से इतने क्यों खफ़ा हैं?''

''अरे दृष्टि सुनो, मैं मास्टर से खफ़ा नहीं हूँ और न ही मैं उनसे नफ़रत करता हूँ। देखो अगर मास्टर साहब नहीं होते तो क्या यह संभव था कि हम लोग इस जगह पर पहुँच पाते और हमें तो अभी तक अपने सभी शिक्षक याद हैं पिछले दिन जा रहा था तो अंग्रेज़ी वाले सर मिले थे, मैंने तो उन्हें देखते ही प्रणाम किया और सरोज बाबू इतने अच्छे थे कि पच्चीस वर्ष के बाद भी बोले- ''अरे दिग्विजय कैसा है रे तू?'' फिर उन्होंने हमसे सारी जानकारी ली कैसे हो? कहाँ रहते हो? मैं दौड़कर सर के लिए पान लाया। ऐसा लगा मानो बचपन फिर से लौट आया हो।

भला मैं अपने जीव विज्ञान वाले सर को कैसे भूल सकता हूँ, जिन्होंने जीवन के हर एक रहस्य को ऐसे बताया जैसे उनके और हमारे बीच कोई बंदिश

न हो। एक दोस्त की तरह उन सभी चीज़ों को बताया मानो उनकी बातें हमारी ही हों। अब भी जब उनकी याद आती है तो मन करता है दौड़कर अपने सर के पास पहुँच जाऊँ। उतने ही अच्छे हमारे संगीत के सर थे। वीणा की धुन पर हम लोग ऐसे खो जाया करते थे मानो माँ सरस्वती साक्षात बैठी हों और अपनी धुन पर दुनिया को नचा रहीं हों। संस्कृत वाले सर की तो बात ही छोड़ो, उनके श्लोक तो अभी भी हमें जीवन की दिशा और दशा पर चिंतन करने के लिए मजबूर कर देते हैं। इतने अच्छे होते थे उस ज़माने के सर, पर अब कहाँ!''

सेनापति बोला- ''ऐसा नहीं है, अगर ऐसा होता तो बाबा अभी आनंद अपने संस्कृत वाले सर से इतना ख़ुश नहीं होता, इसलिए ये मत कहो बाबा कि अब शिक्षक अच्छे नहीं हैं।''

''नहीं बच्चा तुम नहीं समझ रहे हो, लगता है तुम्हें एक पैग और चढ़ाना होगा। ले ये ''थ्री एक्स'' और अब बता मेरी बात समझ में आ रही है या नहीं?''

वह बोला, ''ऐसा नहीं है जैसा आप बता रहे हो बाबा।''

''तो ले सुन, मैं आनंद को नियोजन वाला मास्टर नहीं बनाना चाहता हूँ।''

दृष्टिमुख बोला- ''बाबा ये ''नियोजित मास्टर'' क्या हैं? यह तो मैंने नहीं सुना है कभी। हमारे ज़माने में तो हिंदी शिक्षक, गणित शिक्षक, विज्ञान शिक्षक, अंग्रेज़ी शिक्षक, इतिहास शिक्षक, भूगोल शिक्षक, उर्दू शिक्षक, संस्कृत शिक्षक थे पर ''नियोजित शिक्षक'' ये तो कभी नहीं सुना। लगता है आपको ज़्यादा चढ़ गयी है बाबा, कोई बात नहीं बाबा आज के लिए इतना ही काफ़ी है।''

तभी दिग्विजय बोला- ''अरे बच्चों मैं न तो ग़लत बोल रहा हूँ और न ही मुझे ज़्यादा चढ़ी है, पर यह तो हक़ीक़त है और इस लाल-पीले द्रव में इतनी शक्ति कहाँ जो इस वास्तविकता को ग़लत साबित कर दे।''

तभी सेनापति बोला- ''बाबा पानी ख़त्म हो गया है, लगता है किवाड़ खोलना पड़ेगा।''

इधर जैसे ही विनीता ने यह सुना वह आनंद को तेज़ी से घर के दूसरे कमरे के तरफ़ ले गयी। आनंद ने जो सुना था उसकी कुछ बातें दिमाग़ को कौंध रहीं थीं- लाल-पीला द्रव क्या होता है? पैग का क्या मतलब?

उसने माँ से पूछा- ''माँ ये लाल-पीला द्रव क्या होता है?'' माँ ने एक बार आनंद की तरफ़ देखा और धीरे-से कहा ''बेटा ये द्रव एक पेय पदार्थ है, जो

हमारी थकान को दूर कर देता है।''

''तब तो यह बहुत अच्छा है, माँ मैं भी जब विद्यालय से आकर थक जाऊँगा तो ये पी लूँगा।'', फिर पूछा- ''माँ ये पैग का क्या मतलब?''

माँ ने कहा- ''पैग का मतलब गिलास में डालकर उसे एक बार पीने के लिए बनाना।''

फिर बोला- ''माँ कल शाम में मैं जब विद्यालय से आऊँगा तो हम और तुम दोनों मिलकर इसे लेंगे। माँ तुम भी घर का सारा काम करती हो और थक जाती हो और मैं भी विद्यालय जाकर थक जाता हूँ।''

माँ चुप हो गयी तो आनंद बोला- ''क्या कह रही हो कल नहीं? कोई बात नहीं माँ परसों ही सही।'' फिर भी माँ का कोई उत्तर नहीं सुनकर बोला- ''क्या हुआ माँ बोल क्यों नहीं रही हो? अरे नहीं पिलाना हो तो कोई बात नहीं पर माँ अपना मुँह बंद मत करो, बोलो तो सही।''

आनंद ने देखा माँ तो सुबक रही है। माँ को सुबकते देख बच्चा शांत हो गया, फिर कौतूहलपूर्वक पूछा- ''माँ कहो न क्यों रो रही हो? क्या हुआ है माँ? क्या पापा से माँगने में डर लगता है? माँ तुम चुप हो जाओ मैं पापा से माँग लूँगा, आख़िर मेरे पापा हैं मुझे मना थोड़े करेंगे।''

विनीता के मन में तरह-तरह के विचार उभर रहे थे सोच रही थी क्या जबाब दूँ- अगर ये कहती हूँ कि यह एक नशीला पदार्थ है और इसे नहीं पीना चाहिए तो एक पिता बच्चे की नज़र में गिर जायेगा। वहीं इसे सही बात न बताऊँ तो यह तब तक ज़िद करता रहेगा जब तक इसे इसकी सच्चाई पता न चल जाये।

फिर उसने सोचा झूठ का सहारा लेना चाहिए पर याद आया- बच्चों से कभी झूठ नहीं बोलना चाहिए, यह मैंने ही तो आनंद को कई बार बताया था; सच्चाई जानने के बाद उसे कितना ख़राब लगेगा। गाँधीजी ने भी कहा था- ''अगर एक झूठ बोलने से कोई सम्बन्ध विच्छेद न हो तो सच बोलने से अच्छा है कि झूठ ही बोल दिया जाये।''

विनीता ने आत्ममंथन किया और आनंद को गले से लगा लिया और कुछ देर चुप रही। तभी उसे लगाः ''अर्धसत्य न तो सच है और न झूठ, यह तो निर्भर करता है इस बात पर कि उसका उद्देश्य क्या है। अगर उद्देश्य सकारात्मक है तो सच्चाई जानने के बाद भी वह अपनी महत्ता बचाये रहता है अन्यथा अर्धसत्य

झूठ बन जाता है।''

विनीता ने कहा- ''बेटा मेरी बात मानोगे?''

आनंद धीरे से बोला- ''हाँ माँ! तुम बोलो तो सही।''

''नहीं पहले तुम्हें मुझसे वादा करना होगा।''

आनंद बोला- ''माँ पक्का वादा रहा।''

माँ बोली ''सुनो! इस लाल-पीले द्रव के बारे में तुम किसी से नहीं पूछोगे और पापा से इस बारे में कोई माँग नहीं करोगे।''

आनंद बोला- ''ऐसा क्यों माँ?''

माँ बोली- ''ऐसा इसलिए बेटा क्योंकि अभी तुम्हारी उम्र नहीं हुई है इसे लेने की। यह पेय बड़े होने पर ही पिया जा सकता है, पापा भी आज पहली बार ही पी रहे हैं; यह ख़र्चीला भी बहुत होता है।'' आनंद ख़ुश हो गया उसने माँ से वादा किया- ''माँ मैं वादा करता हूँ, मैं कभी भी आपसे और पापा से यह नहीं माँगूँगा।''

फिर वह अपने विद्यालय के गृहकार्य करने में लग गया। गणित के प्रश्नों को करते-करते उसके दिमाग़ में अचानक से याद आया कि पापा बोल रहे थे ''नियोजित शिक्षक'', आख़िर ये कौन से शिक्षक हैं जो सेनापति चाचा ने कहा- ''मैंने तो यह पहली बार सुना है।'' फिर उसे लगा कि शायद यह कोई विषय होता होगा। फिर उसे याद आयी अपने संस्कृत सर की, उसने सोचा कल सर से विद्यालय में ही पूछ लेंगे। उसे लगा कहीं विनय बाबू की तरह वह भी ग़ुस्सा न कर बैठें, पर मन में कई तरह के प्रश्न आये,''आख़िर प्रश्न बच्चे न पूछें तो कौन पूछे और शिक्षक उसका जबाब न दें तो कौन दे। शिक्षक और बच्चों के बीच भला पर्दा कैसा, जब मन में किसी प्रश्न का उत्तर न आये तो उसे पूछ लेना चाहिए और संस्कृत शिक्षक तो इतने अच्छे हैं कि उनसे पूछने में कोई गुरेज़ नहीं।''

दूसरे दिन विद्यालय जाने के बाद आनंद को संस्कृत के घंटे का बेसब्री से इंतज़ार था। कुछ देर इंतज़ार के बाद रघुवंश बाबू वर्ग में आ गये, उन्होंने पढ़ाना शुरू किया: ''साधु का शब्दरूप''। आनंद ने जबाब दिया, सर तो उससे प्रसन्न रहते ही थे, आज और प्रसन्न हुए क्योंकि आनंद ने विभक्ति, हलंत और उच्चारण सभी का ख़याल रखा था। फिर पूरे वर्ग से उन्होंने पूछा कोई प्रश्न हो तो पूछो पर

विनय बाबू के तेवर देखने के बाद किसी की हिम्मत ही नहीं हो रही थी कि कोई प्रश्न पूछने की हिमाक़त करे; वह पूछे तो क्या पूछे और फिर मार कौन खाये। पर कहते हैं न अगर सच्चा शिक्षक हो तो वह बच्चों के हर एक हाव भाव को समझ लेता है। ये चुप्पी रघुबंश बाबू से सही नहीं गयी, उन्होंने पूछा अगर कोई प्रश्न हो जो न समझे हों तो पूछ लो। किसी को न उठता देख आनंद खड़ा हुआ पर ये क्या सभी मुँह दबाकर हँसने लगा, किसी ने पीछे से कहा- ''थोड़ी-सी मालिश ज़रूरी है दोस्त, आज करवा ही लो।'' आनंद के कान में जैसे ही यह बात गयी वह तुरंत बैठ गया। रघुवंश बाबू को लगा जैसे आनंद कुछ पूछना चाह रहा है, उन्होंने आनंद को पास बुलाया और प्यार से पूछा- ''बेटा तुम कुछ बात मुझसे छिपा रहे हो, अगर मुझे थोड़ा-सा भी अपना मानते हो तो बताओ तुम क्या पूछना चाह रहे हो पर पूछ नहीं पा रहे हो?

एक बार तो आनंद कुछ नहीं बोला पर आँसू का ग़ुबार निकलकर झुकी नज़र से डेस्क पर अपना फैलाव उचित समझा। सर ने उसे अपने छाती से लगाकर पुचकारते हुए कहा- ''ऐसे नहीं रोते आनंद। भला कोई दिक़्क़त हुई है तो मुझसे बताते, अरे बेटा मुझसे क्या छिपाना!''

जब आँसुओं ने अपना रास्ता रोक दिया तो आनंद ने धीरे-से सर से पूछा- ''सर प्रश्न पूछना कोई गुनाह तो नहीं?''

सर ने कहा- ''बिल्कुल नहीं।''

आनंद ने कहा- ''और अगर प्रश्न हैं तो उत्तर भी होगा?''

रघुबंश बाबू बोले- ''अवश्य आनंद।''

आनंद बोला- ''सर, प्रश्न का उत्तर मिलना चाहिए या उत्तर के बदले थप्पड़ और घूसों की बौछार चलनी चाहिए, सर मैंने कुछ दिन पहले आपसे एक प्रश्न पूछा था, अगर आपको याद हो तो!''

रघुबंश बाबू बोले- ''याद है, जब तुमने हमसे विनय बाबू के सामने एक प्रश्न पूछा था।''

आनंद बोला- ''श्रीमान जी हमें उसका उत्तर भी मिल गया!''

रघुबंश बाबू ने आश्चर्य से पूछा- ''क्या मिला उत्तर?''

''सर उत्तर ऐसा मिला कि हमें अब प्रश्न पूछने की हिम्मत ही नहीं हो रही है।''

रघुबंश बाबू बोले- ''क्या हुआ और क्यों ऐसे बोल रहे हो?'' तभी पीछे से मोहन बोला- ''सर ये क्या बतायेगा! आपके उस दिन वहाँ से हटने के बाद विनय बाबू ने इसकी अच्छी ख़बर ले ली, ज़्यादा नहीं बस पाँच घूंसे और चार चमेटा लगा। हाँ, बाल थोड़े से बैठ गये थे तो सर ने उसे पकड़कर थोड़ा सीधा कर दिया।''

रघुबंश बाबू को इस बात से बहुत दुःख हुआ और उन्होंने आनंद को बैठ जाने के लिए कहा। उन्होंने अपनी बोतल से पानी निकालकर पिया और कुछ देर के लिए बच्चों की तरफ़ मुख़ातिब हो चुपचाप पूरे वर्ग को देखने लगे। फिर बोले- ''आनंद, तुम्हारे प्रश्न का जबाब शायद उसी थप्पड़ में छिपा हुआ था।''

आनंद ने कहा- ''सर मैं कुछ समझा नहीं।'' तभी बाहर खड़े हेडमास्टर जो बहुत देर से वर्ग में हो रही गतिविधि को सुन रहे थे उन्होंने कहा- ''अरे आनंद तुम भी बहुत भोले हो, अरे अभी जो तुम्हें पढ़ा रहे हैं यह शिक्षक हैं और उस दिन जो मुक्कों और थप्पड़ों का स्वरूप तुमने देखा वह गुण है ''मास्टर'' का इसीलिए ''शिक्षक'' ''मास्टर'' हो गया।

तुमने पुराने लोगों से अक्सर सुना होगा, पहले ज़माने में शिक्षक से बच्चे बहुत डरते थे और शिक्षक इस बात को बहुत गौरवान्वित समझते थे कि हमने आज बच्चों को बहुत मारा है। जो शिक्षक बच्चों को सबसे ज़्यादा मारते थे समाज भी उनका उतना ही आदर करता था पर जानते हो, सच में एक वास्तविक शिक्षक को मारने की आवश्यकता ही नहीं पड़ती, मारते तो वो हैं जिन्हें किसी दूसरे को डराना होता है। शायद यही कारण है कि समाज ने उसे मास्टर कहना शुरू किया होगा।'' हालाँकि एक बार रघुवंश बाबू ने उसके बाद वर्ग में बताया था कि आज से पचास-साठ साल पहले किसी भी विषय में मास्टर डिग्री काफ़ी कम हुआ करती थी और लोग उसे शिक्षा में प्रवीण मानते थे इस कारण लोगों ने उसे मास्टर का संबोधन करना शुरू किया। उसी समय जीवन बाबू जो बग़ल वाले कमरे में कुछ कर रहे थे उन्होंने सर से पूछा- ''पर शिक्षक तो हमारे मास्टर होते ही हैं रघुवंश बाबू!'' इसपर रघुबंश बाबू ने कहा- ''बिल्कुल होते हैं, ''मास्टर'' का मतलब स्वामी भी होता है और पहले ज़माने में लोग शिक्षक को अपने बच्चे का मास्टर ही समझते थे क्योंकि समाज शिक्षक को भगवान का प्रतिनिधि मानता था जैसा संस्कार शिक्षक के द्वारा दिया जाता था बच्चा वैसा ही होता था, इसलिए समाज उसे अपने सिर पर बैठाये रहता था। हालाँकि उस ज़माने में शिक्षा का प्रसार काफ़ी कम था कुछ क्षेत्र-विशेष, परिवार या जाति-

विशेष तक ही वह संसाधन सीमित था। पर अब परिस्थिति बिल्कुल उलट है, अब शिक्षा का व्यापक प्रसार हुआ है पर जल्दी से अपना टारगेट पूरा करने के चक्कर में शिक्षा ने अपने कई आयाम खो दिये हैं।''

अब बहस ने ज़ोर पकड़ लिया था, कमरे से निकल बातें अब मैदान तक आ गयी थीं। विनय बाबू भी गोष्ठी में शिरकत कर चुके थे, रघुवंश बाबू ने भी बच्चों को कुछ गृहकार्य देकर मैदान में जाना उचित समझा।

विनय बाबू ने कहा- ''माफ़ करेंगे श्रीमान, आप ''मास्टर'' को जो भी समझें पर हक़ीक़त में यह एक गाली है। मुझे तो यह ऐसा ही भाव महसूस कराता है जैसे कि हरिजन कहने पर अनुसूचित जाति और जनजाति बिदकती है हालाँकि गाँधीजी ने उनकी दशा देखकर ही यह शब्द उनके सम्मान के लिए दिया था, शायद उन्होंने यह सोचा होगा कि हरिजन अर्थात हरि के जन, भगवान के लोग कहने से उनका कष्ट कुछ कम हो जायेगा और वो अपने को अच्छा अनुभव करेंगे। वास्तव में उन लोगों का काम तो दूसरों की सेवा ही थी और सेवा में तो भगवान ही का वास होता है यही कारण होगा कि गाँधी जी ने उन्हें इस शब्द से नवाज़ा होगा पर हुआ क्या- ठीक उसका उल्टा, लोग हरिजन को इस भाव से संबोधन करने लगे कि वह एक गाली होकर रह गया; यही बात ''मास्टर'' शब्द के साथ हुई होगी।''

तभी रमण सर जो अंग्रेज़ी विषय के शिक्षक थे, ने कहा- ''नहीं यह बात नहीं है सर, वास्तव में मास्टर शब्द ''मिस्टर'' का ही अपभ्रंश शब्द है मिस्टर का संबोधन लोगों को अच्छा लगा और शिक्षक को भी सम्मानपूर्वक मास्टर कहा जाने लगा।''

राजेश जी बीच में ही बोल पड़े- ''अंग्रेज़ी के आप शिक्षक हैं तो इसका क्या मतलब आप कुछ भी कहेंगे और हम लोग उसे मान लेंगे।''

रमण सर बोले- ''नहीं श्रीमान मुझे जो जानकारी थी मैंने उस बात को आपसे कहा अगर और कोई जानकारी है तो कृपया आप शेयर करें।''

''अवश्य!'' उन्होंने कहा- ''देखिये मैंने जहाँ तक पढ़ा है, मास्टर इंग्लैंड में उसके लिए प्रयोग होता था जो जेंटलमेन से कम दर्जे के माने जाते थे।''

तभी हेडमास्टर साहब वहाँ पहुँच गये और बोले- ''यह शब्द तो अंग्रेज़ों की ही देन थी। इन लोगों ने यहाँ विद्यालयों में मास्टर को एक पद का रूप दे दिया और अपने स्तर से कई विद्यालयों में उनके लिए नियुक्ति की, तभी से यह पद

मास्टर के नाम से जाना जाने लगा।''

रघुबंश बाबू ने बीच में खड़े संतोष बाबू से यही प्रश्न पूछा कि ''बताइये आप तो सामाजिक विज्ञान के शिक्षक हैं, कब से शिक्षक को मास्टर कहा जाने लगा?'' संतोष बाबू को हाज़िर-जवाबी के लिए जाना जाता था- ''देखिये बहुत आसान है, जब से शिक्षक ने आकस्मिक अवकाश के लिए लड़ना शुरू कर दिया तभी से शिक्षक, गुरु सभी बदलकर मास्टर हो गये।'' सब हँसने लगे।

संतोष बाबू ने कहा- ''देखिये, पहले ज़माने में शिक्षा कहाँ दी जाती थी, गुरुकुल में! वहाँ तो गुरु को आकस्मिक अवकाश की आवश्यकता ही नहीं पड़ती थी; कितना मान सम्मान हुआ करता था। थोड़े समय बदलने के बाद गुरु का स्थान शिक्षक ने ले लिया जब मुस्लिमों ने उर्दू की शिक्षा के लिए प्रचार-प्रसार किया तो वहाँ भी उर्दू के मास्टर ही हुआ करते थे धीरे-धीरे गुरुकुल की परंपरा ख़त्म होने लगी और उसका स्थान पाठशालाओं और मदरसों ने ले लिया।'' सभी एक साथ बोल पड़े ''वाह संतोष जी कहाँ यह ज्ञान छिपाकर रखे थे, आपने कभी भी इसका प्रदर्शन नहीं किया।''

संतोष बाबू बोल पड़े- ''अरे भाई, ज्ञान का प्रदर्शन उचित समय और उचित जगह पर ही किया जाता है।'' तभी कुंदन जी बोल पड़े- ''अरे संतोष जी हम लोग तो आपके उस ज्ञान की तारीफ़ करना चाहते हैं जिसके दम पर आपके आगे अच्छे अच्छों की भी नहीं चल पाती है और अपने आपको वह हँसने से नहीं रोक पाता है।''

संतोष बाबू बोले- ''अच्छा उसका भी समय आयेगा। देखिये समय भले बदल गया पर लोगों के मन में अभी तक शिक्षक हो या मास्टर उनके अन्दर अक्स गुरु का ही दिखता है, इसलिए समाज वही ढूँढ़ता है जिसे उसने अपने से ऊपर वाली पीढ़ी से सुना है। पहले ज़माने में भी शिक्षक विद्यालयों में ही रहते थे, समय से उठना बच्चों को उठाना फिर अपने समय पर विद्यालय कार्य करना उनके नियत स्वभाव में आ गया था।

आज़ादी के बाद भी विद्यालय की स्थिति कुछ हद तक सही थी, क्योंकि विद्यालय निजी प्रबंधन के हाथों में था। वहाँ यह देखा जाता था कि कौन हमारे बच्चों का वास्तव में भविष्य निर्माण कर सकेगा और वहाँ विशेष अनुरोध पर शिक्षकों को रखा जाता था।''

रघुबंश बाबू बोले- ''अभी भी तो वही स्थिति है।''

"हाँ स्थिति तो वही है पर सारा स्वरूप बदल गया है, रघुबंश बाबू जब से सरकारी विद्यालयों का सरकारीकरण हुआ तब से सारा स्वरूप ही बदल गया। अब शिक्षक बनने के लिए योग्यता द्वितीयक हो गयी है जबकि जाति प्राथमिक। जाति-विशेष के लिए स्थान सुरक्षित हो गया कि फ़लाने विषय के शिक्षक अमुक जाति के ही होंगे।"

विनय बाबू बोले- "इससे क्या अंतर पड़ता है?"

संतोष बाबू बोले- "पड़ता है।"

सबने एक साथ पूछा- "कैसे?"

"यह बात सभी को चुभ गयी, चूँकि सभी किसी न किसी जाति विशेष से आते हैं और हमारे देश में जाति की जड़ें इतनी मज़बूत और अन्दर तक गयी हैं कि उसे उखाड़ फेंकने में वर्षों का समय लग जायेगा, और वर्तमान सरकार से लेकर पूर्ववर्ती तक सभी ने जाति का ही कार्ड खेलकर जीत हासिल की है।

संतोष बाबू धीरे से बोले, "मुझे देख रहे हैं, आरक्षित वर्ग से था इसलिए इस बुढ़ापे में नौकरी मिल गयी। अब आप ही बताओ जिसमें ख़ुद पास होने की क्षमता जोड़-तोड़कर हो वो भला एक अच्छा शिक्षक कैसे हो सकता है। आप देख रहे हैं कि निजी विद्यालय बहुत अच्छा कर रहे हैं आख़िर क्या कारण हो सकता है जब आप अन्दर जाओगे तो पाओगे वहाँ उन्हें ही रखा जाता है जो अच्छे हैं, भले ही वह समाज की सबसे निकृष्ट जाति की सूची में ही क्यों न हो। वहाँ के शिक्षक को मान और सम्मान दोनों मिलता है।"

रमण जी बीच में टोकते हुए बोले, "वहाँ के गुरु जी "शिक्षक" हैं या "मास्टर"?"

संतोष बाबू बोले- "भाई वहाँ के शिक्षक को न तो शिक्षक न मास्टर से ही कोई परहेज़ है, उसे तो सर से संबोधन होता है और बच्चों के दिलों में वह रोल मॉडल की तरह बैठे रहते हैं अभिभावक के दिल में उनके लिए अच्छा स्थान होता है, आख़िर उसे महीने-महीने फ़ीस जो भरने होते हैं यह वास्तविक बात है जब आप कोई सामान ख़रीदते हैं और आपको पैसे देने पड़ते हैं तो आप उस चीज़ को कई बार देखते हैं, परखते हैं, अपनी कसौटी पर तौलने की चेष्टा करते हैं और अपने यहाँ क्या?"

सुजीत बाबू बोले- "समझ गये संतोष बाबू।"

"क्या समझ गये?" संतोष बाबू ने पूछा।

"यही कि अपने यहाँ के अभिभावक इतना सम्मान हमें क्यों देते हैं बात भी सत्य है सरकारी विद्यालय में बच्चों को कोई फ़ीस नहीं देना है, तो वह उसका महत्व क्यों समझें अभिभावक को भी पैसे देने नहीं हैं इसलिए उसके परिणाम से उसे क्या लेना देना यहाँ तो पैसे दिए जाते हैं, आज क्या तो पोशाक के पैसे, आज क्या साइकिल के पैसे, आज नैपकीन, आज छात्रवृति, आज प्रीमैट्रिक तो आज पोस्ट मैट्रिक, आज पोस्ट-इंटरमीडिएट तो आज प्री-इंटरमीडिएट, ऐसे कितने सारे स्कीम हैं जो रह-रहकर आते रहते हैं। अब सोचिये विद्यालय के प्रधान को उससे फ़ुर्सत मिले तब तो वह कुछ और सोचेगा, इसलिए अब विद्यालय शिक्षण संस्थान न होकर पैसा बाँटने का केंद्र हो गया है। बच्चा यहाँ इसलिए आता है ताकि उसे उन योजनाओं का लाभ मिल सके, बहुत कम बच्चे यहाँ आते हैं जो पढ़ने के लिए आते हों।"

रघुवंश बाबू बोले- "संतोष बाबू बिल्कुल सही कह रहे हैं पर मुझे समझ में एक चीज़ नहीं आती है कि यहीं के बच्चे तो बग़ल के कोचिंग संस्थान में प्रतिदिन जाते हैं।"

संतोष बाबू बोले- "लगता है आप नहीं समझ पाये श्रीमान! रघुवंश बाबू, यहाँ से जो पैसा हम लोग उन बच्चों को देते हैं उससे वह ट्यूशन और कोचिंग में पढ़ता है।"

रघुवंश बाबू बोले- "सही कह रहे हैं संतोष बाबू, आख़िर हम लोग "नियोजित मास्टर" जो ठहरे।" इस बात को सुनकर सभी शिक्षक कुछ देर के लिए शांत हो गये। बग़ल में खड़े हेडमास्टर साहब मन ही मन ख़ुश हुए कि चलो इसी बहाने उनको अपनी औक़ात का एहसास तो हुआ।

हेडमास्टर साहब पुराने शिक्षक थे, मतलब नियमित स्केल वाले जिन्हें सरकार हर एक माह नियोजित शिक्षक से तीन गुना वेतन देती है; अब उनकी संख्या गिनी-चुनी ही है। सबसे बड़ी विशेषता है उनकी कि पढ़ाई उन्होंने दो दशक पहले ही छोड़ दी थी, जबसे विद्यालय में नियोजित शिक्षक की बहाली होने लगी उससे ठीक दस वर्ष पहले जब शिक्षकों का सामूहिक ट्रांसफ़र हुआ था। सभी शिक्षकों को मूल विद्यालय से इतना दूर कर दिया गया कि उसका सारा सेटअप बदल गया। धीरे-धीरे पढ़ाई से दूर होते चले गये और बहाली होना बंद हो गयी; परिणाम हुआ बिहार के बच्चे बिना शिक्षक और बिना पढ़ाई के पास

होने लगे।

कुछ देर सन्नाटे के बाद हेडमास्टर साहब कुटिल मुस्कान देते बोले- "अरे अब विद्यालयों में वैसी बात नहीं जैसी हमारे ज़माने में थी।" बीच में ही संतोष बाबू बोले- "क्यों आपके ज़माने में विद्यालयों में पंख लगे हुए थे क्या? जो बच्चे विद्यालय आते थे!"

हेडमास्टर साहब बोले- "नहीं ऐसा तो नहीं था, पर उस ज़माने में नियोजित शिक्षक तो नहीं थे न।" इतना बोलना था कि सभी नियोजित शिक्षक एक हो गये और उनको बोलना शुरू कर दिया- "चुप रहिये, एक बार भी नियोजित शिक्षक का नाम लिए तो बहुत बुरा हो जायेगा।"

हेडमास्टर साहब ने चुप ही रहना उचित समझा क्योंकि वो अकेले और उधर उनकी संख्या दस। जहाँ दस की संख्या हो वहाँ अकेले को तो चुप ही रहने में समझदारी है।

हेडमास्टर साहब के जाते ही संतोष बाबू जो बहुत देर चुप नहीं रह सकते थे, बोल पड़े- "जानते हैं शिक्षक आख़िर मास्टर कैसे बना?" उसका एक असली कारण जो किसी को पता नहीं है वह हैः सभी एक साथ बोल पड़े- "क्या है?"

"वह बोले सुनना है तो सुनिए, बात यह है कि पहले ज़माने में शिक्षक को शनिवार-शनिवार को शनिचरा वसूलना होता था और उसी से उनकी तनख़्वाह दी जाती थी पर जब से मासिक तनख़्वाह मिलने लगी उन्हें मास भर टर्र-टर्र करना पड़ा तभी से वह "मास्टर" बन गया।"

सभी को हँसी आ गयी। पहले तो सभी ख़ूब हँसे फिर विनय बाबू बोल पड़े- "इसी कारण तो समाज नियोजित शिक्षक को देखकर हँसता है।" संतोष बाबू तो संतोष बाबू ठहरे उन्होंने कहा- "तो क्या हुआ हम लोग को भी हँसना चाहिए, अरे भाई हँसना स्वास्थ्य के लिए लाभदायक है।"

विनय बाबू को ग़ुस्सा आ रहा था बोले- "चुप भी रहिएगा कि नहीं?"

संतोष बाबू बोले- "अरे विनय बाबू आप तो वेवजह परेशान हो रहे हैं। अरे भाई आप ही बताओ समाज हमें देखकर हँसेगा नहीं तो रोयेगा भला; हम लोग हैं भी तो वैसे। अब अपने यहाँ ही ले लो, अगर एक-आध लोगों को छोड़ दिया जाये तो आप किसको शिक्षक मान सकते हैं? वो भी एक-दो लोग इसलिए

शिक्षक हैं क्योंकि उनकी उम्र कम है और पढ़ने-पढ़ाने से वास्ता बचा हुआ है। अन्यथा हम लोग क्या पढ़ायेंगे, जिसने वर्षों पहले शिक्षा से नाता-रिश्ता सब तोड़ लिया था।

अब मेरा ही लीजिये, वर्षों पहले किसी तरह चोरी से डिग्री ले ली थी, नौकरी-चाकरी तो होना नहीं था। आप लोगों को तो पता है ही क्योंकि आप लोगों में से भी सभी ने तो इसी गंगा में गोता लगाया है।''

रमण जी बीच में बोल पड़े- ''क्या आप भी संतोष बाबू, अपनी कमी को सबके सामने उजागर करते रहते हैं, चुप तो रहिये।''

''अरे चुप रहने से सच्चाई छिपी नहीं रह जाती है रमण बाबू। आपको तो पता ही है कैसे नब्बे के दशक में अचानक से सत्ता परिवर्तन हुआ लोगों ने कांग्रेस को उखाड़ फेंकने के लिए एकजुट हो यहाँ सत्ता परिवर्तन करा दिया। वंचितों के मुख में लगा मानो दबी हुई आवाज़ बाहर आ गयी पर कहते हैं न कि अगर आवाज़ ज़्यादा दिन तक बंद रहे तो उसका प्रकटीकरण बहुत ही व्यापक होता है। अगर सही दिशा में जा रही तो उसका सुन्दर स्वरूप सामने आता है, पर ग़लत रास्ता परेशानी का सबब बन जाता है।''

सत्ता परिवर्तन ने यहाँ की सारी व्यवस्था को परिवर्तित करने पर ज़ोर देना उचित समझा। सकारात्मक सोच से बढ़ी हुई बातें एक नया मुक़ाम हासिल करती हैं और अपने पीछे उन सभी को छोड़ देती हैं जो कभी उन्हें आगे नहीं बढ़ने दे रही थीं, पर अगर बदले की भावना मन में घर कर जाये तो उसका परिणाम नकारात्मक होना शुरू हो जाता है।''

''तो आप कहना क्या चाहते हैं संतोष बाबू?''

''अरे कुछ नहीं रमण बाबू, भला हम ''नियोजित'' की क्या हैसियत जो कुछ कह सकें। मैं तो उस दर्द को बयान कर रहा हूँ जिसकी देन हम सभी हैं।

शायद सत्ता परिवर्तन के साथ यही हुआ, जगह-जगह जातीय समीकरण की गणनाएँ होने लगीं। कई जगहों पर कुछ जातियों को निशाना बनाया गया यह कहकर कि इन लोगों ने समाज को आगे बढ़ने से रोका है। सत्ता पक्ष ने भी इसमें अपनी रोटियाँ ही सेंकना उचित समझा, परिणाम हुआ कि शासन पर उन लोगों का अपरोक्ष रूप से अधिकार हो गया जो ग़लत नीतियाँ बनाने के लिए सरकार को बाध्य करने लगे और जंगल राज्य की तरह अपने आग़ोश में यहाँ की जनता को लीलने लगे। कहते हैं किसी भी राज्य का विकास वहाँ के नीति और नियंत्रक

के हाथ में रहता है, पर अगर दोनों ही ख़राब हो जायें तो आप इसका महज़ अंदाज़ा लगा सकते हैं। जानते हैं विनय बाबू इसका हमारी शिक्षा व्यवस्था पर क्या असर पड़ा?''

विनय बाबू बोले- ''अरे नहीं बाबा, आज संतोष बाबा की जय।''

''अच्छा तो सुनिए, विनय बाबू। आपके लिए बाबा ही सही!''

''सुनाइए संतोष बाबू।''

''इसका सीधा असर यहाँ के शिक्षा व्यवस्था पर पड़ा। आते ही इस सरकार ने जो सबसे पहला काम किया, वह था सभी बहाली प्रक्रिया को अपने हाथ में ले लेना। आपको तो पता ही है कई हमारे शिक्षक जो उस समय शिक्षक बनने के लिए साक्षात्कार दिये थे, उसकी बहाली आज तीस साल के बाद तक हुई है, वह भी सुप्रीम कोर्ट के हस्तक्षेप के बाद।

कई मित्रों ने हमें बताया कि उन लोगों ने उस समय में अपने बीवी के गहने बेचकर नौकरी के लिए पैसे दिए थे पर उसके बावजूद नहीं हुआ। कुछ मित्र ने बताया कि उनके पास पैसे नहीं थे जिस कारण उनकी नियुक्ति नहीं हो पायी। होता भी कैसे आज तक जीवन में कभी महाविद्यालय का मुँह नहीं देखा था। बस एक ही काम बचा था, वह था डिग्री हासिल करना जिसे मैंने ले लिया था क्योंकि हमें पता था कि इसमें वह पास कर सकता है जो परीक्षा में उत्तर-पुस्तिका पर चिट-पुर्ज़ों से उत्तर उतार सकता हो। फिर जीवन जीने के लिए चश्मे के दुकान में काम करने लगा, वहीं रहते शादी की। बच्चे भी हुए और किसी तरह फ़ॉर्म भर कर परीक्षाएँ उत्तीर्ण कीं और उस व्यवसाय को अंतिम मत मानियेगा क्योंकि शायद ही कोई ऐसा क्षेत्र बचा हो जहाँ मैंने काम न किया हो। जिल्दसाज़ी से लेकर गुब्बारे बेचने तक का काम किया है मैंने!

मुझे अब भी वह दिन याद है जब मेरे पास बच्चों की परवरिश के लिए पैसे नहीं थे तो मैंने मंदिर के आगे दाना और बद्धी बेचने का भी काम किया था। कभी-कभार उन लोगों से मुलाक़ात हो जाती है जो हमारे पुराने ग्राहक थे, तो कोई हमें ''चश्मा वाला'' तो कोई ''धागा वाला'' तो कोई ''गुब्बारा वाला'' तो कोई ''फ़ोटो वाला'' ही कहकर पुकारता है।

अब आप लोग ही बताइये पढ़ाई से हम कितने दूर चले गये होंगे। आपने एक कहावत तो सुनी होगीः ''बूढ़ा काग पोस नहीं मानता है''। अब हम लाख चाह लें क्या कर सकते हैं, थोड़ी बहुत चमक आ सकती है पर वह धार कभी नहीं

हो सकती है जो आप विज्ञान और संस्कृत के इस शिक्षक में देख पा रहे हो।''

रघुबंश बाबू बोले- ''संतोष बाबू बात तो सही है पर हम लोग कोशिश तो कर सकते हैं कि अपने आपको समाज में प्रतिस्थापित कर लें। कुंदन जी एक अच्छे शिक्षक हैं कभी भी वर्ग जाने से नहीं कतराते, हमेशा इच्छा रहती कि प्रथम घंटी बच्चों के पास जाएँ और तब ही कोई अन्य काम करें। अपने दम पर बिना किसी विद्यालय के मदद से उन्होंने कई बच्चों को विज्ञान के क्षेत्र में राष्ट्रीय और अंतर्राष्ट्रीय स्तर पर प्रतिस्थापित करवाये हैं। हमेशा बच्चों को प्रोत्साहन देते हैं, उनके वर्ग में बच्चे को पता ही नहीं चलता कब समय बीत गया। वो अक्सर जब वर्ग में जाते तो बच्चे-बच्चियाँ उन्हें घेरे रहते मानो उनके पास कोई जादू हो। वर्ग में कभी भी बच्चे पढ़ाई को बोझ नहीं समझते, उनके पढ़ाने का तरीक़ा इतना अच्छा कि जो बच्चा एक बार सही से पढ़ ले उसे वह बात जीवन भर याद रहता है।

वह अक्सर कहते- ''आदमी सौ प्रतिशत ईमानदार तो नहीं रह सकता पर एक कोशिश तो कर सकता है कि अपने आपको उस श्रेणी में ला सके जिसे समाज ईमानदार कहता है।''

एक बार एक बच्चे ने वर्ग में ही पूछ दिया, ''क्यों सर कोई सौ प्रतिशत ईमानदार नहीं सकता है?'' सर ने बहुत सहजता से कहा ''हाँ-हाँ, हो क्यों नहीं सकता है! पर वह इस समाज में फिर रह नहीं पायेगा, उसे समाज से कटकर मतलब सन्यासी या फिर तानाशाह बनना पड़ेगा''

आनंद ने वर्ग में ही पूछ लिया- ''क्यों सर?'' सर ने उसे बहुत शाबाशी दी कि तुमने हिम्मत तो की इस प्रश्न को पूछने में। सर ने फिर बताया, ''देखो एक तो हम लोग भगवान नहीं हैं इंसान हैं, तो हमारा दायरा सीमित है। इसलिए इस मरणशील दुनिया में अपने आपको बचाये रखने के लिए हो सकता है कभी आपको किसी से समझौता करना पड़े और दूसरी बात है कि लोगों के ज़ेहन में बेईमानी इस क़दर घर कर गयी है कि छोटे-मोटे भ्रष्ट आचरण उसे आम बात लगती है। अगर आप सरकारी नौकरी करते हैं तो आपको न चाहते हुए भी यह काम करना होगा।''

दिवाकर ने आश्चर्य से पूछा- ''क्यों? मैं नहीं चाहूँगा फिर भी कैसे कोई ज़बरदस्ती यह काम करा लेगा?''

सर ने फिर कहा- ''दिवाकर एकदम आसान बात है, मैं कल तुमसे यह

चर्चा करूँगा, आज के वर्ग का समय ख़त्म होने वाला है, रमण सर बाहर इंतज़ार कर रहे होंगे।'' यह कहकर आज की कक्षा ख़त्म हुई।

आनंद ने आज नये-नये कपड़े पहने, माँ को एक अच्छा गिफ़्ट तैयार करने को कहा। माँ ने पूछा- ''क्या बात है आनंद, किसी का जन्मदिन है क्या?''

आनंद बोला- ''हाँ माँ, है न।''

माँ ने पूछना उचित भी नहीं समझा कि किसका है, माँ ने सोचा किसी मित्र का होगा। क्योंकि यह तो हर एक महीने का काम है, किसी न किसी मित्र का जन्मदिन होता ही है और विनीता को गिफ़्ट तैयार करना ही होता है।

आज आनंद ने अपनी साइकिल नहीं ली, क्योंकि उसे गिफ़्ट ले जाना था इसलिए उसने पब्लिक ट्रांसपोर्ट की मदद ली और बस में जाकर खड़ा हो गया। किसी ने बच्चे देखकर उसे अपनी सीट पर थोड़ी जगह दे दी, आनंद ने अपने गिफ़्ट को हाथ में रखा और बैठ गया।

थोड़ी देर बाद श्रीमान ने आनंद से पूछा- ''कहाँ जा रहे हो?''

आनंद बोला- ''विद्यालय।''

''अच्छा वहाँ किसी का जन्मदिन है क्या?''

आनंद बोला- ''हाँ! वैसा ही समझिये।''

फिर उसने पूछा- ''किसका बेटा?''

आनंद बोला- ''श्रीमान सर्वपल्ली राधाकृष्णन का।''

''ये कौन है और कौन-सा विषय पढ़ाते हैं?''

''अरे भैया ये भला कैसे पढ़ायेंगे, ये तो कब के स्वर्ग सिधार गये।''

''क्या! फिर तुम किसके लिए ये ले जा रहे हो?''

''अरे श्रीमान, आज उनकी जयंती है और हम सब उनकी जयंती धूमधाम से मनाते हैं।'' तभी बग़ल में बैठे दूसरे सज्जन ने कहा- ''अच्छा जी समझ गया पर हमारे समय में तो ऐसा-वैसा कुछ भी नहीं होता था।''

आनंद बोला- ''अच्छा! आपके समय में शिक्षक दिवस नहीं मनाया जाता था?''

''हाँ भाई मनाया जाता था अवश्य, पर इस तरह से हम लोग गिफ़्ट नहीं ले

जाते थे।'' तभी किसी ने पीछे से कहा, ''अरे भैया, उस समय में ''नियोजित शिक्षक'' थोड़े न होते थे।''

आनंद के दिमाग़ में फिर इस शब्द ने हिट किया- ''क्या कहा आपने? हमारे विद्यालय में तो ऐसा कोई शिक्षक नहीं है!''

तभी किसी ने पूछा- ''किस विद्यालय की बात कर रहे हो बेटा, ज़िला स्कूल की? अरे मैं वहाँ सभी को जानता हूँ, वहाँ प्रधान को छोड़कर सभी नियोजित ही हैं।''

आनंद बोला- ''नहीं सर, मैं वहाँ पढ़ता हूँ न- वहाँ गणित सर, हिन्दी शिक्षिका, संस्कृत सर, विज्ञान शिक्षक, संगीत शिक्षक, एन. सी. सी. सर, इतिहास सर और भूगोल सर हैं पर नियोजित सर तो नहीं हैं।''

आनंद के यह कहते ही सभी ज़ोर-ज़ोर से हँसने लगे। आनंद को अजीब लगा, उसे समझ ही नहीं आ रहा था आख़िर सभी ज़ोर-ज़ोर से क्यों हँस रहे हैं। तभी किसी ने कहा- ''इसीलिए तो आनंद को उसने नहीं बताया ताकि बच्चे उसे वही स्केल वाला मास्टर समझते रहें और आराम से गिफ़्ट वग़ैरह आता रहे।''

आनंद को थोड़ा बहुत समझ में तो आ गया कि नियोजित मास्टर कोई ऐसा अभिशाप है जिसे शायद समाज स्वीकार नहीं कर पा रहा है, पर उस क्षण चुप रहना ही उचित समझा। रास्ते में तरह-तरह की बातें होनी शुरू हो गयीं: ''अरे आजकल के मास्टर में अब वो बात कहाँ जो कभी हुआ करती थी''

जितने मुँह उतनी बातें, सभी लोगों ने अपनी-अपनी बातें कहनी शुरू कर दीं। अपने उस दिन की याद उन्हें आने लगी जब कभी वे लोग विद्यालय जाया करते थे- कोई इस बात से ख़ुश था कि फ़लाने मास्टर साहब ने हमें एक दिन बहुत पीटा था और हम उस दिन से सुधर ही गये। कोई अपने ज़माने के उस शिक्षक को याद करता था जो बच्चों की ज़रा-सी भी ग़लती पर उसे पेड़ से उल्टा लटका देता था। कोई इससे ख़ुश था कि उसे एक बार शिक्षक ने चिलचिलाती धूप में घंटों खड़ा रखा था।

जब आनंद को लगा कि बात सिर के ऊपर से गुज़र रही है तो उसने खड़े होकर कह दिया- ''इसीलिए आप लोग अच्छे इंसान नहीं बन पाये और शिक्षक को देखकर हँस रहे हैं। शिक्षक को विषय और उसकी पढ़ाई के तरीक़े से जाना जाता है न कि उसके मार और डर, भय से। मैं तो अपने शिक्षक को विषय शिक्षक और उनके व्यक्तित्व से जानता हूँ, उनका सम्मान करता हूँ और मैं अपने

आपको सौभाग्यशाली समझूँगा अगर मैं उनके व्यक्तित्व को अपने जीवन में उतार पाऊँ।

आप उसे जिस नाम से पुकारें आप उसे "नियोजन" मास्टर कहें या "नवका मास्टर" कहें या कुछ और मेरे लिए वही सब कुछ है मेरे देवता से भी बढ़कर है। और आपने तो सुना होगा न कि "गुरु, गोविन्द दोनों खड़े काके लागू पाँव" तो कान खोलकर सुन लीजिये मैं तो अपने शिक्षक को ही प्रणाम करूँगा, भले आप कितना भी उपहास क्यों न कर लें।"

कुछ देर के लिए सभी चुप हो गए पर बीच में कोई बोल पड़ा- "अरे देखो नवका मास्टर सब बच्चा के दिमाग़ में कितना कचरा भर दिया है कि उसे सही-ग़लत की पहचान भी करना नहीं आता।"

तभी कोई बोल पड़ा- "अरे बेचारा क्या करेगा अगर बच्चा के मन में जगह नहीं बनायेगा तो यह जो चॉकलेट का डिब्बा जा रहा है वह भी बंद हो जायेगा; आख़िर नियोजन मास्टर ऐसे नहीं करेगा तो उसका परिवार कैसे चलेगा।"

पीछे से किसी ने टोन मारा- "अरे भाई बेचारा यही सब कह के तो विद्यालय में अपनी पहचान बनायेगा, नहीं तो सरकार उसे कभियो हटा सकता है।"

पूरी बस में यही और केवल यही चर्चा चल रही थी कि "मास्टर साहब को कुछो नहीं आता है।" हालाँकि आनंद इस तरह की बात अक्सर सुनता रहता था, पर वह इस सम्बन्ध में कोई जानकारी नहीं रहने के कारण ध्यान ही नहीं दे पाता था उसे तो बस अपने गृहकार्य की चिंता रहती, उसे कभी फ़ुर्सत ही नहीं मिलती कि सुने बग़ल में बैठा इंसान क्या बातें कर रहा है। उसके मानस पटल पर तो अपने विज्ञान और संस्कृत शिक्षक की बातें याद आतीं और जब भी भटकाव होता तो वह बात उसे दोगुनी रफ़्तार देकर काम की गति को दोगुना कर देता। पर आज उसे सब कुछ अजीब-सा लग रहा था, मन में कई प्रश्न कौंध रहे थे कि आख़िर ऐसी बातें लोग क्यों कर रहे हैं। उससे फिर रहा नहीं गया, आनंद ने फिर खड़े होकर कहा आख़िर आप लोग मेरे शिक्षक के बारे में ऐसी ग़लत बातें क्यों कर रहे हैं? मेरे शिक्षक तो अच्छे हैं! तभी एक नवयुवक बोल उठा- "अरे तुम अभी बच्चे हो तुम्हें क्या पता कि वह क्या पढ़ाते हैं या ठगते हैं।" आनंद ने कहा- "नहीं चाचा, मेरे शिक्षक तो हमें अच्छे से पढ़ाते हैं और अगर आपको विश्वास नहीं हो तो आप हमसे पूछकर देख लो।"

तभी अधेड़ उम्र के एक व्यक्ति ने कहा- "अरे चुप रह! तभी से तुम बोले जा रहे हो" एक कहावत है "सावन में जन्मा सियार कहता है कि भादव में आयी बाढ़ से बड़ी बाढ़ आज तक आयी ही नहीं"। तुम्हें पता है नियोजित मास्टर-मास्टरनी सब कैसे-कैसे हैं? एक जगह मुखिया जी ने उससे कहा कि आवेदन प्राप्ति को रजिस्टर में लिखो कि "एक प्रति पाया", तो वह लिखी "एक पति पाया"।"

आनंद चुप हो गया। फिर सभी अपना-अपना अनुभव देने लगेः "डिग्री लाओ, नौकरी पाओ" प्रक्रिया के तहत जो भी शिक्षक आये हैं, सभी बेकार हैं; वह क्या पढ़ायेगा जिसको ख़ुद नहीं आता है, भला वह दूसरे को क्या शिक्षा देगा। तभी कोई बोलने लगा- "भाई हमारा राज्य ही ऐसा है, एक ने डिग्री दिया तो दूसरे ने नौकरी।"

"एक मुख्यमंत्री ने पंद्रह साल तक राज्य किया और चोरी करवाकर सभी को डिग्री बाँट दिये, दूसरे ने उस डिग्री से सभी को नौकरी दे दिया भला वह क्या पढ़ायेगा। बड़े भाई और छोटे भाई की जितनी ही बात करो उतनी ही आपको वह फ़िल्म याद आयेगी, "बड़े मियाँ तो बड़े मियाँ छोटे मियाँ सुभानअल्लाह"।"

कोई कहता अरे इसको कुछ आता ही नहीं है, कोई कहता अरे पढ़ाना ही नहीं चाहता। आनंद को शिक्षक दिवस के दिन ये सभी बातें शूल की तरह चुभ रही थीं। कुछ देर के लिए उसके मन में भी आने लगा कि हो सकता है इसीलिये हमारे शिक्षक इस तरह के आयोजन तो नहीं करते, पर दिल ने नहीं माना। तब तक विद्यालय का मुख्यद्वार आ चुका था बस वाले ने बस रोक दी, आनंद ने उसे पैसे दिए और अपने विद्यालय के तरफ़ बढ़ गया। दूर से उसे अपने संस्कृत और विज्ञान शिक्षक दिखाई पड़े।

आनंद के हाथ में बड़ा-सा गिफ़्ट देखकर सभी बच्चों ने उसे घेर लिया कोई उसे छूना चाहता, कोई पूछता क्या है इसके अन्दर? बाक़ी बच्चों के हाथ में भी छोटे-छोटे डिब्बे थे, कुछ ने क़लम तो कुछ ने कापियाँ ले रखी थीं। कुछ ने अपने हाथों से बनाये कार्ड रखे थे तो, किसी ने बाज़ार से ख़रीदे कार्ड। हाँ ज़्यादातर चेहरे ऐसे ही थे जिन्होंने ख़ाली हाथ ही आना उचित समझा था।

कार्यक्रम होने में अभी देरी थी इसलिए सभी बच्चे मैदान में बैठ गये थे। आनंद एक तो वर्ग में अव्वल बच्चों में से था, दूसरी बात उसने बड़ा-सा गिफ़्ट का पैकेट जो ले रखा था इसलिए वह बीच में बैठा था और बाक़ी लोग उसको घेरे

हुए थे। जो-जो अपने शिक्षक के लिए कुछ लाया था वह उसे अच्छे से पकड़े हुए था ताकि पन्नी न फट जाये या रंगीन काग़ज़ उनके हाथ के पसीने से ख़राब न हो जाये।

अब बच्चों के बीच बात चल गयी, किसी ने पूछा- "अरे तुम कुछ भी नहीं लाये?" तो उसने जवाब दिया-

"अरे सर लोग ऐसे ही बुद्धू बनाते हैं, भला शिक्षक दिवस में मैं गिफ़्ट सर को क्यों दूँ?" तभी जो गिफ़्ट लाया था वह बोल पड़ा- "अरे सर ने थोड़े कहा है किसी को गिफ़्ट लाने को, हम लोग तो अपने मन से गिफ़्ट लाये हैं।"

"हाँ-हाँ नहीं बोले हैं पर तुम्हीं बताओ क्या ज़रूरत थी कल हम लोगों को यह बताने की कि कल शिक्षक दिवस है?"

जिन लोगों ने गिफ़्ट नहीं लिया था उनकी संख्या ज़्यादा थी, इसलिए सभी एक साथ खड़े होकर आनंद और अन्य जो कोई गिफ़्ट लाया था को देखकर मज़ाक़ उड़ाने लगे। "ये लोग सर को ख़ुश करने के लिए ऐसा करते हैं ताकि वर्ग में इन पर सर ज़्यादा ध्यान दें।" तभी एक बच्चा बोल उठा- "उससे क्या सर ज़्यादा ध्यान देने लगेंगे? अगर ऐसा हुआ तो हम अपने दादा जी को बुला लायेंगे और फिर सर की क्लास होगी!"

आनंद बीच में बोल पड़ा- "अगर तुम लोग चुप रहोगे तो एक प्रश्न पूछूँ?"

"हाँ-हाँ क्यों नहीं।"

"मुझसे वादा करो सभी सच-सच बताओगे, जो मैं तुमसे पूछूँगा।"

सभी ने कहा "ज़रूर।"

आनंद ने प्रश्न किया- "अच्छा जो लोग गिफ़्ट लेकर नहीं आये हैं वह अपने पापा-मम्मी से बोले थे कि हमें कल शिक्षक दिवस में अपने सर के लिए कुछ ख़रीदना है?"

सभी ने कहा-"हाँ हम लोगों ने कहा था।"

आनंद ने पूछा- "तो क्या जवाब मिला?"

"अरे क्या मिलता, जो सच्चाई है वही न।"

आनंद ने फिर पूछा- "मैं समझा नहीं।"

"अरे दोस्त! हम लोगों के पापा ने स्पष्ट कहा कि मास्टर सब ऐसे ठगता है और वैसे भी विद्यालय में सरकार हमारे बारे में कितना ख़याल करती है। हम लोगों को पढ़ने के लिए भी पैसे देती है, हम लोग जो विद्यालय प्रतिदिन आते हैं उसके भी पैसे हमें विभिन्न योजनाओं के तहत देती है। एक तरफ़ सरकार हम लोगों के फ़ायदे के लिए काम कर रही है और एक ये शिक्षक लोग हैं जो हमसे गिफ़्ट लेना चाहते हैं। अरे इन्हें तो आज के दिन हम लोगों को कुछ-कुछ पैसा या गिफ़्ट देना चाहिए ताकि इनके विद्यालय का मान बचा रहे और अधिकारी समझें कि इनके यहाँ बहुत सारे बच्चे पढ़ाई करते हैं और प्रतिदिन यहाँ आते हैं।"

आनंद बोला- "कुछ तो रहम करो दोस्तो, ये तुम्हारे शिक्षक हैं तुम इनसे सीखते हो।"

"अरे आनंद तुम समझ नहीं रहे हो, अगर तुमको ग़लत लग रहा है तो तुम ही बताओ तुम सभी दिन शिक्षकों को अपने वर्ग की तस्वीर भेजते देखते होगे।"

आनंद ने कहा- "हाँ ये तो मैं देखता हूँ, इसलिए तो हम लोग कह रहे हैं अगर आज के दिन हम लोग नहीं आते तो ये शिक्षक अधिकारी को क्या भेजते और फिर उनकी क्लास लगती।"

आनंद को कुछ देर के लिए तो लगा कि ये लोग सही कह रहे हैं, पर गहराई से सोचने पर उसे लगा कि इतनी गंभीर बातें बोलना हम बच्चों के बस की बात तो नहीं है इसलिए उसने सोचा कि पता लगाया जाये कि आख़िर इस तरह की बातें ये कहाँ से सीख कर आते हैं। आनंद ने ज़ोर से डाँटते हुए कहा- "चुप रहते हो तुम लोग कि नहीं, तुम लोगों को कोई शर्म भी आ रही है क्या? तभी से बोले जा रहे हो। भला ये बातें तुम रघुवंश बाबू के सामने बोल पाओगे क्या?

कुंदन बाबू के बारे में ऐसी बातें करना तुम्हें शोभा देता है? जिसने तुम्हें कुम्हार के तरह जीवन के हर मोड़ पर लड़ने के क़ाबिल बनाया। क्या विनय बाबू के सामने तुम ये बात बोल सकते हो जो अभी बोल रहे थे?"

सब चुप, अब कोई कुछ नहीं बोल रहा था। आनंद ने कहा- "हमें सच-सच बताओ ये बातें तुम लोगों ने कहाँ सुनी?"

आनंद ने विनय बाबू को आवाज़ दी। सब ने आनंद को सर को बुलाने से मना किया, सबने एक साथ कहा- "आनंद देखो ये बातें हमने ताश खेलने वाले मचान के पास लोगों को कहते सुना था।"

आनंद बोला- "और तुम लोगों ने उसे सच मान लिया?"

सबने कहा- "कैसे नहीं मानते, अब बताओ उस ताश खेलने में हमारे ही तो सभी रहते हैं, चाचा, पापा, भैया, दादा और काका।"

आनंद बोला- "उससे क्या? पर तुम बताओ, अपनी भी तो अक्ल लगानी चाहिए। हमें बताओ तुम लोग भर दिन में कितने रुपये का बिस्कुट, चॉकलेट खा लेते हो?"

किसी ने कहा "बीस" तो किसी ने कहा "पचास"।

"अब हमें यह बताओ एक क़लम कम से कम कितने की आती है?"

सबने कहा- "पाँच।"

"अरे दोस्तो ज़रा सोचो हम लोग उतना पैसे का तो बिस्कुट चॉकलेट ख़रीद कर खा लेते हैं पर अगर सर को एक छोटा-सा तोहफ़ा दे देते हो तो क्या इससे आप ग़रीब हो जाओगे?

दोस्त, शिक्षक मान-सम्मान का भूखा होता है और आपका स्नेह उसे असीम ऊर्जा प्रदान करता है। भले समाज उन्हें कुछ भी समझे, पर हम बच्चे अगर उन्हें ठीक से समझ लें तो शायद वो पुराना दिन वापस आ जाये।

देखो आज मैंने बस में इस बात पर काफ़ी कुछ कहा पर हमारा समाज हमें लग रहा है कि पूर्वाग्रह से ग्रसित हो रखा है।"

उसी बीच रघुबंश बाबू ने लोगों को हॉल में एकत्र होने को कहा, सभी जल्दी-जल्दी हॉल में अपनी जगह लेकर बैठ गये। कुछ ही देर बाद रघुबंश बाबू के साथ सभी शिक्षक आ गये। प्रधान सर भी आ पहुँचे थे उनके आते ही सभी शिक्षक खड़े हो गये, शिक्षक को खड़े होते देख सभी बच्चे खड़े हो गये। यही शिष्टाचार, बच्चे शिक्षक से अनुकरण करते हैं। यह एक सामान्य प्रक्रिया है, बाक़ी दिनों की बात अलग होती है लेकिन आज शिक्षक दिवस है आज शिक्षकों को अन्य दिनों की अपेक्षा आदेश-निदेश देने की आवश्यकता नहीं होती है।

शिक्षकों की हर एक गतिविधि को बच्चे ध्यानपूर्वक देखते हैं और अपने जीवन में अनुकरण करने की चेष्टा करते हैं। प्रधान ने राधाकृष्णन की तस्वीर पर माल्यार्पण किया, तत्पश्चात उन्होंने सभी शिक्षकों से पुष्पांजली के लिए आग्रह किया। बीच में ही कुंदन बाबू बोल पड़े- "सर पहला हक़ तो बच्चों का है, पहले सभी बच्चे पुष्पांजली दे दें फिर हम शिक्षकों की बारी होगी।"

प्रधान बोले- ''कोई बात नहीं, पहले बच्चे ही पुष्पांजली दे दें।''

आज कई वर्षों के बाद प्रधान को शिक्षक दिवस समारोह में आने का मौक़ा मिला था, क्योंकि बीच में विद्यालय में कोई शिक्षक ही नहीं थे। यह कोई एक-आध वर्षों की बात नहीं थी तक़रीबन दस वर्ष हो गये थे, राज्य में जब से शिक्षकों की नियुक्तियाँ बंद हुईं इस विद्यालय में वे अकेले थे। आप उन्हें शिक्षक समझें या प्रधान या किरानी एक ही बात है। पढ़ाने से दूर-दूर तक वास्ता नहीं, हाँ वो अलग बात है कि जब भी मौक़ा मिलता नियोजित शिक्षक को कोसने से बाज़ नहीं आते।

अपने समय की बात ऐसे करते जैसे उसने दुनिया की सबसे कठिन परीक्षा पास करके आये हों जबकि हक़ीक़त में उनके ज़माने में केवल साक्षात्कार होता था और जान-पहचान वाले और पैसे वालों को ही नौकरी मिल पाती थी। यह सत्य है कि अगर उन लोगों को आजकल के कठिन परीक्षाओं में बैठने दे दिया जाये तो वह प्रथम स्थान पर आ ज़रूर जायेंगे लेकिन नीचे से प्रथम, इसकी गारंटी है और हो भी क्यों नहीं- पिछले दस वर्षों से उन्होंने पढ़ाई वर्ग जाकर नहीं की और दस वर्ष यह कहकर बिता लिया कि आप लोग नये हैं अभी आप लोग सीखिए कैसे पढ़ाया जाता है। जब वर्ग जाने की बात आ जाये तो प्रधान शिक्षक के लिए नियोजित शिक्षक से बड़ा विद्वान कोई नहीं होता है पर अगर बेचारों को उन्हें कोसने की बात हो तो प्रधान से बड़ा विद्वान कोई नहीं।

एक बार कुंदन सर ने जो कहा वह वाक़ई बहुत मजेदार वाक़िया था और जब कभी सभी लोग एक साथ बैठते तो उस बात को छेड़ देते और सभी लोग हँसते-हँसते लोटपोट हो जातेः

सभी लोग एक दिन धूप में बैठे हुए थे कि अचानक से कुंदन सर बोले- ''प्रधान सर आप तो बिल गेट्स से भी ऊपर हैं।''

उन्होंने कहा- ''क्या मज़ाक़ कर रहे हो?''

कुंदन सर बोले- ''मज़ाक़ नहीं सर, हम लोग सही ही कह रहे हैं।''

प्रधान के मुख पर मुस्कान छा गयी। मुस्कुराते हुए बोले- ''अच्छा कहो कैसे मैं बिल गेट्स से ऊपर हूँ?'' सभी कौतूहल से कुंदन सर के तरफ़ देख रहे थे। कुंदन सर ने कहा- ''प्रधान सर आप तो मेरा आशय समझ ही गये होंगे।''

सर ने कहा- ''हाँ कुंदन जी हम शिक्षक तो बच्चों के आदर्श होते हैं और

हम तो बिल गेट्स क्या जो बाइडेन से भी ऊपर हैं।''

सभी सर ने कहा- ''हाँ-हाँ सर ये बात तो है।''

तभी संतोष जी बोल उठे- ''बात तो सही है पर जब आप वर्ग जायेंगे तब तो!''

''अरे वो बात अलग है, हमें कई सारे काम हैं उन्हें आख़िर कौन करेगा?''

कुंदन सर बोले- ''प्रधान सर सही कह रहें हैं पर मैं तो आपको उस समय से जान रहा हूँ जब आप सहायक शिक्षक हुआ करते थे, है न सर!''

''बिल्कुल कुंदन बाबू आप तो हमें दस वर्ष से जान रहे हैं और मैंने आपकी सभी गतिविधियों को देखा है। ख़ैर छोड़िये सर इन बातों को।''

प्रधान को बात चुभ गयी अब उन्होंने बोलना शुरू कर दिया- ''अरे कुंदन बाबू मैं भी कभी ख़ूब पढ़ाया करता था।''

तभी किसी ने पूछा- ''कब?''

वो बोले -''जब आपके उम्र में थे।''

विनय बाबू बोल उठे- ''अच्छा, पर सर हमने तो कभी भी आपको वर्ग के अन्दर जाते हुए नहीं देखा है।'' अब कुंदन सर बोले- ''नहीं ऐसी बात नहीं है, मैंने सर को एक बार देखा था जब सर ने बच्चों को कुछ पढ़ाया था।''

अब प्रधान सर ने बोलना शुरू किया- ''देखिये कुंदन जी आप तो हमें देखे हैं एक बार वर्ग में जाते हुए। मीनू मैम जो दूर खड़ी थीं, बोलीं- ''मैं भी उस दिन वहाँ मौजूद थी, जब सर बच्चों के बहुत कहने पर वर्ग गये थे और आधा घंटा तक लगातार पढ़ाये थे।'' अब संतोष बाबू से नहीं रहा गया, बोल उठे- '' ''हिरण की गवाही, सूअर देने आ गया'', आप क्यों नहीं सर का साथ देंगी, क्योंकि आप तो ख़ुद ही वर्ग नहीं जाती हैं।'' मैम यह सुनते ही रॉकेट की रफ़्तार से टूट पड़ीं, ''मैं क्या करूँ इसमें प्रधान की ग़लती है, इन्होंने कभी कोशिश ही नहीं की। अब आप ही बताओ कुंदन जी, मैथिली विषय में कोई बच्चे ही नहीं आते हैं तो हम क्या करें?''

कुंदन जी बोल उठे- ''हाँ बात भी सही है, इसलिए तो मैम वर्ग ही नहीं जातीं।'' प्रधान ने बोलना शुरू कर दिया- ''आप पैसा नहीं उठाती हैं क्या?''

मैडम ने बोलना शुरू कर दिया- ''हम नियोजित शिक्षक हैं, हमें आपके

जैसे बहुत तनख़्वाह नहीं मिलती है। आपको बहुत मिलती है आप जाइये वर्ग में हमें मत बोलिए।'' ये झगड़ा अब भयंकर रूप ले चुका था प्रधान ने फिर बोलना शुरू कर दिया- ''आप नियोजित शिक्षक अपने हद में रहें, अरे आपकी औक़ात ही क्या है!''

औक़ात की बात तो सभी को ख़राब लगी पर किसी ने बोलना उचित नहीं समझा। पर तभी संगीत के शिक्षक प्रभाकर जी ने कमान सँभाल ली बोल उठे- ''औक़ात की बात मत ही करिए, नहीं तो लेनी का देनी पर जायेगा।''

प्रधान, मैम को छोड़ अब प्रभाकर जी से मुख़ातिब हो गये- ''आप चुप रहिये आप क्यों बीच में टाँग अड़ाते हैं?'' वो बोले- ''कैसे नहीं? अरे आप नियोजित शिक्षक को बात कहेंगे और हम लोग चुप रहेंगे? इसलिए आप चुप ही रहें तो अच्छा है, नहीं तो!''

''नहीं तो क्या कर लेंगे?''

''जो कभी नहीं हुआ है वो हो जायेगा।'' प्रधान ने अपना आपा खो दिया था बोल उठे- ''आप हमें नहीं पहचानते हैं, मैं सीधे डायरेक्टर डीडीसी को लिख दूँगा, आर डी डी ई और डी ई ओ तो हमारे जेब में रहते हैं।''

प्रभाकर सर ने कहा- ''एक काम करिए, पहले आप लिख ही दीजिये और उसके बाद हम आपको बताते हैं कि क्या होने वाला है।''

प्रधान पास आकर ललकारने की मुद्रा में बोले- ''आप क्या कर लोगे, आप की औक़ात हमें पता है।''

प्रभाकर सर से नहीं रहा गया, उसने बग़ल में रखी कुर्सी उठायी और प्रधान के ऊपर देने के लिए उठाई तभी सभी ने कुर्सी पकड़ ली।

प्रधान जी चुप, अब प्रभाकर जी पूरे वाइब्रेंट हो चुके थे। बोलने लगे- ''डायरेक्टर और डी डी सी तो बाद में आयेगा, यहाँ से मारना शुरू करेंगे और विद्यालय के बाहर तक मारते ही रहेंगे।''

यह ताम-झाम शाम तक चला। सभी ने प्रभाकर सर को घर भेज दिया। अब प्रधान को समझाने का प्रयास शुरू हुआ। प्रधान ने कुंदन जी पर सारा दोष मढ़ दिया। कुंदन जी बोले- ''सर मैंने क्या किया?''

''किया न, अगर आप हमें बिल गेट्स नहीं कहते तो इतनी बात नहीं हो पाती।''

“सर मैंने क्या ग़लत कहा, मैं तो अभी भी कह रहा हूँ आप बिल गेट्स से ऊपर हैं सर।”

“फिर वहीं मज़ाक़, फरियाबाजी वाली बात हमसे मत करिए, हमें फरियाबाजी पसंद नहीं है।”

“अरे सर मैंने ऐसा कुछ भी नहीं कहा।”

प्रधान बोले- “तो क्या कहा?”

“अरे सर एक बात बताइये आपकी तनख़्वाह कितनी है?”

सर ने कहा- “बड़ा बाबू, बताइये कितना है?”

सब हँसने लगे बोले- “क्यों आपको पता नहीं है?”

बोले- “अरे बिल तो वही बनाते हैं और दूसरी बात है मैं तो अपनी तनख़्वाह छूता भी नहीं हूँ।”

किसी ने कहा- “तो आपका परिवार कैसे चलता है?”

उन्होंने कहा- “बाहरी पैसा है न, उससे काम चला लेता हूँ।”

बड़ा बाबू ने कहा- “सर को अभी “एक लाख दस हज़ार रुपये” तनख़्वाह मिलती है। चलिए राउंड फ़िगर ही मान लेते हैंः एक लाख।”

सर बोले- “हाँ मान लेते हैं।”

कुंदन सर बोले- “अच्छा एक वर्ष में कितना हुआ?”

बोले- “बारह लाख।”

“और दस वर्षों में?”

प्रधान बोले- “आपको गुणा नहीं पता क्या?”

“है न सर! एक करोड़ बीस लाख मान लीजिये सर हमें अपने यहाँ कोई कार्यक्रम करना हो और बिल गेट्स को मँगाना हो। वो अक्सर भारत आते रहते हैं, हमारे कहने पर भी वो यहाँ आ जायें। यहाँ बस उनका आधा घंटा का कार्यक्रम हो तो वह कितना लेगा?”

प्रधान बोले- “वो कितना लेगा, बहुत करेगा तो एक करोड़।”

“अब आप बताइये सर, अगर आपकी दस वर्ष की सभी तनख़्वाह उन्हें दे दी जाये तो भी आपके पास बीस लाख बच जायेंगे।”

सर ने कुंदन जी के तरफ़ देखते हुए पूछना चाहा कि इसका क्या मतलब? अब कुंदन जी की बारी थी बाउंसर मारने की- "सर आप भी तो दस वर्षों में एक दिन ही वर्ग में गये हैं, वह भी आधा घंटा के लिए। हुए ना सर आप बिल गेट्स से भी महँगे?"

प्रधान तो झेंप गये पर कुछ ही देर बाद हिम्मत करके बोले-" कुंदन जी आप कह तो सही रहे हैं पर आप ही बताइये मुझे कार्यालय कार्य से छुट्टी मिले तब तो मैं पढ़ाने की चेष्टा करूँ।"

"अब सभी शिक्षक ने सुर में सुर यह कहकर मिलाया कि नये बिल गेट्स का हमारे विद्यालय में आने की ज़रूरत ही क्या है जब उससे महँगे फ़ीस वाले व्यक्ति यहाँ पहले से मौजूद हैं।" सबने ज़ोर से ठहाका लगाया।

प्रधान तो ग़ुस्से से लाल हो गये पर क्या अंतर पड़ता है फिर मुस्कुराते हुए बोले- "कुंदन जी आज सुबह से कोई नहीं मिला था जो हमें ही चाटना शुरू कर दिए?"

कुंदन जी बोले- "सर मैंने तो जो देखा उसी का चरित्र-चित्रण किया, बाक़ी आप ख़ुद समझदार हैं।"

प्रधान बोले- "नहीं अब मैं कल से घंटी लूँगा।"

लेकिन कहते हैं न "शर्म तो उसे आती है जिसे इसका बोध हो" कल से फिर वही दिनचर्या, दूसरे दिन आये और आने के साथ ही ताल मात्रा देते हुए आये "कहाँ गये बड़ा बाबू, आज बहुत काम है, आज तो एक बार भी कार्यालय से बाहर नहीं निकल पाऊँगा।" और सच में बाहर निकले ही नहीं।

आज प्रभाकर जी जैसे ही आये प्रधान जी ने उन्हें दूर से बुलाया- "अरे सर आइये-आइये।"

प्रभाकर जी ने पूछा- "बोलिए कैसे हैं?"

"अरे हम तो ठीक हैं, आप अपना बताइये न उस दिन बहुत ग़ुस्सा हो गये थे।" प्रभाकर जी बोले- "आप बात ही ऐसा करते हैं कि किसी को ग़ुस्सा उठ जायेगा। आप ही बताइये किसी को औक़ात दिखाना, मतलब आप अपने आपको सर्वशक्तिमान समझते हैं और दूसरे को निठल्ला समझते हैं।" तभी वहाँ विनय बाबू आ गये बोले- "हाँ उस दिन आप ज़्यादा ही ग़ुस्सा हो गये थे।"

प्रभाकर जी बोले- "क्या ग़ुस्सा हो गये थे, आपने बात सुनी थी ये क्या

बोले थे?'' तभी प्रधान ने मौक़ा देख बात बोलना उचित समझा, बोले- ''पर प्रभाकर बाबू कुर्सी उठा लेना क्या आपको उचित लगा?'' प्रभाकर जी बोले- ''सर छोटे लोग बड़े से ही सीखते हैं। मैंने तो एक बार आप पर कुर्सी उठाई, आप याद करें आज से मात्र छः महीने पहले तक आपने अपने प्रधान पर कितनी बार कुर्सी उठाई थी?'' प्रधान जी बोले- ''अरे प्रभाकर जी वो अलग बात थी।''

प्रभाकर जी ने हँसते हुए कहा- ''तो यह भी अलग बात ही थी, इसलिए स्वस्थ वातावरण का निर्माण करिये ताकि यह नौबत ही न आये।''

प्रधान बोले- ''हाँ आपका कहना सही है मैंने अब सोच लिया है कि मैं अब लाय-लपच में नहीं पड़ूँगा, अपना वर्ग लूँगा और कार्यालय का कार्य करूँगा, अब इस सब चक्कर में रहूँगा ही नहीं।'' पर कहते हैं न ''आदत किसी भी चीज़ की हो उसे बदलने में बहुत प्रयास की आवश्यकता होती है और उसमें वही सफल हो सकता है जिसने दृढ़प्रतिज्ञ हो अपने लक्ष्य प्राप्ति के लिए प्रयास किया हो।''

भला जिस व्यक्ति ने पूरा जीवन बिना वर्ग किये ही नौकरी बिताई हो, वह अंतिम वर्ष में क्या कर सकता है। प्रतिदिन कोई न कोई बहाना ताकि वर्ग नहीं जाना पड़े। जब कोई शिक्षक ज़्यादा कहने लगते कि सर आप ने अभी तक वर्ग जाना शुरू नहीं किया है तो वह यह कहकर बात टाल जाते कि ''मुझे कुछ नहीं आता है, मैंने तीन जिस्ता में ही अपनी मास्टर डिग्री ली थी मैं तो भैंस चराता था और उसके पीठ पर पीछे से नहीं आगे सींघ पर से चढ़ता था, गाँव में खेती-बाड़ी करता था, कुदाल चलाता था।'' अक्सर अपने हाथ में पड़े ठेला को दिखलाते और कहते, ''देख रहे हैं यह निशान यह पच्चीस बरस जो कुदाल चलाये थे उसका निशान है।''

समय देखा तो एक बज चुका था, अब सभी बच्चों ने अपना उदगार व्यक्त करना शुरू किया। आख़िर बच्चे तो बच्चे ही होते हैं, वो तो अपने उसी शिक्षक को पसंद करेंगे जो उनका सच में मार्गदर्शन करते हैं और वह उनसे कुछ सीखते हैं। सभी बच्चे मंच पर आते जा रहे थे और उनके मुख पर बस दो ही शिक्षक का नाम रहता था, वह थे ''विज्ञान'' और ''संस्कृत'' के शिक्षक।

अब इसके लिए भी कुछ शिक्षक को परेशानी हो रही थी। काम करते वक़्त जी चुराने में वो शिक्षक सबसे आगे लेकिन अगर किसी के काम का गुणगान हो रहा हो तो उससे भी उनको परेशानी। अंततः रतन सर जो हिंदी से ताल्लुक़ रखते

थे उनसे नहीं रहा गया। वह एक बच्चे को डाँटते हुए ज़ोर से बोल उठे- "विज्ञान और संस्कृत के टीचर, टीचर हैं और हम लोग क्या फटीचर हैं? जो केवल उन्हीं का नाम ले रहे हो!"

उससे भी ज़्यादा चिंता उन्हें इस बात से थी कि बच्चों के हाथ में जो छोटे-छोटे गिफ़्ट थे वह केवल उन्हीं शिक्षकों को बच्चे दे रहे थे; अब उनसे नहीं रहा गया। हालाँकि उन लोगों ने पटकथा का प्लाट पहले ही लिख लिया था और उसमें शामिल थे प्रवीण जी, रतन जी, और प्रमोद जी। वहाँ आते ही वो पहले एक साथ बैठ गये थे। जब कुंदन जी ने रतन जी को बच्चों को डाँटते सुना तो वह अपने आपको रोक नहीं पाये, धीरे से बोले- "रतन जी आज तो कम से कम बच्चों को नहीं डाँटिए, बच्चों के बीच क्या सन्देश जायेगा।" यह बोलते ही प्रवीण जी उठकर कुंदन जी के पास आ गये और उँगली दिखाते हुए बोले- "आप चुप रहिये नहीं तो ..."

कुंदन जी एक अच्छे शिक्षक थे और बच्चे उनसे बहुत जुड़े हुए थे और सभी बच्चों से उनका आत्मीय सम्बन्ध था। वो जल्दी ग़ुस्साते नहीं थे पर जब उनकी इज़्ज़त पर बन आये तो वो बर्दाश्त भी करना पसंद नहीं करते थे। प्रवीण जी लम्पट चरित्र के व्यक्ति थे उनका घर भी विद्यालय के नज़दीक के गाँव में था और लम्पट व्यक्तियों से उनका संपर्क भी था। पर कुंदन जी ने दस वर्षों से लगातार बच्चों को शिक्षा देने का काम किया था इसलिए उन्हें अपने काम पर भरोसा था। कुंदन जी को इससे कोई मतलब नहीं होता कि वर्ग की घंटी चालीस मिनट की है, वो प्रायः वर्ग में जब घुसते तो अक्सर अंत समय में ही निकलते। सबसे बड़ी ख़ासियत, बच्चे भी लगातार पाँच घंटे भी पढ़ते तो उन्हें वर्ग से ऊब नहीं होती। दस वर्षों में उनके कई सारे बच्चों ने अच्छे जगहों पर अपने पैर जमा लिये थे। बच्चों के बीच काफ़ी लोकप्रिय थे, साथ ही बच्चे उनके नाम से डरते भी थे क्योंकि अनुशासन उन्हें बहुत पसंद था।

अगर विद्यालय में कोई नया बच्चा आता था और कोई शिक्षक ज़ोर से पूछ दे कि मुझे पहचानते हो? तो बच्चों का उत्तर "कुंदन सर" ही होता। ऐसा नहीं था कि वो बच्चों को बहुत मारते थे लेकिन कभी-कभार अगर किसी बच्चों को मार लगी होगी तो उसका डर लड़के और लड़कियों में समान रूप से होता, क्योंकि पीढ़ी दर पीढ़ी आपके कर्म का हस्तांतरण होता है। वो अक्सर वर्ग में कहते- "देखो हमें इससे कोई अंतर नहीं पड़ता कि तुम लड़का हो या लड़की, अगर दंड मिलेगा तो दोनों को समान रूप से।" और कभी-कभार गृहकार्य नहीं करने पर

सभी बच्चों को हाथों पर मारते भी थे।

शुरू में लड़कियों को आश्चर्य होता कि लड़कियों को मार भी लगती है। वो अक्सर कहते, ''अगर तुमको अभी तक किसी ने दंड नहीं दिया है तो आख़िर मार कब खाओगे। अगर जीवन में मार नहीं खाये तो शायद तुम्हारे जीवन के कई मार्ग बंद हो जायेंगे या फिर आगे नहीं बढ़ पाओगे।''

कभी-कभार वो छड़ी ज़ोर से भी मार देते पर उनके पढ़ाने का तरीक़ा ऐसा कि बच्चे-बच्चियाँ हँसते-हँसते मार को भी सहन कर लेते। दस वर्ष में आज तक एक व्यक्ति को छोड़कर उनके पास कोई नहीं आया कि आप मेरे लड़के को मत मारिये। एक बार एक अभिभावक ज़रूर शिकायत लेकर उनके पास पहुँचे थे। कुंदन जी प्यार से उन्हें बोले- ''श्रीमान हमें तो यह पता ही नहीं था कि यह आपका ही बेटा है, नहीं तो मुझमें भला क्या हिम्मत कि मैं उसे मारता पर अब तो ग़लती हो गयी है अब मैं एक ही काम कर सकता हूँ कि आप अपने बेटे से कहिये कि वह भी मुझे एक थप्पड़ मार ले।'' यह कहते ही उस व्यक्ति का सीना गर्व से उठ गया कि चलो आज मैंने मास्टर का सिर तो नीचा करवाया।

आप उस व्यक्ति के बारे में सोच सकते हैं कि भला उस घर का क्या माहौल होगा जहाँ पिता गर्व से अपने बच्चों के बीच गया होगा और इस बात की चर्चा की होगी कि मैंने कैसे उस शिक्षक को ज़लील किया; बड़ा बुधियार बन रहा था। बच्चे भी रुचिपूर्वक इस बात को सुन रहे होंगे कि मेरे पिता जी कितने बड़े व्यक्ति हैं कि उनके सामने उस मास्टर की भाफ तक नहीं चली।

अब दूसरे दिन से उस बच्चे का व्यवहार बिल्कुल बदला-बदला सा था, उसे अब कुंदन जी का कोई डर नहीं। कुंदन जी को बात समझते देर न लगी, फिर भी शिक्षक तो शिक्षक होते हैं; उनसे बड़ा दिल शायद भगवान का भी नहीं होता है। उनके मन में कई तरह के प्रश्न आ रहे थे, जब भी वह उस लड़के को ग़लत करते देखते मन करता उसे रोक दूँ पर बढ़े क़दम रुक जाते, हाथ अब आगे नहीं बढ़ पाते, मुख की आवाज़ वाक् नली से चलती ज़रूर पर मुख के अन्दर ही घुमर कर रह जाती। आज कुंदन जी ने निर्णय ले लिया था कि जो भी हो आज उस लड़के को समझाने की चेष्टा ज़रूर करूँगा। उसने उस लड़के को आवाज़ दी और डाँटते हुए कहा- ''बेटा अभी भी संभल जाओ वरना ज़िन्दगी में कुछ भी नहीं कर पाओगे और ग़लत रास्ते से पुनः सही दिशा में आने में तुम्हें वर्षों लगेंगे, तब तक सारा कुछ ख़त्म हो जायेगा।''

वह लड़का तो अब ढीठ हो चुका था, उसने सर को कहा- ‘‘सर मेरा छोड़िये न, अपना सोचिये।’’

सर ने कहा- ‘‘माफ़ करना बाबू, आज अंतिम बार कह दिया अब कभी नहीं कहूँगा। पर एक बात मेरे लिए कर देना यह बात अपने पापा से मत कहना कि सर ने आज फिर तुमसे कुछ कहा था।’’

लड़का ने ढीठतापूर्वक कहा- ‘‘क्यों? कह देंगे तो क्या कर लेंगे आप मेरा?’’

सर ने कहा- ‘‘देखो, मुझे तुम्हारे पिता जी से बहुत डर लगता है, अगर फिर वो कहने आ जायेंगे तो प्रधान सर हमें डाँटेंगे और हमारी नौकरी भी जा सकती है।’’

लड़के का सीना और चौड़ा होते जा रहा था कि कितना डरते हैं हमसे ये शिक्षक। वह बोला- ‘‘अच्छा कोई बात नहीं पर आज के बाद यह बात फिर नहीं होनी चाहिए।’’ सर ने कहा- ‘‘बिल्कुल ऐसा ही होगा।’’

आनंद ने कुंदन सर को कभी ऐसा कहते नहीं सुना था, वो तो शेर जैसे बच्चों के बीच दहाड़ते थे और ऐसा नहीं था कि उन्हें किसी से डर लगता था। पर सर ने बहुत सोच समझकर ऐसा किया था, ताकि इस बात से समाज एक सबक़ ले कि शिक्षक के साथ ग़लत बर्ताव का क्या परिणाम होता है। कहते हैं न ‘‘गुरु के दिल से उठा आशीर्वाद सामान्य बच्चों को भी भगवान की श्रेणी में ले आता है, वहीं दिल से निकली बद्दुआ आपको गर्त में गिरा सकती है।’’ वैसा ही हुआ, उस लड़के ने अब विद्यालय आना कम कर दिया। हालाँकि घर से वह विद्यालय के लिए ही निकलता पर उस समय उसके विद्यालय अलग होते और शिक्षक भी अलग होते। अंततः उसने परीक्षा पास की, अंक भी अच्छे आये क्योंकि परीक्षा में उसी के अंक अच्छे आते हैं जो अच्छे से नक़ल कर सकता है और उत्तर-पुस्तिका के बारे में यह पता लगा सके कि कॉपी कहाँ गयी हैं और वहाँ जाकर उस परीक्षक से मिलकर उसे पैसे का लालच देकर अंक बढ़वा लेता हो। वह तो उस विषय में पहले से ही मज़बूत था उसने ऐसा किया भी।

समय बीतता गया लड़के निकलते चले गये और उनके जगह नये बच्चे आते गये फिर सर भी इस बात को भूल गये। वैसे भी शिक्षक इन सब बातों को ज़्यादा दिन याद नहीं रखना चाहता और औघड़दानी के जैसे माफ़ करने में ही विश्वास करता है। वैसा ही हुआ सर ने भी उसे माफ़ी दे दी।

एक दिन ठण्ड का समय था, सभी लोग धूप में बैठे हुए थे। संतोष बाबू ने कुंदन सर से पूछा, "आपको वह लड़का याद है? जिसके पिताजी उस दिन आये थे यह कहने के लिए कि मेरे बच्चे को मत मारियेगा।"

सर ने पूछा- "कौन? सोहन?"

संतोष बाबू बोले- "हाँ, आपको तो अभी तक नाम याद है उसका। लगता है आप उसे अभी तक माफ़ नहीं कर पाये हैं!"

कुंदन जी बोले- "अरे नहीं सर ऐसा नहीं है, मैं तो कब का उसे भूल गया हूँ। रही बात माफ़ी की तो आप ही बतायें सर कोई भी शिक्षक अपने बच्चों के लिए इस तरह की बातों को कब तक याद रखना चाहेगा और चाहेगा कि उसका अहित हो?"

"सर शिक्षक का दिल तो समुद्र की तरह होता है, जहाँ सभी गंदगियाँ आकर मिल जाती हैं फिर भी वह अपने ज्वार से लोगों को अभिसिंचित करती रहती हैं; भला उस बच्चे की क्या ग़लती थी।"

संतोष बाबू ने पूछा- "तो आख़िर किसकी ग़लती थी?"

कुंदन जी बोले- "अरे सर ग़लती तो उस अभिभावक की थी जो उनकी बात पर पर हमें यह कहने आ गया कि मेरे बच्चों से आपको क्या मतलब, उसको जो मन होगा वही करेगा आप कौन होते हैं उसे मारने वाले।"

संतोष बाबू भावुक हो गये, बोले- "कुंदन जी आप मानव नहीं महामानव हैं। अरे मैंने अपने आँखों से देखा है उस बच्चे को आपसे ग़लत तरीक़े से बात करते, साथ ही उनके पिताजी को यह कहते कि हमने आपके विज्ञान शिक्षक का मुँह बंद कर दिया और यह बात आप भी जानते हैं फिर भी आप ने उन्हें माफ़ किया; यह साधारण इंसान से संभव नहीं है।"

कुंदन जी बोले- "सर मैं तो एक साधारण इंसान ही हूँ, रही बात माफ़ी की तो शिक्षक को तो महामानव बनना ही चाहिए। बच्चे तो नादान होते हैं, उन्हें भला दुनिया के अच्छे-बुरे से क्या मतलब! उन्हें तो जो मन में आता है वह कर बैठते हैं। हाँ वह बात अलग है कि अभिभावक को समझना चाहिए कि शिक्षक कभी भी बच्चों का अहित नहीं करता है। मुझे दुःख है तो उस अभिभावक के लिए जो इस बात को नहीं समझे और मुझे कहने आ गये कि मेरे बच्चे अपने मन से काम करेंगे।"

संतोष बाबू बोले- "पर अब उन्हें पश्चाताप ज़रूर हो रहा होगा।"

"यह बात आपको कैसे पता संतोष बाबू?"

संतोष बाबू बोले-"पता है न सर! आपको भी अभी पता चल जायेगा।"

संतोष बाबू बोले- "आप भले उसे माफ़ कर दिए कुंदन बाबू पर भगवान ने शायद उसे माफ़ नहीं किया, आपने आज का अख़बार नहीं पढ़ा है क्या?"

कुंदन जी बोले- "आज पेपर वाला पेपर दिया ही नहीं, क्यों क्या ख़ास है श्रीमान पेपर में?"

संतोष बाबू बोले- "यह देखिये आपका विद्यार्थी कितना उन्नति किया है।" कुंदन बाबू ने ग़ौर से देखा, यह क्या! पेपर के ऊपर ही लिखा था "दोस्त ने दोस्त का किया खून।" कुंदन जी ने बग़ल में खड़े फ़ोटो को ग़ौर से देखा, नीचे लिखा था "फ़ाइलः फ़ोटो हत्यारे की।" उनके मुख से निकला- "अनर्थ हो गया, हे विधाता!" संतोष जी ने उन्हें हिम्मत दी- "संभालिये अपने आपको सर।"

कुंदन जी वहीं बैठ गये, काफ़ी देर तक कुछ भी नहीं बोले। आज उन्हें वर्ग में भी पढ़ाने में मन नहीं लग रहा था, वर्ग में बच्चे भी उनकी इस तरह की चुप्पी से चुप थे।

कुंदन जी पढ़ाकर बाहर निकले तभी उनकी नज़र प्रधान जी से मिली, वो बोले- "अरे कुंदन जी! आपको ही खोज रहे थे।" प्रधान जी बोले- "अरे एक लेटर आया है, दो बच्चों का नाम माँगा है।"

कुंदन जी बोले- "क्या लेटर है बताएँगे तब तो।" प्रधान जी तो प्रधान जी ठहरे वो बोले- "अरे उसमें देखना क्या है, अभी ज़िला शिक्षा कार्यालय के बड़ा बाबू से बात हुई है वो बोले दो बच्चों का नाम देना है।"

कुंदन जी पहले से ही परेशान थे, अब प्रधान जी की बातों ने उन्हें और परेशान कर दिया। कुंदन जी बोले अरे सर कुछ तो बताएँगे तभी तो उस तरह के बच्चों को भेजेंगे जिसकी उसमें रुचि हो।"

प्रधान जी बोले- "अब आप भी भाव खाने लगे अरे सर, डी ई ओ कार्यालय से फ़ोन आया है जल्दी से नाम भेज दीजिये बस बात ख़त्म। वैसे भी ऐसे लड़कों का ही नाम दीजिये ताकि उसमें चयन न हो सके।"

कुंदन जी ने पूछा- "इससे क्या हो जायेगा?"

प्रधान जी बोले- "अरे अपने विद्यालय का प्रतिनिधित्व हो जायेगा और मेरे ऊपर कार्रवाई नहीं होगी।"

कुंदन जी से अब नहीं रहा गया, वो बोले- "धन्य हैं आप और आपकी सोच, देखिये मैंने आज तक ऐसा काम नहीं किया है इसलिए आप अपने से दो बच्चों का नाम रजिस्टर से ले लीजिये। यह कहकर कुंदन जी वहाँ से चले गये।"

कुंदन जी ने अनमने ढंग से ही आज का काम किया। मन बार-बार उनको याद उस समय की कराये जा रहा था कि काश! वह मेरी बात मान लेता तो आज यह दिन उसे नहीं देखना पड़ता। प्रधान जी को भी आज उनके बर्ताव से आश्चर्य हुआ, उन्होंने विनय बाबू से इस बात की चर्चा की, बोले- "यह बात तो आपको संतोष बाबू ही सही से बता सकते हैं क्योंकि अपने यहाँ के बी बी सी तो वही हैं।" प्रधान जी ने संतोष जी से इस सम्बन्ध में चर्चा की।

संतोष बाबू ने सभी बात विस्तारपूर्वक उन्हें बताई। अब तो प्रधान जी की हँसी रुकते नहीं रुक रही थी, वो संतोष बाबू से बोले- "देखिये कुंदन जी का बचपना अभी तक नहीं गया है। अरे ये सब भी कोई बात है, ऐसे ही कितने बच्चे हर एक वर्ष आते हैं। अब भला जो बच्चा अपने यहाँ से पास होकर चला गया है उनके लिए हम लोग क्यों दुखी रहे? भाड़ में जाये वह बच्चा, हमें उनसे क्या मतलब।"

तभी कुंदन जी को संतोष बाबू ने आवाज़ दी, कुंदन जी वहाँ आये तो प्रधान ने हँसते हुए कहा- "क्या कुंदन बाबू अभी तक आपकी बुद्धि विकसित नहीं हुई है।" कुंदन बाबू प्रधान जी के तरफ़ देखते ही रह गये।

प्रधान जी बोले जा रहे थे और कुंदन बाबू बिना किसी स्वीकृति और अस्वीकृति के वहाँ खड़े थे। प्रधान जी बोले- "अरे कुंदन जी सोहन तो शुरू से ही लुच्चा लफुआ लग रहा था, वह भला पढ़ने-लिखने वाला था। वो लम्बे-लम्बे बाल और हाथ में मट्ठा देखकर ही मैंने पहचान लिया था कि यह एक दिन ज़रूर अपने कुल का नाम करेगा।"

अब कुंदन जी से नहीं रहा गया, बोले- "सर, नाम बढ़ा या घटा उनका?"

"अरे कुंदन बाबू आपको इस इलाक़े की लगता है अधिक जानकारी नहीं मिली है। अरे इधर तो जो एक बार जेल चला गया उसकी तूती बोलती है, उसे लोग पञ्च में बुलाकर ले जाते हैं और ठेकेदारी भी आसानी से मिल जाती है, इसलिए आप बेकार परेशान हैं। अभी संतोष बाबू बता रहे थे कि सोहन वाली

घटना से आप दुखी हैं।''

''कुंदन बाबू नौकरी करते हैं न, इस तरह की छोटी-छोटी बातों से अगर परेशान होने लगे तो आप नौकरी कैसे करेंगे। अरे हमें तो बस इससे मतलब रखना चाहिए जो बच्चा आ रहा है वह सही से आये और यहाँ से वापस चले जाये, उसमें भी वह जब तक हमारे पास है तभी तक।''

कुंदन जी बोले- ''सर आपसे एक चीज़ पूछूँ?''। प्रधान जी बोले- ''हाँ-हाँ क्यों नहीं, अवश्य पूछिए।'' कुंदन जी बोले- ''हमें यह बताइए कि आपके बच्चे अभी कहाँ है?'' प्रधान जी बोले- ''अभी तो वह पटना में रहकर तैयारी कर रहा है।''

''अच्छा बताइए उसकी याद आपको विद्यालय में आती है या नहीं?''

प्रधान जी- ''आश्चर्य है, बेटा है वह मेरा तो उसकी याद नहीं आयेगी?''

''बिल्कुल सही कहा आपने। अच्छा एक सवाल आपको और पूछता हूँ!''

''प्रधान जी अभी आपका बच्चा तैयारी कर रहा है, कोई ज़रूरी नहीं कि आपके बच्चे का चयन प्रतियोगिता परीक्षा में हो ही जायेगा!''

प्रधान जी बोले- ''हाँ, यह तो संभव है।''

''असफलता से प्रभावित होकर संभव है कि वह आप से भी बात करना कम कर दे, तो आप क्या करेंगे? और इससे आप कैसा महसूस करेंगे?''

प्रधान जी बोले- ''मुझे दुःख होगा कि वह हमसे बात नहीं कर रहा है और मैं कोशिश करूँगा उससे बात करने की।''

''प्रधान जी ठीक उसी तरह मेरे सानिध्य में रहने वाले सभी बच्चे पुत्र समान हैं और नादानी में अगर उन्होंने ग़लतियाँ की हैं तो हमें उसे उसी तरह माफ़ कर देना चाहिए जैसे आप अपने पुत्रों को करते हैं आज मैं बहुत दुखी हूँ क्योंकि आज मेरा एक पुत्र, जिसे उन्मुक्त होकर इस संसार में अपनी छाप छोड़नी चाहिए वह सलाख़ों के अन्दर बंद है।''

कुंदन सर ने उस बच्चे से जाकर मुलाक़ात भी की, बाद में उस बच्चे को विज्ञान के नवाचार कार्यक्रम के तहत छात्रवृति भी दिलवा दी। परिणाम हुआ कि उनके दुश्मन भी दोस्त होते चले गये। जो भी एक बार उनसे मिल लेता था वह व्यक्ति उनका दोस्त बन जाता और बच्चे तो उनके लिए जान तक देने के लिए

तैयार रहते, ऐसे थे कुंदन सर; उन्हें किसी से डर नहीं लगता था।

इसलिए उन्होंने प्रवीण जी से झुकने के बजाय लड़ना ही उचित समझा, वह जब प्रवीण जी के सामने खड़े हो गये तो सभी बच्चे उग्र हो गये। अगर वो बच्चों को इशारा कर देते तो वे बच्चे बीच में आने में देर नहीं करते। कई लड़कों ने आकर कुंदन जी से बोला- "सर आप केवल कह दीजिये हम लोग देख लेंगे।" पर अच्छे शिक्षक कभी भी बच्चों को ग़लत सलाह नहीं देते हैं, चाहे कितनी भी विषम परिस्थिति क्यों न हो।"

उन्होंने सभी बच्चों को शांत करते हुए कहा- "आप लोग क्या बोल रहे हैं आपको पता भी है, अरे वो तुम्हारे शिक्षक हैं तुमने उनसे शिक्षा ली है। सभी शांत हो गये पर कुछ बच्चे अभी भी उग्र थे, वह बार-बार कह रहे थे- "सर शिक्षक को अपना आदर्श प्रस्तुत करना चाहिए न कि इस तरह लम्पटगिरी।" अब कुंदन जी बोले- "देखो बच्चो हम तुम्हारी भावना की क़द्र करते हैं, पर यह कहो आदमी बड़ा कौन होता है, माफ़ करने वाला या झगड़ा करने वाला?"

पारस बोला- "सर माफ़ी कहाँ माँगने के लिए तैयार हैं, सर रघुबंश बाबू ने हमें पढ़ाया है कि क्षमा उसके हक़दार को ही दिया जाना चाहिए।"

कुंदन जी ने कहा- "अब बस भी करो, आज के दिन में यह शोभा नहीं दे रहा है।"

इसी बीच फिर से प्रवीण बाबू वहाँ आ गये और ज़ोर से बोले- "देखिये कुंदन बाबू आप बहुत बन रहे हैं, हमें आप नहीं पहचानते हैं।"

कुंदन बाबू बोले- "आपको नहीं रहा जा रहा है तो सुनिए आपको जो करना है करिये, मैं भी देखता हूँ कौन आता है आपके लिए इस क्षेत्र में मुझसे झगड़ा करने।" कुंदन जी ने प्रवीण जी को जोर से डाँटा। सभी बच्चों ने कुंदन जी और प्रवीण जी को घेर लिया।

प्रमोद जी जो इस कांड में शामिल थे वह बरामदे से भागने लगे तभी गिर पड़े। प्रवीण जी ज़ोर-ज़ोर से बोले जा रहे थे, तभी कुंदन जी ने किसी के कराहने की आवाज़ सुनी। उन्होंने देखा प्रमोद जी बेहोश पड़े हैं और कराह रहे हैं वह दौड़कर वहाँ गये। प्रमोद जी को उठाया। जब पैर पर नज़र गयी तो उनके होश उड़ गये क्योंकि प्रमोद जी का पैर टूट चुका था, वो वहाँ से वापस प्रवीण जी के पास आये और बोले- "प्रवीण जी चुप रहिये आप ही जीते पर अभी प्रमोद जी को लेकर चलिए उनका पैर टूट गया है।

प्रवीण जी, प्रमोद जी के पास गये तभी कुंदन जी ने बच्चों को बैठने का इशारा किया। सभी बच्चे अपने-अपने गिफ़्ट लेकर कुंदन जी के पैर पर रखने लगे, कुंदन जी ने सभी बच्चों को बैठ जाने को कहा और सभी के गिफ़्ट अपने हाथ में रखने को कहा।

अब कुंदन जी ने बोलना शुरू किया- ''प्यारे बच्चों आज की घटना से हम दुखी हैं, हमें तो ख़ुद को शिक्षक कहते हुए भी शर्म आ रही है। शायद यही कारण है कि समाज ने शिक्षक को मान सम्मान देना छोड़ दिया। अभी आपने जो कुछ देखा क्या वह शिक्षक के आचरण के अनुकूल था?'' सभी बोल उठे ''कदापि नहीं श्रीमान''।

आनंद के आँखों के आँसू रोके नहीं रुक रहे थे। रघुबंश बाबू और कुंदन सर को छोड़कर सभी प्रमोद सर के पास पहुँच गये थे। कुंदन सर ने रघुबंश बाबू को बच्चों को आशीष देने के लिए कहा। रघुबंश बाबू बोले- ''देखो बच्चों आज की घटना की जितनी निंदा की जाये वह भी कम ही पड़ेगा, इसलिए मैं आज कुछ नहीं बोल सकता। हाँ एक बात अवश्य कहना है कि आज की घटना को आप लोग यहीं भूल जाओगे और मन में किसी भी शिक्षक के प्रति ग़लत भावना नहीं रखोगे।''

सब ने कहा- ''जी सर ऐसा ही होगा।''

''हाँ आपके मन में जो भी प्रश्न हैं, आप उसे प्रश्न बॉक्स में डाल देंगे, हम लोग उस पर अन्य वर्षों की भाँति बातें करेंगे। बाक़ी बातें कुंदन जी आप लोगों से करेंगे।''

कुंदन जी ने कहा- ''देखो बच्चों आप सभी को बहुत-बहुत धन्यवाद कि आपने हमें सम्मान दिया। आप सभी को ढेर सारा आशीर्वाद, जीवन पथ पर दिनानुदिन अग्रसर होकर नये मुक़ाम हासिल करें, हम सभी शिक्षकों के तरफ़ से आप सभी को ढेर सारा आशीर्वाद। आज की घटना से हम लोग बहुत दुखी हैं, जहाँ आज के दिन आपके दिल में हमारी जगह बढ़नी चाहिए, हमें लगता है हम लोग आपके दिल से बाहर आ गये हैं।''

सभी बच्चों ने रोते हुए कहा- ''नहीं सर ऐसा नहीं है, भले कोई कुछ भी कह ले पर जो हमारे दिल में हैं उन्हें भला कोई कैसे निकाल सकता है। बची बात आज की घटना की, तो हम सभी ने देखा है किसकी ग़लती है।''

कुंदन जी ने कहा- ''आप लोग शांत रहें, मैं आपके दुःख से दुखी हूँ।

सम्मान न तो माँगने से मिलता है और न देने से बढ़ता है, वह तो तभी बढ़ता है जब मैं आपके दिल में जगह बना लूँ। प्यारे बच्चों यही कारण है कि शिक्षकों का सम्मान दिन-प्रतिदिन घटता जा रहा है। मैं क्या कहूँ आज के दिन जो कुछ भी हुआ इससे मैं अपने आपको बहुत छोटा समझ रहा हूँ और अपने आपको सम्मान पाने का हक़दार नहीं समझ पा रहा हूँ, हो सके तो हम सभी को माफ़ करना। आज समय भी काफ़ी कम है, हम लोग प्रमोद सर को लेकर अस्पताल जायेंगे इसलिए आप लोगों से फिर कहता जा रहा हूँ आप लोग खूब पढ़ें, ख़ूब बढें। इन छोटी बातों में उलझकर नहीं रहना, हमारी दुआएँ तुम्हारे साथ हैं, ईश्वर तुम्हारी मदद करें और एक बात आप बच्चे जो कुछ भी हमारे सम्मान के लिए लाये थे उसे हमने स्वीकार किया और पुनः आपको दिया इसलिए आप उसे अपने साथ लेते जायेंगे।''

बच्चों के आँखों में आँसू आ गये। उन्होंने कितने उत्साह के साथ अपने शिक्षक के लिए गिफ़्ट लिया था पर आज उसे वापस घर ले जाना पड़ेगा। जो लोग गिफ़्ट लेकर नहीं आये थे उन्हें आश्चर्य हो रहा था कि समाज में तो सब कह रहे थे कि शिक्षक लोग बच्चों से ज़बरदस्ती और ठगकर गिफ़्ट लेते हैं पर यहाँ तो बच्चों से गिफ़्ट वापस कराया जा रहा था।

आनंद जो हाथ में बड़ा-सा गिफ़्ट लिये हुआ था वह रघुबंश बाबू और कुंदन बाबू के पास जाकर ज़ोर-ज़ोर से रोने लगा- ''सर मैं इसे वापस नहीं ले जा सकता हूँ। क्या प्रवीण सर के पास इसका जवाब है जो आपने हमें वर्षों से दिया है उसे क्षण भर में तोड़कर महान बना जा सकता है? उन्हें क्या पता कि एक साधारण इंसान कैसे बड़े सपने देखते हैं उसे कौन दिखाता है और कौन उसे उस पथ पर चढ़ाने का काम करता है?''

रघुबंश बाबू की आँखों में आँसू आ गये, उसने आनंद को गले से लगा लिया, कुंदन जी भी अपने आँसू नहीं रोक पाए। उन्होंने कहा- ''भगवान प्रवीण बाबू को भी सद्बुद्धि दे ताकि इन मासूम दिल से उठ रही आवाज़ को वो समझ सकें।''

आनंद को देखकर सभी बच्चे सर के नज़दीक आ गये और सभी ने सर को अपने आग़ोश में लेकर गोल घेरा बना लिया। गुरु-शिष्य के इस अद्भुत दृश्य को देखकर ऐसा लग रहा था मानो मंदार पर्वत समुद्र के बीच में खड़ा हो और समुद्र मंथन हो रहा हो। सभी सर ने जो इस दृश्य को देखा तो सभी की आँखें नम हो गयीं; प्रमोद सर ने भी इस दृश्य को देखा तो उन्हें भी अपने आप पर शर्म आ रही

थी।

आनंद ने कुंदन सर को धीरे से कहा- "जानते हैं सर भगवान हमें ऊपर से देख रहे हैं और उन्होंने ग़लत करने वालों को सज़ा दे दी। सर मैंने अपने कान से सुना था प्रमोद सर, रतन सर और प्रवीण सर तीनों ने मिलकर यह योजना बनाई थी। वास्तव में वे लोग आपसे, आपकी पहचान से आपके लोकप्रियता से जलते हैं और इसमें सबसे अहम भूमिका थी रतन जी की। उन्हीं ने प्रवीण जी का दिमाग़ भरा था और प्रमोद जी सिखाने में थे, अब सभी ने देखा प्रमोद जी को तो तुरंत फल मिल गया है पर बाक़ी दोनों को भी ऐसा फल मिलेगा कि दुनिया देखेगी।" कुंदन जी ने आनंद को फिर भी कहा- "देखो बेटा सभी अपने-अपने लिए करते हैं, लोग कहते हैं यह कलियुग है इस युग में लोग एक हाथ से करते हैं और दूसरे हाथ में आपको मिलता है। देखो हम लोगों से भला क्या दुश्मनी, मैं एक शिक्षक हूँ और मेरा काम पढ़ाना है भला मैं न पढ़ाऊँ तो क्या करूँ? अब इससे अगर किसी को जलन हो तो यह बात समझ से परे लगती है। कहते हैं अगर आपको भी अच्छा बनना है तो उस इन्सान से नहीं उसके कर्म से सीखो अपने आप आगे बढ़ जाओगे।"

अब गोला टूट चुका था। सभी अपने घर चले गये और सभी शिक्षक प्रमोद जी को लेकर अस्पताल सिवाय प्रवीण जी को। प्रवीण जी ने वहाँ जाना उचित नहीं समझा क्योंकि उसे लग रहा था कि उनके कारण प्रमोद जी का पैर टूटा। लोग जोश में आकर होश खो बैठते हैं पर होश आने पर उन्हें उसका एहसास होता है कि आख़िर जोश के लिए ऊर्जा कहाँ से आयी थी और उसका स्वरूप क्या था। अगर उन्हें लगता है कि वह वाजिब था तो उसे वह बरक़रार रखना चाहते हैं पर ग़ैरवाजिब जोश उन्हें बार-बार धिक्कारता है, पूछता है, रोकता है, कारण को ढूँढ़ने की कोशिश करता है और अंततः उस कारण को ढूँढ़ ही लेता है जिसने उन्हें ग़लत करने के लिए प्रेरित किया था।

प्रवीण जी को भी इस बात का एहसास हो गया कि रतन जी ने अपने फ़ायदे के लिए उनका इस्तेमाल किया था। बाद में कुंदन जी से उनकी बातें हुईं, उन्होंने अपनी ग़लती को स्वीकार किया कि हमें उस मौक़े पर ऐसा नहीं करना चाहिए था। कहते हैं न कोई इन्सान कितना भी ख़राब क्यों न हो, हर एक इंसान के अन्दर एक बच्चा बैठा होता है जो उसे ग़लत-सही की पहचान ज़रूर कराता है। हाँ इस घटना से एक बात ज़रूर हुई कि प्रवीण जी अब जल्दी किसी की बात में आने से पहले सोचते हैं कि क्या करना उचित है।

प्रधान जी आज आते ही बोले- ''सुनिए बच्चों को घुमाने ले जाना है।''

कुंदन जी ने पूछा- ''कहाँ ले जाना है सर?''

सर ने कहा- ''कहाँ ले जायेंगे? अरे बग़ल के मंदिर में घुमा देना है।''

कुंदन सर बोले- ''मंदिर में घुमाकर क्या करेंगे सर?''

प्रधान जी बोले- ''कुंदन जी आपको कहकर हम ग़लत कर देते हैं।''

कुंदन जी बोले- ''मैंने क्या ग़लत कहा सर? आख़िर बच्चों को ऐसे जगह ले जाइए जहाँ उन्हें कुछ नयी जानकारी मिले और बच्चे कुछ सीख लें; आख़िर सरकार के इस योजना का उद्देश्य भी यही तो है।''

''अरे छोड़िये उद्देश्य को, यहाँ किसी तरह जान बचाना है न कि महात्मा बनना है।''

कुंदन जी से अब नहीं रहा गया, वो बोले- ''सर एक काम करिए आप पेपर पर ही बच्चों को घुमा दीजिये, आपको ख़र्च नहीं करना होगा और आप जहाँ चाहे वहाँ घुमा सकते हैं।''

प्रधान जी ख़ुश हो गये, बोले- ''आज आप कुंदन जी सही बात बोले हैं अब आप बोलिए कहाँ घुमाना सही रहेगा?''

कुंदन जी उनकी धृष्टता देख बोले- ''सर बग़ल में नेपाल है, आप उन्हें वहीं के विद्यालय घुमा दीजिये।''

''ठीक बोले, वही करते हैं।''

तभी कुंदन जी ने कहा कि सर मैं वर्ग में जाऊँ आप लोग हैं हीं, जो सबका विचार हो वही करिए। कुंदन जी वर्ग में आ गए। उन्होंने एन.सी.ई.आर.टी. की विज्ञान की किताब में उद्धृत उस घटना का ज़िक्र किया जिसमें जनाबाई की कहानी थी, जो पहाड़ पर रहती है, विद्यालयी ज्ञान से वह वंचित थी पर उसके व्यावहारिक ज्ञान के सामने दूसरे बच्चे कहीं नहीं टिक पाते हैं।

सर ने बताया बच्चे देखकर बहुत कुछ सीख पाते हैं, दूसरी बात जब आप कहीं जाते हैं तो आपके देखने का नज़रिया दूसरे से भिन्न होता है इसलिए जो बात किसी ने नहीं सोची अभी तक, हो सकता है कि वह बात आपको दिख जाये और आप नया शोध कर डालें।

आनंद ने पूछा- ''सर बच्चे विद्यालय से कैसे कहीं जायेंगे वो तो वर्ग में ही

रहेंगे न।''

कुंदन सर बोले- ''देखिये विद्यालय के तरफ़ से ही सरकार पैसे देती है कि बच्चों को शैक्षिक भ्रमण कराया जाये।''

सभी बच्चे एक साथ ख़ुशी से बोले- ''तब तो कभी न कभी हम लोग भी घूमने जायेंगे न?'' सर को बच्चों की इस मासूमियत पर आँसू आ गये। कुछ देर वह चुप हो गये फिर बोले- ''अवश्य आयेगा, जीवन में कई ऐसे मौक़े आयेंगे जहाँ आपको अच्छे जगह पर जाने को मिलेगा।''

आनंद ने फिर पूछा- ''सर अपने यहाँ भी आप लोग हमें शैक्षिक भ्रमण पर ले जायेंगे?''

सर ने कहा- ''हाँ अवश्य पर प्रधान जी चाहेंगे तभी।''

सभी बच्चों ने कहा- ''हम लोग प्रधान सर से बात करेंगे।''

कुंदन जी बोले- ''पर ध्यान रहे कहीं भी मेरा नाम मत लेना कि कुंदन सर बोल रहे थे।''

बच्चों ने कहा- ''सर आप निश्चिंत रहें, हम लोग बोलेंगे अख़बार में देखा था दूसरे विद्यालय के बच्चे का फ़ोटो इसलिए पूछा।

वैसा ही हुआ, बच्चों ने सर से पूछा। सर बोले- ''बहुत बोलने लगे हो तुम लोग, समझते हो भी कि नहीं! विद्यालय पढ़ने के लिए है कि बच्चों को लेकर घुमाने के लिए? घूमने के लिए अपने घर के सदस्य के साथ जाते हैं या शिक्षक लोग तुम्हें घुमायेंगे?'' किसी ने कहा- ''सर अख़बार में दूसरे विद्यालय का फ़ोटो देखा था।''

अब तो सर भड़क गये, बोलने लगे- ''तुम लोग बहुत बोलने लगे हो, पढ़ने-लिखने से कोई मतलब तो है नहीं, कुछ से कुछ बोलते रहते हो।''

''किसी ने पीछे से बोल दिया- ''सर आप तो कभी पढ़ाते ही नहीं हैं, भला हम लोग क्या पढ़ेंगे।'' अब तो सर का ग़ुस्सा देखने लायक़ था, सर ने किशन की ऐसी धुनाई की कि वह गिड़गिड़ाने लगा।

''सर माफ़ कर दीजिये अब नहीं बोलूँगा।'' वह बोले जा रहा था और सर उसे पीटे जा रहे थे।

कुंदन सर दूसरे वर्ग में थे, उन्होंने जब देखा तो उन्हें बहुत बुरा लगा, वो

दौड़ते हुए आये और सर को रोकते हुए बोले- ''भगवान के वास्ते छोड़ दीजिये सर, बच्चे हैं अब नहीं पूछेंगे।'' उस बच्चे ने इस उम्मीद के साथ कुंदन सर को देखा कि वह प्रधान जी का प्रतिकार करेंगे पर कुंदन जी को केवल उन्हें यह कहते कि सर भगवान के वास्ते इन्हें छोड़ दीजिये, उसे लगा कि कुछ तो बात है जो सर को भी प्रतिकार करने की हिम्मत नहीं है उनसे; वह लड़का वापस वर्ग में चला गया।

अब प्रधान जी अपने कार्यालय में आ गये तभी किसी ने कहा- ''देखिये उस बच्चे की हिम्मत, कैसे प्रश्न पूछने प्रधान से आ गया।'' अब तरह-तरह की बातें होने लगीं।

बड़े बाबू ने कहा- ''अब वह जीवन में कभी इस तरह का प्रश्न किसी से नहीं पूछ पायेगा।'' कुंदन जी ने जब यह सुना तो उनसे नहीं रहा गया उसने कहा- ''अगर इजाज़त हो तो एक बात पूछूँ आप सभी से?''

''हाँ-हाँ क्यों नहीं।''

''सर अगर उस बच्चे ने पूछा तो क्या ग़लत पूछा? बताइये शैक्षिक भ्रमण तो हमें कराना ही है और कुछ विद्यालय में कराया भी गया है। अख़बार में भी यह ख़बर आये दिन आती रहती है। हो सकता है उस बच्चे ने देखा हो और उसने अपने मन की इच्छा को आपके सामने व्यक्त किया। आप बोलते कि हाँ हम लोग भी तुम लोगों को अवश्य ले जायेंगे; फिर जो मन में होता वही करते।''

अब सिवाय रघुबंश बाबू के सभी एक साथ बोल उठे- ''आप भी कुंदन बाबू कुछ भी बोल देते हैं। अरे क्या ज़रूरत है उनसे यह कहने की कि पैसा आया है और हम ले जायेंगे उन्हें भ्रमण कराने; वैसे भी हम लोगों को थोड़े ले जाना है घुमाने के लिए। अरे हम सब मिलकर भोज करेंगे और जो बचेगा वो प्रधान जी रख लेंगे। कहिये कुंदन जी कैसा लगा हमारा आईडिया?'' प्रवीण जी ने कहा।

कुंदन जी तो सभी को देखने लगे, धीरे-से बोले- ''सभी का यही विचार है क्या?''

सभी एक साथ बोल उठे- ''हाँ हम लोगों की तो यही राय है, वैसे आप भी अपना मत दीजिये।''

कुंदन जी को ''न'' कहते बने और न ही ''हाँ'', क्योंकि महत्तम लोग ''न'' के ही पक्ष में थे। तभी रतन जी वहाँ आये- ''अरे छोड़िये भोज का

चक्कर।''

सभी एक-दूसरे को देखने लगे, सब ने कहा- ''अरे तो आप ही बताइए क्या करें?'' रतन जी माहौल को गंभीर बनाते हुए बोले- ''देखिये भोज भात भी करना आजकल मुश्किल है, क्योंकि यह संभव है कि उसी समय कोई ग्रामीण आ जाये और पूछ बैठे कि किस चीज़ का भोज हो रहा है कोई बोले कि न बोले हमारे संतोष जी तो फूटल ढोल हैं वह सभी को बता देंगे और सभी को बोलेंगे कि बस आपको ही कहा जा रहा है किसी को मत बताइयेगा। क्या संतोष जी बात सही है न?''

''हाँ सर अब कोई मुझे पूछेगा तो मैं तो यह बता ही दूँगा कि भ्रमण नये तरीक़े से किया जा रहा है, इसमें सभी जगह के व्यंजन का इस्तेमाल किया गया है।'' सभी लोग हँसने लगे।

जब सभी शांत हो गये तो रतन जी बोले- ''मेरा अगर मानिये तो छोड़िये भोज भात को और पैसा ही बाँट दीजिये सभी को। सभी तैयार हो गये, प्रधान जी ने सबसे पहले बताया कि हमारे ख़र्च को अलग कर दीजिये।

अब सर ने हिसाब लगाना शुरू कियाः- ऑफ़िस ख़र्च के नाम पर पाँच हज़ार, विद्यालय विकास ख़र्च के नाम पर दस हज़ार, फिर ज़िला शिक्षा पदाधिकारी कार्यालय में देने वाले घूस के नाम पर पाँच हज़ार। इस तरह पच्चीस हज़ार में सभी ख़र्च काटने के बाद बचे पाँच हज़ार, अब सभी शिक्षक के हिस्से पाँच-पाँच सौ रुपये आये और प्रधान जी के पास बचे एक हज़ार।

प्रधान जी बोले- ''अब मैं तो प्रधान हूँ तो मुझे आप लोग एक हज़ार तो देंगे हीं न।''

सभी शिक्षकों ने प्रधान जी को देखा और कहा- ''सर आप तो पहले ही बीस हज़ार ले चुके हैं फिर आप इसमें भी लेंगे?''

प्रधान जी बोले- ''देखिये फिर वही फरियाबाजी वाली बात हमसे नहीं करिए। मैंने क्या लिया, ख़र्च तो करना ही पड़ता है न। जब आप भी प्रधान बनेंगे तो आपको भी कई तरह के ख़र्च होंगे।''

विनय बाबू बोले- ''सर प्रधान का मतलब क्या होता है कि सभी पैसे को हज़म कर जाना?''

प्रधान जी बोले देखिये- ''सभी को हमने ईमानदारी से हिस्सा दे दिया है,

अब आप लोग ज़्यादा किच-किच करियेगा तो वो भी नहीं मिलेगा समझे।'' सभी एक-दूसरे को देखने लगे।

तभी रतन जी बोले- ''बात तो सही कह रहे हैं प्रधान जी, कितनी सरलता से सारी बातें आप से बता दीं; इसे कहते हैं ईमानदारी। आप लोग सीखिए कैसे प्रधानगिरी की जाती है समझे कि नहीं?''

संतोष बाबू बोले- ''सच में इनसे बड़ा ईमानदार प्रधान धरती पर कहीं नहीं होगा, अभी अगर हरिश्चंद्र भी रहते तो वो शर्मा जाते। इन्होंने न कभी आज तक झूठ बोला है न ही कभी बेईमानी की है, जो भी करते हैं सबके सामने पारदर्शी तरीक़े से। है न सर?''

प्रधान जी मुस्कुराते हुए बोले- ''संतोष जी एकदम सही बोल रहे हैं, देखिये मुझे जो कहना होता है वह मैं मुँह पर ही कह देता हूँ; बेईमानी भी ईमानदारी से करता हूँ।'' सर ने सभी को पाँच-पाँच सौ रुपये दे दिये।

रघुबंश बाबू और कुंदन जी दोनों विज्ञान प्रयोगशाला में बैठे थे। प्रधान जी को पता था कि ये दोनों कभी भी इस पैसे को स्वीकार नहीं करेंगे और वह भी उन्हें बच जायेगा, इसलिए वह अपने से उनके पास गये और उन्हें सारी बात बताकर रुपये उन्हें देने लगे।

दोनों ने हाथ जोड़कर कहा- ''माफ़ करेंगे सर, आप ही इसे रख लीजिये आपको कई तरह के काम होते होंगे।''

प्रधान जी बोले- ''हाँ बात तो सही है, कार्यालय में कई तरह के कार्य होते हैं जिसमें ख़र्च होता है।''

कुंदन सर बोले- ''लेकिन सर आजकल ज़माना बदल गया है।''

प्रधान जी बोले- ''क्या मतलब?''

''मेरे कहने का मतलब सर, अब सभी जानकारी मोबाइल पर उपलब्ध होता है। देखिएगा कहीं ऐसा न हो कि लेनी का देनी पड़ जाये!''

''अरे क्या होगा कुंदन जी, हम कोई कच्चा खेलाड़ थोड़े हैं, हमने सारी व्यवस्था कर ली है।''

सर ने पूछा- ''हमने मतलब क्या? और कोई है आपके साथ व्यवस्था में?''

"अरे नहीं, मैं तो अकेला ही हूँ।"

कुंदन जी बोले- "आपने "हम" कहा, इसलिए मैंने पूछा।"

"अरे वो तो यहाँ की भाषा है।"

कुंदन जी ने कहा- "पर सर हमें तो सही शब्दों का इस्तेमाल करना चाहिए।"

"अरे छोड़िये यह आपका बनारस हिन्दू विश्वविद्यालय थोड़े है, ये बिहार है भाई बिहार है।" कुंदन जी ने अपनी पढ़ाई बी एच यू से की थी इसलिए किसी भी बात पर वह यह कहकर कुंदन जी को चुप करा देते।

"कुंदन जी ने कहा- "सर हमारे विश्वविद्यालय में तो शब्दों के चयन पर बहुत ध्यान दिया जाता था।"

प्रधान जी ने हँसकर कहा- "इसलिए तो पैसों के चयन पर तुम ध्यान नहीं दे पाते हो, यह चीज़ तुम्हें सिखाया ही नहीं गया।"

कुंदन जी ने प्रतिवाद करते कहा- "सर सिखलाया तो गया था पर यह बताया गया था कि बच्चों का पैसा कभी भी नहीं खाना चाहिए, अगर आवश्यकता पड़े तो थोड़े बहुत अपना भी ख़र्च करने में गुरेज़ नहीं करना चाहिए।" यह सुनते ही प्रधान जी बोले- "अरे सीखने के लिए बहुत कुछ होता है पर करने के लिए कुछ और, अब आप ही बताइये हमें एक लाख दस हज़ार मिलता है तब तो हम ख़र्च कर ही नहीं पाते हैं और आप लोगों को पच्चीस हज़ार मिलने पर कहाँ से ख़र्च कर पायेंगे।"

कुंदन सर ने कहा- "माफ़ करेंगे प्रधान जी, अब तो हमें पच्चीस हज़ार मिल रहे हैं हमने तो मात्र छः हज़ार में नौकरी ज्वाइन की थी, तब भी बच्चों के लिए ख़र्च करते थे। और आपने तो देखा ही है भले उस समय आप सहायक शिक्षक के पद को सुशोभित कर रहे थे और सर हमने तो कुछ वैसे शिक्षकों को भी देखा है जिसे मात्र पंद्रह सौ रुपये मिलते थे फिर भी कुछ करने की जिजीविषा उससे बहुत कुछ करा लेती थी। वैसे भी जब आपके अन्दर कुछ करने की इच्छा हो तो यह थोड़े मायने रखता है कि आप "नियमित" शिक्षक हैं या "नियोजित"।"

प्रधान जी बोले- "हाँ, बात तो सही है कुछ करने की इच्छा होनी चाहिए। इसलिए तो हम अक्सर आपसे कहते रहते हैं सीखिए, कल होकर आपको भी

प्रधान की कुर्सी मिलेगी और इस तरह जो महात्मा बने रहिएगा तो भला कैसे कुर्सी सँभाल पाइयेगा।''

रघुबंश बाबू जो बहुत देर से चुपचाप सुन रहे थे, उन्होंने कहा- ''सर जिनका प्रधान आप जैसे कुशल हों, उन्हें भला कुर्सी सँभालने में क्या दिक़्क़त होगी।''

कुंदन बाबू बोले- ''सर यह कला सभी के पास थोड़े होती है जो आप दिखाते हैं, आप तो जादूगर हैं जादूगर।''

सर बोले- ''क्या कह रहे?''

''हाँ सर! मैं एक दम सही कह रहा हूँ, अब देखिये न कैसे आपने पच्चीस हज़ार को हवा में ऐसे उड़ा दिया कि उसकी राख तक नहीं बची और कोई बोल भी नहीं सकता।''

प्रधान जी बोले- ''अरे बोलेंगे कैसे, अरे नियोजन वाले कितना पानी में हैं हमें सब पता है।''

रघुबंश बाबू बोले- ''हाँ थोड़े पानी से ही काम चल गया तो अथाह पानी में जाने का क्या काम। है न प्रधान जी?''

प्रधान जी मुस्कुराते हुए बोले- ''आप एकदम सही कह रहे हैं, जब पाँच सौ से ही काम चल जा रहा है तो ज़्यादा की क्या आवश्यकता; आप लोग सीखिए कुंदन जी। हमें क्या हम तो बस डेढ़ साल के मेहमान हैं, किसी तरह निभा दीजिये बस उसके बाद तो आप लोगों को ही चलाना है, जैसे होगा वैसे चलाइयेगा पर ये सब बातें सीख कर रखिये।''

कुंदन जी ने ग़ौर से प्रधान जी की तरफ़ देखा जो पैसे खाने के बाद एकदम स्वस्थ दिखाई पड़ रहे थे, बोले- ''सर माफ़ करियेगा मुझे नहीं सीखने इस तरह के कुर्सी चलाने के तरीक़े आपको जैसे चलाना है चलाइए और ख़ूब पैसे कमाइए, हमें ईश्वर ने जितना दिया है वही काफ़ी है। वैसे भी पैसे की भूख कभी कम नहीं होती सर, जितना आपको मिलता है उतना ही वह बढ़ता चला जाता है। अब आप अपने को ही देखिये तभी से जो ये गुरु मन्त्र दे रहे हैं, उसके पीछे यही मंशा छिपी है कि ''आप लोग हमें दिक़्क़त नहीं दें पैसे कमाने में।'' साथ ही आप यह कहना चाहते हैं कि ''मैं जो कर रहा हूँ उसे अपना आदर्श समझिये और अपनी बारी का इंतज़ार करिए''।''

प्रधान जी बोले- "देखिये भले आपने दुनिया की वास्तविकता को नहीं समझा है पर यह बात सत्य है। आज वही ईमानदार है जिसे मौक़ा नहीं मिला है, आपको भी जैसे ही मौक़ा मिलेगा आप भी वही करेंगे जो मैं कर रहा हूँ।"

कुंदन जी बोले- "नहीं सर यह आवश्यक तो नहीं कि जैसे आप चला रहे हैं मैं भी वैसा ही चलाऊँ।"

सर बोले- "वह तो आगे विज्ञान प्रैक्टिकल है, मैं देख लूँगा कि आप कितना ईमानदार हैं।"

कुंदन जी मुस्कुराते हुए बोले- "सर वह तो आप जैसा कहेंगे मैं वैसा ही करूँगा।

रघुबंश बाबू बोले- "पिछले बार तो आप प्रधान नहीं थे पर आपने तो देखा था कि प्रैक्टिकल कैसे लिया गया था।"

प्रधान जी बोले- "हाँ, सो तो मैंने देखा था।"

प्रधान जी जानते थे कि कहीं पिछले बार की बात खुल जायेगी तो दिक़्क़त हो जायेगी और सभी कर्मी मिलकर उन्हें भला बुरा कहना शुरू कर देंगे इसलिए कार्यालय के कार्य से वहाँ से निकलना ही उचित समझा। जैसे ही वो वहाँ से बाहर निकले उन्होंने रघुबंश बाबू के तरफ़ देखा और मुस्कुराते हुए कहा-

"जानते हैं सर, जो जैसा होता है वैसी ही उसकी सोच भी हो जाती है और ऐसे तिलिस्म में फँसकर रह जाता है कि बाहर उसे देखने की फ़ुर्सत ही नहीं होती। सर मैं आजतक कभी भी इस बात के पक्ष में नहीं रहा कि बच्चों से ग़लत पैसे लिये जायें। पहले तो मैं जहाँ था उस विद्यालय में शुरूआती दौर में डंडा लेकर बैठता था कि कोई पैसा बच्चों से न ले ले। परिणाम हुआ कि लोगों के बीच एक अच्छी पहचान बनी। मैंने देखा पहले बच्चे प्रायोगिक पुस्तिका भी नहीं बनाते थे फिर मैंने बच्चों के बीच यह सन्देश देना शुरू किया कि प्रायोगिक परीक्षा में अगर अच्छे अंक पाना है तो प्रायोगिक पुस्तिका बनाना एकदम अनिवार्य है। आपको जानकर आश्चर्य होगा जब मैंने प्रायोगिक परीक्षा के लिए बच्चों से अभ्यास पुस्तिका ख़रीदने को कहा तो उनका जवाब बहुत रोचक था, उन्होंने कहा- "सर प्रयोग करके और प्रायोगिक पुस्तिका बनाकर क्या करेंगे?"

मैंने कहा- "बच्चों आप जिन बातों को सैद्धांतिक तरीक़े से समझते हैं उसे प्रयोग करके सीख पायेंगे तो आपकी समझ विकसित होगी।" बच्चों ने कहा-

"सर मेरे भैया और दीदी तो बता रहे थे कि आप लोगों से आने के पहले यहाँ प्रधान जी और मात्र दो तीन शिक्षक ही थे और उनका कहना था कि क्यों बेकार से प्रायोगिक पुस्तिका ख़रीदने में ख़र्च करोगे उससे अच्छा है कि वह ख़र्च मुझे ही दे दो। अच्छे अंक भी मिल जायेंगे और मेहनत भी नहीं करना पड़ेगा, इसकी गारंटी और सर लोग दे भी देते थे पर आप लोग तो नये-नये नियम लाते हैं।"

मैंने कहा- "देखो सरकार ने हम लोगों की नियुक्ति इसलिए नहीं की है कि मैं आपसे अंक का प्रलोभन देकर आप लोगों से पैसे की उगाही करूँ। ख़बरदार, जो ये पुरानी बातें मुझसे कभी करीं तो!"

सभी बच्चे चुप हो गये। फिर मैंने उन बच्चों को समझाया देखो मैं आवेश में आ गया पर इसमें आप लोगों की ग़लती नहीं है, आप लोगों ने जो देखा वैसा कहा। बच्चों मैं नहीं जानता पहले वाले शिक्षक क्या करते थे, क्या नहीं करते थे। अभी वाले शिक्षक दूसरे विद्यालय में क्या करते हैं पर मैं जैसा कहता हूँ वैसा ही करो, शायद आपकी समझ विकसित हो जाये। न ही मैं ऐसा हूँ और न आपको यह करने की सलाह दूँगा।"

कुंदन बाबू की बातों को रघुबंश बाबू ध्यान से सुन रहे थे। कुंदन जी के चुप हो जाने के बाद रघुबंश बाबू बोले- "फिर क्या हुआ कुंदन बाबू, सभी बच्चों ने आपकी बातें मान लीं?"

"अरे नहीं रघुबंश बाबू, उस समय वर्ग में बच्चे ही कितने थे।"

"कितने?" रघुबंश बाबू ने पूछा।

"मात्र पाँच सर।"

"इतने ही बच्चे विद्यालय आते थे?" रघुबंश बाबू ने आश्चर्य से कहा।

"जी सर यही हक़ीक़त था। सर हमने जब प्रधान जी से पूछा तो उनका उत्तर बहुत ही अजीब था।"

उन्होंने कहा- "सुनिए आप अभी नया हैं ज़्यादा उड़िए नहीं, यहाँ नौकरी करते हैं न, जैसे चल रहा है उसी को चलाना सीखिए।"

कुंदन बाबू ने आगे बताया- "मैंने कहा, अगर मेरा उत्तर न हो तो।" इस बात पर वह बिदक गये और बोले- "अगर आप अलग से कुछ करना चाहेंगे तो आपको बहुत दिक़्क़त होगी और हो सकता है आप गिर भी जायेंगे इसलिए यहाँ कुछ भी करने से पहले लोग पच्चीस बार सोचते हैं यहाँ कोई फ़र्क़ नहीं पड़ता है

कि आप बहुत अच्छे हैं। कोई आपको उत्साहवर्धन करने वाला मिले या न मिले पर आपको कोसने के लिए सभी बैठे हैं।''

कुंदन बाबू ने आगे बताया- ''मैंने कहा, सर क्या अंतर पड़ता है हमें उत्साहवर्धन मिले या न मिले, हम शिक्षकों के भी तो कुछ कर्तव्य हैं, उन बच्चों के प्रति जिनके लिए हम लोग पैसे खाते हैं। प्रधान जी को ग़ुस्सा आ गया।

कुंदन बाबू ने आगे बताया- ''मैंने तो सोच लिया था कि जैसे भी हो हमें बच्चों को विद्यालय की दहलीज़ पर लाना है। सबसे पहले मैंने कुछ शिक्षकों से बात करनी चाही। उनका उत्तर सुनकर मुझे हिम्मत नहीं हुई कि फिर किसी भी तरह की राय उन लोगों से लूँ। वास्तव में किसी को आदत थी ही नहीं पढ़ाने की और न ही उन्होंने ठीक से पढ़ाई की थी। पर हाँ रघुबंश बाबू का साथ पहले भी था अब भी वो हमारे साथ खड़े थे; हमारी बात फिर से शुरू हो गयी कि कैसे आगे की रणनीति तय किया जाये।

''नक़ल करने वाले को भला अक़ल कहाँ'' वाली बात एकदम चरितार्थ हो रही थी। किसी तरह डिग्री हासिल की, या यूँ कहें कि बहती गंगा में हाथ धोये। फिर इस सरकार ने विद्यालय में शिक्षक नियुक्ति के लिए जो प्रक्रिया बनायी, वह भी ऐसी कि डिग्री लाओ नौकरी पाओ। अब आप ही सोचिये जिसने ख़ुद कभी अच्छे से पढ़ाई नहीं की भला वह दूसरे को क्या शिक्षा देंगे। लोगों के बीच इस प्रक्रिया को लेकर लम्बी बहस छिड़ गयी क्योंकि पिछली सरकार ने शिक्षकों की बहाली प्रक्रिया बदल डाली थी। उस सरकार ने विद्यालयों में शिक्षक की नियुक्ति प्रक्रिया में बहुत बड़ा बदलाव किया। पहले लोग शिक्षक ट्रेनिंग करते थे और वहीं से शिक्षक बनते चले जाते थे उस प्रक्रिया को सरकार ने बंद कर दिया।

कुंदन बाबू ने कहा- ''जानते हैं रघुबंश बाबू, उस सरकार ने शिक्षा को पटरी से उतारने के लिए क्या नहीं किया। सभी शिक्षक प्रशिक्षण महाविद्यालयों और विद्यालयों को बंद कर दिया गया। लोगों के बीच यह सन्देश भेजा गया कि ये ट्रेनिंग महाविद्यालय बेकार हैं, इनकी ज़रूरत ही नहीं है। इतना ही नहीं इनके कर्मियों और प्रशिक्षकों का दूसरे विभाग तक में तबादला कर दिया गया। एक-आध को छोड़कर लगभग सभी महाविद्यालयों में ताले लगा दिये गये। इस सरकार की सोच थी कि लोग चोरी करके पास करते हैं इसलिए गुणवत्तापूर्ण शिक्षा वो नहीं दे सकते। हाँ उस सरकार की कुछ सोच अच्छी थी जिसके तहत उसने प्रतियोगिता लेकर कुछ शिक्षकों की बहाली करने के बारे में सोचा।

उस सरकार ने दो तीन फ़ेज में शिक्षकों की नियुक्ति प्रतियोगिता के माध्यम से करवाई, लेकिन यह अनिवार्य नहीं किया कि प्रशिक्षण आवश्यक है; परिणाम सभी शिक्षक अप्रशिक्षित ही नियुक्त किये गये। बिना प्रशिक्षण के शिक्षकों ने शुरू में तो पढ़ाने की कोशिश की लेकिन कुछ दिनों के बाद उनके अन्दर का छिपा जिन्न बाहर आने लगा, परिणाम उन लोगों ने ग़ैरशैक्षणिक कार्य करना शुरू कर दिया। उन लोगों में बहुतेरे ने विभिन्न कार्यालयों में अपना प्रतिनियोजन करवा लिया।

पदाधिकारियों को तो वैसे ही योग्य व्यक्तियों की तलाश थी, क्योंकि कार्य का दबाव कार्यालयों में भी बढ़ता जा रहा था और कर्मियों की संख्या घटती जा रही थी। जो कर्मी रिटायर हो रहे थे उनकी जगहें ख़ाली हो रही थीं। जो शिक्षक प्रतियोगिता के माध्यम से आये थे उनमें से कुछ लोग पी.सी.एस. की तैयारी कर रहे थे, उनका वहाँ नहीं हुआ तो उन लोगों ने शिक्षक प्रतियोगिता पास की और शिक्षक बन गये। मजबूरी में भले वह शिक्षक बन गये लेकिन मानसिकता तो उन लोगों की वही थी। बहुतेरे पदाधिकारी तो उन्हीं के साथ पढ़ने वाले या कोचिंग में पढ़ने वाले थे। इसलिए उन लोगों ने अपने जान-पहचान का इस्तेमाल किया और विभिन्न कार्यालय में प्रतिनियोजित हो गये; फिर उन्होंने दूसरे लोगों को भी अपने साथ शामिल कर लिया। हालाँकि जो सोचकर उन लोगों ने कार्यालय ज्वाइन किया था वैसी बात नहीं थी कि वह पदाधिकारी जैसा बन गये या उनका काम पदाधिकारी वाला हो गया।

कार्यालय के किरानी को वह खटकता था कि उसके कार्यक्षेत्र में कोई दख़ल दे, पर कार्य ही इतना कि उसे समय पर कर पाना उससे संभव नहीं था इसलिए और दूसरी बात पदाधिकारी की विशेष कृपा के चलते वह उससे उलझना नहीं चाहते। पर किरानी तो किरानी होता है, उसने दिमाग़ लगाना शुरू किया: उसने उन सभी फ़ाइल को जो कोई नहीं लेना चाहता था उसे मास्टर साहब के हवाले कर दिया, या यूँ कहें कि वैसे फ़ाइल जिसमें आमदनी नहीं होती थी उसे मास्टर साहब के हवाले कर दिया। हाँ उसमें से कुछ मास्टर साहब जो फकैत क़िस्म के थे और उन्हें पता था कि पैसे कैसे कमाये जाते हैं, उन्होंने अपना रास्ता खोज ही लिया। कुछ लोगों ने अपना जीवन पढ़ाई छोड़कर किरानीगिरी में ही बिता दिया। उन्हें देखकर लगता था कि वास्तव में उनका जीन किरानीवाला ही था पर चोला उन्हें इस सरकार की मेहरबानी और अपने देश की शिक्षा व्यवस्था ने शिक्षक बना दिया।

वैसे भी यह सत्य है कि शिक्षक वही बनता है जिसे कोई चारा नहीं है; नहीं कुछ हुआ तो चलो शिक्षक बन जाते हैं। इसी का परिणाम है कि लोग सरकारी तंत्र के चक्कर में नहीं फँसना चाहते क्योंकि वह बेवक़ूफ़ नहीं हैं, उन्हें सरकार की हर चाल के बारे में पता है कि सरकारी विद्यालय में पढ़ाई-लिखाई के अलावा सब कुछ मिलता है। पर कुछ लोगों को तो उसमें बहुत आनंद आता, अगर उनका प्रतिनियोजन टूट जाता तो कुछ दिनों के बाद फिर पैरवी कराकर किसी जगह सेट हो जाते।

उसमें से एक थे ''रणधीर'', उन्होंने अपना डेरा ज़िला शिक्षा पदाधिकारी कार्यालय में डाल लिया था। वह अक्सर शिक्षा पदाधिकारी के साथ जाते, विद्यालय का निरीक्षण करवाते और पकड़े जाने पर फिर संपर्क करते और पदाधिकारी के नाम पर शिक्षकों से ख़ूब पैसे उड़ाते। अब पदाधिकारी भी ख़ुश और रणधीर भी। दूसरा फ़ायदा होता कि सभी शिक्षक उनसे आरज़ू करते, मिन्नत करते ताकि कार्यालय कार्य में उनसे मदद मिल सके।

इस बात से वह अपने आपको गौरवान्वित महसूस करने लगे कि चलो इसी बहाने शिक्षक लोग मुझसे डरते तो हैं और जो उनके दिल में कभी ख़्वाहिश थी पदाधिकारी बनने की उसका अंशमात्र ही सही पूरा तो हो रहा था। कुछ लोग तो उन्हें किरानी हीं समझते। अब जो लोग कलक्टर कार्यालय में प्रतिनियोजन करा लिये, उनके ज़िम्मे होता है किसी भी तरह का चुनाव संपन्न कराना। अब उन लोगों को एक मौक़ा मिल जाता अफ़सरशाही झाड़ने का, अब लोग उनके आगे चक्कर लगाते नहीं थकते।

उसमें प्रायः दो तरह के लोग होतेः एक तो वो जो अपनी ड्यूटी चाहते थे वो अपना नाम जुड़वाने के लिए तो दूसरे वो होते जो अपना नाम छंटवाना चाहते। अब उन लोगों को आमदनी का एक श्रोत मिल गया। कुछ आमदनी चुनाव में उसे हो जाती और दूसरी बात ज़िले के तमाम विभाग के लोगों से उनकी जान-पहचान अलग। सभी विभाग में ऐसे कामचोर और कर्मवीर होते जो दोनों श्रेणियों में अपने सुविधानुसार फ़िट हो जाते; कुछ लोग उन्हें कार्यालय कर्मी ही समझते।

ऐसे ही एक व्यक्ति थे ''पाठक जी'', जिन्होंने अपनी पूरी ज़िन्दगी कार्मिक कोषांग को चुनाव के लिए दे दी; शिक्षक रहते भी कभी वर्ग का मुँह नहीं देखा। अब भला आप सोच सकते हैं कि उनके विद्यालय के बच्चे उनकी घंटी में क्या करते होंगे। यही सच है और यह केवल एक पाठक जी का नहीं है, उन सभी

पाठक जी का है जो प्रतिनियोजन के नाम पर उन बच्चों का भविष्य ख़राब करते हैं जो इस उम्मीद के साथ विद्यालय जाता है कि हमें विद्या के मंदिर में प्रसाद अवश्य मिलेगा।

रघुबंश बाबू बोले- "तभी तो कुंदन जी लोग कहते हैं सरकारी विद्यालय में पढ़ाई नहीं होती है।"

कुंदन जी बोले- "इतना ही नहीं लोग यह भी कहते हैं मास्टर सब बैठा रहता है या विद्यालय आते ही नहीं। चुनाव के समय पाठक जी की चलती बढ़ जाती है क्योंकि रात दिन ज़िला पदाधिकारी के इर्द-गिर्द चक्कर लगाना। कभी-कभार ज़िला पदाधिकारी बुलाकर कुछ बातें पूछ लेते उसमें उन्हें बहुत ख़ुशी मिलती और अपने आपको गौरवान्वित महसूस करते। सबसे ज़्यादा अगर वो किसी को परेशान करते तो वो होता निहाय मास्टर साहब। अगर चुनाव संबंधी कार्य में कोई प्रतिनियोजित किया जाता तो वह मास्टर ही होता। मैंने अक्सर अपने प्रधान जी को यह कहते सुना चुनाव में "टर" शब्द का बहुत महत्व है मास्टर, ट्रैक्टर और कलेक्टर।

अगर कोई इस उम्मीद के साथ वहाँ जाता कि पाठक जी हैं शायद कुछ मदद मिल जाये तो वह और जान-बूझकर उन्हें ऐसे जगह पर ड्यूटी दे देते कि वह और परेशान हो जाता। बेचारे मास्टर साहब लिहाज़वश और इस डर से कि वह ज़िला पदाधिकारी कार्यालय में प्रतिनियोजित हैं कुछ नहीं बोलते, पर दूसरे जगह सभी उनको गाली ही देते। उनके भाई साहब भी विद्यालय में शिक्षक थे, वो उनकी भी मदद नहीं करते इस कारण जब भी उनसे बात होती तो वह भी अपने भाई को अच्छा नहीं कहते।"

रघुबंश बाबू बोले- "ऐसे हैं पाठक जी?"

तो कुंदन जी बोले- "आपको मज़ाक़ लगता है क्या? एक बार मेरी परीक्षा थी, मैं भी इस उम्मीद के साथ उनके पास गया कि शायद मुझे मदद मिल जाये। पर जानते हैं क्या हुआ? वह तो इस बात को इतना भयावह किये कि किसी भी सूरत में आपका नाम नहीं काटा जा सकता। मैंने कहा कोई तो प्रक्रिया होगी जिससे मैं अपनी परीक्षा दे सकूँ? तो वह बोले- "देखिये चुनाव अधिनियम के तहत ड्यूटी लगने के बाद योगदान नहीं देने पर आप पर कार्रवाई हो सकती है।"

मैंने उनसे कहा कि चूँकि आप कार्मिक में हैं, अगर आप चाहें तो मुझे

परीक्षा देने में परेशानी नहीं हो सकती है। पर वो बोले- ''अरे जाइए, मेरा समय ख़राब नहीं करिये।'' मैंने उनको कहा, पाठक जी मैं जा तो रहा हूँ पर आप मेरा नाम अवश्य काटेंगे। वो ग़ुस्सा कर बोले- ''अरे जाइए, आप जैसे कितने लोगों को मैंने देखा है।'' मैं वहाँ से चुपचाप घर आया, अपने पापा से इस सम्बन्ध में बातें कीः-

पापा बोले- ''अरे बेटा तुम्हें कलेक्टर से सीधे मिलना चाहिए।''

मैंने कहा, पापा पर अभी तो उनसे मिलना बहुत मुश्किल है और सभी लोगों का कहना है कि वो बहुत सख़्त हैं।

पापा बोले- ''अरे तुम्हारे कैरियर से ज़्यादा सख़्त थोड़े होंगे, जाओ और उनसे मिलो।''

मैंने एक आवेदन लिखा अपनी परीक्षा का प्रवेश-पत्र संलग्न कर ज़िला पदाधिकारी से मिलने गया। मैंने काफ़ी देर तक वहाँ इंतज़ार किया पर यह क्या! मैंने देखा वो कहीं निकलकर जाने लगे, मैं दौड़कर उनके पास गया और अपना आवेदन उन्हें दिया, उन्होंने ग़ौर से आवेदन पढ़ा फिर बोले- ''अगली बार परीक्षा दी जा सकती है न!''

मैंने कहा, दी तो जा सकती है श्रीमान पर इस वर्ष जो मैंने समय लगाया उसका क्या, आपको तो कोई और कर्मी मिल जायेगा पर मेरा भविष्य ज़रूर ख़राब हो जायेगा।

उन्होंने कहा- ''अगर मैं ''न'' कहूँ तो?''

मैंने कहा, ड्यूटी तो फिर भी मैं नहीं करूँगा।

वह बोले- ''सोच लो!''

मैंने कहा, सर मुझे पता है रिटर्निंग पदाधिकारी की बात नहीं मानने का परिणाम पर ये भी सत्य है कि आप मुझे इस नौकरी से निकाल सकते हैं पर दूसरी नौकरी से नहीं रोक सकते।

उन्होंने हैरत से मुझे देखा और बोले, लाइए अपना आवेदन और उस पर लिख दिया ''एगजम्पटेड'' फिर आगे बढ़ गए। मुझे उस शब्द का अर्थ पता नहीं था, मैंने आवेदन को बार-बार देखा, मुझे लगा कि शायद अब नौकरी छोड़नी पड़ेगी।

मैंने वहाँ खड़े एक दूसरे पदाधिकारी को पूछा इस आवेदन का क्या करें? उन्होंने कहा करना क्या है अब आप फ़्री हैं, जाइये और उसे कार्मिक में दे दीजियेगा या साहब के कार्यालय में दे दीजियेगा। मैंने सोचा अगर कार्मिक जाऊँगा तो पाठक देखकर हँसेगा, इसलिए मैंने उसे कलेक्टर कार्यालय में दे दिया। फ़ाइल चूँकि अतिआवश्यक थी इसलिए तुरंत कार्मिक कोषांग में पहुँचाया गया। मैं वहाँ से जा ही रहा था तभी पीछे से पाठक जी ने आवाज़ दी, "अरे सर सुनियेगा"। मैं पीछे मुड़ा तो वह बोले- "सर ये तो कमाल कर दिया आपने, आपको कहना चाहिए था न कि मेरा इतना धाँसू पैरवी है। आप बताते कि कलेक्टर साहब सीधे आपके फ़ाइल पर दस्तख़त करके बरी करते हैं तो हम आपको ऐसे ही छोड़ देते।" अब मुझे उस शब्द का मतलब समझ आ गया था, मैं चुपचाप वहाँ से मुस्कुराते हुए निकल लिया।"

रघुबंश बाबू चुपचाप सुने जा रहे थे और कुंदन बाबू तभी से बोले जा रहे थे।

कुंदन बाबू ने कहा- "जानते हैं रघुबंश बाबू ये सभी लोग पैसा के कारण कुछ भी करने को तैयार रहते हैं, उनको न तो किसी के भविष्य की चिंता है और न ही किसी के हित की।"

तभी रघुबंश बाबू बोले- "मुझे अकबर-बीरबल की वो कहानी याद हो आयी जिसमें उस ज़माने में भी कैसे घूस लिया जाता था और एक-दूसरे को कैसे नीचा दिखाया जाता है; उस घटना का ज़िक्र था।

कुंदन बाबू ने कहा- "सर क्या कहानी थी? अगर सुनायेंगे तो मज़ा आ जायेगा।"

सर ने चाय वाले को आर्डर दिया और बैठ गये सर की कहानी सुनने के लिए। अब रघुबंश बाबू ने कहानी शुरू किया:- "अकबर के दरबार में नवरत्नों की टोली थी, उनमें अकबर की सबसे ज़्यादा बीरबल से पटती थी। दरबार के अन्य दरबारियों ने मिलकर योजना बनाई कि बीरबल को महाराज के नज़र में गिराया जाये, इसलिए उन्होंने महाराज के कान भरना शुरू किया। उन लोगों ने कहा, "महाराज बीरबल तो आपके नाम पर बहुत घूस कमाता है और धनी होते जा रहा है। कहीं वह हम लोगों के लिए ख़तरा न बन जाये!"

सम्राट अकबर ने पूछा, "तो आप लोग ही बताइये आख़िर क्या किया जाये।" उन लोगों ने सलाह दी कि "महाराज उसे ऐसा काम दे दिया जाये कि

उसे कुछ भी कमाई न हो।'' महाराज ने पूछा, ''आप लोग काम बताइये।''

उन लोगों ने कहा, ''महाराज उसे चींटी गिनने का काम दे दिया जाए, इससे उसे सबक़ भी मिल जायेगा और घूस भी नहीं कमा पायेगा।''

अगले दिन दरबार लगा, महाराज ने घोषणा की कि राज्य में चींटियों की संख्या बहुत हो गयी है और उन्होंने बहुत उत्पात मचा रखा है, इसलिए हमारे सबसे चतुर मंत्री बीरबल को चींटी गिनने का काम सौंपा जाता है। ध्यान रहे एक भी चींटी छूटनी नहीं चाहिए यह राज्यादेश है। क्या बीरबल तुम इस काम को कर लोगे? बीरबल ने कहा, ''अवश्य महाराज पर मुझे इस राज्यादेश की लिखित सूचना चाहिए।'' बीरबल वहाँ से बिना कारण जाने ही चला गया। सभी ख़ुश कि अब आयेगा असली मज़ा, इधर बीरबल ने अपने गुप्तचरों से पता करवाया कि महाराज ने इस तरह का विचित्र आदेश क्यों निकाला है। जब पता चल गया तो उसने उसी अनुरूप काम करना शुरू कर दिया।

दूसरे दिन यह आदेश पूरे राज्य में फैला दिया गया कि सभी लोग अपने घरों के सामान को निकालकर तैयार रहें और जब भी राजकीय लोग जायें तो अपने घरों में जो चीटियाँ हैं उन्हें अवश्य गिनवा लें अन्यथा आपको सरकारी कामों में व्यवधान करने की सज़ा दी जायेगी।

अब बारी-बारी से सभी घरों में सैनिक जाते और चींटी खोजने के लिए घर की दीवार को तोड़ने के लिए हथौड़े निकालते, घर की नींव खोदने के लिए कुदाल फ़ावड़ा से ज़मीन खोदना शुरू करते। तभी गृहस्वामी निकलते बीरबल से आरज़ू करते, किसी भी तरह मेरे घर को टूटने से बचा लीजिये महाराज। बीरबल उनसे कहता आप इतना पैसा जमा कीजिये तो आपका घर बच जायेगा, इस तरह से बीरबल ने बहुत पैसा जमा कर लिया।

उधर दूसरे दरबारियों ने अपने दूतों को भेजा कि देखो बीरबल पर क्या बीत रही है। दूत जो संदेश लेकर गये, उसने तो उनकी बैचैनी ही बढ़ा दी। अभी तक तो उन्होंने ग़लत इल्ज़ाम लगाया था पर अब तो वह अधिसूचित घूसखोर हो गये थे। फिर उन लोगों ने महाराज से आग्रह किया कि बीरबल को इस काम से भी हटाया जाये क्योंकि वह तो इस काम में भी बहुत कमा रहा है और पहले से कई गुना ज़्यादा धनी हो गया है।

महाराज ने कहा, ''अब क्या? आप लोग ही बोले थे इस काम में वह कुछ भी घूस नहीं कमा सकता है फिर आप लोग ही कह रहे हैं कि वह बहुत कमा

लिया है।'' सबने विनती की, इस बार चूक हो गयी पर इस बार जो हमारे पास सुझाव है उसमें वह कुछ नहीं कमा पायेगा। महाराज ने कहा, ''यह आख़िरी है, अगर इस बार कुछ गड़बड़ हुआ तो आप सभी लोगों को उससे माफ़ी माँगनी पड़ेगी। सभी ने कहा हम सहमत हैं!''

सभी बोले, ''महाराज गुजरात पर अपना अधिकार है और वह राजधानी से दूर भी है, वहीं बीरबल को भेज दिया जाये और उसका काम होगा समुद्र किनारे बैठकर लहर को गिनते रहना कि समुद्र में एक दिन में कितनी लहरें उठती हैं।''

दूसरे दिन सभी को सूचित किया गया कि बीरबल को गुजरात का कार्य सौंपा गया है साथ ही उन्हें यह काम दिया जा रहा है कि समुद्र से कितनी लहरें उठती हैं और गिरती हैं इसकी गिनती बिना चूके की जाये। बीरबल ने कहा, ''हमें आदेश लिखित दिया जाये और इस पर शाही मुहर लगे हों।'' महाराज ने कहा, ''अवश्य दिया जायेगा।''

बीरबल ने पिछली सभी आमदनी को अपने एक भरोसेमंद के यहाँ जमा कर दिया और राज्यादेश ले समुद्र किनारे चला गया। अब बीरबल ने अपने जहाज के बेड़े को समुद्र में दूर जाकर लगाया और बड़ा-सा पोस्टर लगा दिया- ''राज्यादेश है कि कोई भी जहाज बिना अनुमति के इस घेरे को पार नहीं करेगा।''

अब समुद्र में जहाज का लगना शुरू हो गया। सभी ने बात जानना चाही कि आख़िर क्यों उनके जहाज को रोका गया है, तो उत्तर मिला कि ''समुद्री लहर को गिनना है कि कितनी लहर गयी हैं और आयी हैं। अब अगर आप लोगों को फ़्री कर दिया जाये तो यह संभव है कि चूक हो जायेगी और फिर राज्यादेश के उल्लंघन के जुर्म में हमें सज़ा मिल सकती है और आपको भी।'' फिर बीरबल के पास जहाज के मालिकों ने अपने आदमियों को भेजना शुरू किया कि कोई उपाय बताया जाये जिससे हमारा माल सड़ने से बच जाये।

बीरबल ने कहा, ''तब तो आपको पता ही है क्या करना है। सभी ने कहा राजा साहब का हुक्म है तो हम लोग नज़राने की रक़म देने के लिए तैयार हैं; अब बीरबल की तो चांदी ही चांदी। परिणाम हुआ कि कोई भी जहाज बिना नज़राने के पास होता नहीं था। बीरबल की जल्द ही इतनी संपत्ति हो गयी कि वह ऐशो-आराम के साथ रहने लगा। इधर अकबर ने बाक़ी दरबारियों से पूछा कि कहो बीरबल की क्या ख़बर है। उन लोगों ने जैसा सोचा था वैसा कुछ भी नहीं हुआ,

जहाँ उन लोगों ने सोचा था कि बीरबल कंगाल हो जायेगा, हुआ एकदम उल्टा। अब बीरबल के बारे में उन्हें यह कहते नहीं बन रहा था कि महाराज वह बहुत धनी हो गया है और न यह कहते बन रहा था कि महाराज वह एकदम कंगाल हो गया है।

महाराज के अपने गुप्तचरों ने बीरबल के बारे में जो सूचना दी, वह बीरबल से मिलने के बाद ही उन्हें पता चला। इस तरह बीरबल ने यह दिखा दिया कि चोर के लिए ताला क्या और बेईमान के लिए कवाला क्या? जब आप के मन में घूस लेने की प्रवृत्ति जग जाये तो आप कहीं भी बहाना ढूँढ़ ही लेंगे।

कुंदन बाबू और रघुबंश बाबू इस कहानी को सुनकर और सुनाकर ख़ूब हँसे। कुंदन बाबू बोले- "तो आप इस कहानी का नायक किसे मानते हैं? आप अपने को या मुझे?"

रघुबंश बाबू हँसते हुए बोले- "अरे सर, हम लोग नायक की तो बात छोड़िये एक अदना-सा सिपाही बनने के भी योग्य नहीं हैं।"

कुंदन जी ने पूछा- "कौन हो सकता है इसका नायक?"

रघुबंश बाबू बोले- "अरे हैं न अपने प्रधान जी।"

दोनों हँसने लगे, हँसते-हँसते कुंदन जी ने कहा- "सर आपके दिमाग़ में प्रधान जी की बात कैसे आयी?"

"अब देखिये आना तो लाज़मी है, आपने उन्हें तो नज़दीक से देखा है उनका "ऑनर्स पेपर" बहुत मज़बूत है।"

कुंदन जी को वो घटना याद आ गयी जब एक बार सभी लोग बात कर रहे थे, प्रधान जी किन्हीं का उदाहरण देकर बोले जा रहे थे उनका "ऑनर्स पेपर" बहुत मज़बूत है।

प्रभाकर जी हँसे जा रहे थे, कह रहे थे शब्दों का चयन देखिये हमारे प्रधान जी का।

इसी बीच श्रुति मैडम आ गयीं, सभी को हँसते हुए देखकर वो बोलीं- "किस बात पर हँसी हो रही है?"

दोनों बोले- "अरे मैडम आप नहीं समझिएगा।"

मैडम बोलीं- "सो ऐसा क्या है?"

प्रभाकर जी बोले- ''आपका ऑनर्स पेपर मज़बूत नहीं है।''

मैडम की नियुक्ति सब्सिडियरी पेपर पर हुई थी, इसलिए अक्सर विद्यालय में बातें होती रहती थीं।

मैडम ने कहा- ''हाँ हमारे मध्य प्रदेश में ऑनर्स पेपर नहीं होता है, सभी पेपर पास कोर्स में एक समान होता है।''

अब प्रभाकर जी बोले- ''सही में आपका ऑनर्स पेपर कमज़ोर है। अरे मैडम जी, सर का ऑनर्स पेपर दूसरा है जिसमें प्रधान जी पारंगत हैं। कुछ लोग सीखते है और कुछ लोग सीखकर ही जन्म लेते हैं; हमारे प्रधान जी ने इसे जन्म से पूर्व ही सीख लिया था।'' मैडम बहुत देर तक इस बात को नहीं समझ सकीं, फिर कुंदन जी उनकी समस्याग्रस्त मुख को देखकर बोले- ''मैडम, प्रधान सर अर्थशस्त्र ऑनर्स की बात कर रहे हैं।''

मैडम को तब समझ में आया जब प्रधान जी ने कहा कि इस कुर्सी पर बैठने वालों को ऑनर्स पेपर मज़बूत करना ही पड़ता है। मैडम ने बात समझते ही जवाब दागा- ''अरे रहने दीजिये, मुझे नहीं मज़बूत करना है ऑनर्स पेपर। प्रधान जी हैं ही ऑनर्स मज़बूत करने के लिए। वैसे भी भगवान उन्हीं को उस पैसा में वृद्धि दे जो दूसरों की हाय से बनती हो।''

प्रधान जी तो वहाँ तैयार खड़े ही थे प्रश्नोत्तरी सेशन के लिए, तुरंत बोल उठे- ''देखिये मुझे यही फरियाबाजी पसंद नहीं है।''

''मैडम ने भी तुरंत प्रतिकार किया- ''हाँ आपको फरियाबाजी पसंद नहीं है, आपको तो केवल ऑनर्स पेपर मज़बूत करना है।''

प्रधान जी ने अब कमान सँभाल ली थी, बोल उठे- ''करेंगे ही, हमें मौक़ा मिला है तब न कर रहे हैं।''

''अच्छा तो आपको इसीलिए कुर्सी मिली है कि आप ग़रीब बच्चों का हक़ मारें और हम लोग मुँह बंद करके देखते रहें!''

कुंदन जी ने जब यह सब होते देखा तो उन्हें वहाँ से हट जाना ही उचित जान पड़ा। वो अपने विज्ञान कक्ष में चले गये, वहीं बैठकर कुछ लिखने लगे।

इधर बहस छिड़ी हुई थीः- प्रधान जी इस बात पर अड़े थे कि मैं प्रधान हूँ, मेरे जो मन में आयेगा मैं वह करूँगा और उधर मैडम इस बात पर जमी थीं कि आपको मैं चाहूँगी तो एक पैसा भी कमाने नहीं दूँगी।

“यह जो आपने विद्यालय को कमाई का अड्डा बना दिया है उसे मैं बंद करके ही रहूँगी।”

सर्दी का मौसम और विद्यालय में जमी घूर जिसमें जल रहे थे वो सभी टूटे बेंच जो इससे पहले वाले प्रधान जी के कार्यकाल में लिये गये थे, सभी तीन नंबर की लकड़ी के और उसमें वो सारे बेकार अभिलेख और बच्चों की वो उत्तर-पुस्तिकाएँ जिसको बच्चों ने बहुत मेहनत से लिखा था।

प्रधान और मैडम के बीच हो रहे मधुर-संवाद सुनकर कई बच्चे वहाँ जमा हो गये थे। आनंद ने देखा कुछ उत्तर-पुस्तिका जल रही थीं और कुछ वहाँ जलाने के लिए रखी थीं। शिक्षक लोग वहाँ झगड़े में व्यस्त, इधर बच्चे लोग अपने आप में मस्त। बच्चों ने उत्तर-पुस्तिका का पोस्टमार्टम करना शुरू किया, अब सभी बच्चों के हाथ में कुछ उत्तर-पुस्तिकाएँ थीं। सब अपने से बड़े वर्ग के बच्चों की उत्तर-पुस्तिका में अपने जान-पहचान की पुस्तक ढूँढ़ने में लगे थे। एक छात्र ने उत्सुक हो आनंद से पूछा- “देखो तो रेहान भैया को कितना अंक मिला था।”

आनंद ने देखा तो वो परेशान हो गया, उसने कहा- “अरे यह उत्तर-पुस्तिका तो जाँची ही नहीं गयी है।” तभी किशन ने कहा- “अरे ऐसा कैसे हो सकता है, वह जाँची नहीं गयी पर रेहान भैया तो कक्षा उत्तीर्ण कर विद्यालय से चले भी गये हैं।”

तभी सचिन बोला- “अरे ये उत्तर-पुस्तिका थोड़े कभी जाँची जाती हैं, यह तो सभी वर्ष सर लोग ऐसे ही जलाकर घूर तापते हैं।”

आनंद ने पूछा- “ये तुम कैसे कह रहे हो?”

सचिन बोला- “अरे मेरी दीदी बता रही थीं।”

आनंद ने पूछा- “तो वह पास कैसे कीं?”

सचिन बोला- “अरे सर लोग कॉपी के ऊपर से देखकर ही समझ जाते हैं कि किसे कितना अंक मिलेगा।”

आनंद ने कहा- “ये कैसे हो जायेगा?”

सचिन बोला- “क्यों नहीं होगा, सर लोग औसत अंक दे देते हैं।”

आनंद को बात समझ में नहीं आयी। आनंद बोला- “कुंदन सर से इस बात के बारे में अवश्य पूछेंगे।”

तभी प्रधान सर ने लड़कों को देखकर कहा- "अरे क्या हो रहा है, तुम लोग वर्ग में जाओ।"

तभी राजा बोला- "सर एक प्रश्न है?"

"क्या? बोलो।" प्रधान जी ने कहा।

"सर हम लोगों की उत्तर-पुस्तिका की जाँच नहीं होती है क्या?"

अब सर का ग़ुस्सा सातवें आसमान पर था, उन्होंने ज़ोर से कहा- "चोट्टा कहीं का, बिना जाँचे हुए ही तुम पास कर जाते हो। गदहा, दिमाग़ है ही नहीं तुमको, कुछ से कुछ पूछते रहते हो।"

राजा ने हँसते हुए कहा- "नहीं सर ये उत्तर-पुस्तिका मेरी दीदी की है, वह कब तक जाँच हो जायेगी जबकि वह पास करके यहाँ से चली भी गयी हैं।"

प्रधान जी बोले- "भागता है कि नहीं यहाँ से गदहा! हम लोग शिक्षक हैं, देखकर ही समझ जाते हैं इस बच्चे को कितना नंबर आयेगा।" सभी बच्चे वहाँ से हँसते हुए चले गये।

पुनीत को बात समझ में नहीं आयी वो वहीं खड़ा था। उसने पूछा- "सर हम लोग बहुत मेहनत से अपनी उत्तर-पुस्तिका को लिखते हैं, तो क्या वो भी इसी तरह आग में ही जाँची जाती हैं?"

अब प्रधान जी अपने रौद्र रूप में आ गये थे। उसने पुनीत के कान पकड़े फिर बाल और अंत में मुक्का और चाँटे से अच्छे-से मालिश कर दिया।

बेचारा मार खाता रहा और वहाँ बैठे किसी शिक्षक ने उसे बचाना भी उचित नहीं समझा। आख़िर बचाता भी कैसे, यहाँ तो सभी उसी श्रेणी में थे जो उत्तर पुस्तिका को क़लम के बदले आग से ही जाँचते थे। पर कुंदन जी ने जब देखा तो उनसे रहा नहीं गया, उन्होंने प्रधान जी को मारने से रोका और सर से आग्रह किया कि सर बच्चों की भावनाओं को समझिये। अगर बच्चों के मन में कोई समस्या है तो उसका निराकरण करना हमारा फ़र्ज़ है। प्रधान जी बोले- "लीजिये आप ज़्यादा होशियार हैं, तो आप ही करिए समाधान इस बच्चे के प्रश्न का।"

कुंदन जी बोले- "अवश्य, बताइए बच्चे का क्या प्रश्न है?"

प्रधान जी बोले- "बच्चे का प्रश्न सुनियेगा तो आपकी पैंट ढीली हो जायेगी।"

कुंदन जी बोले- ''सर आप प्रधान हैं भाषा तो कम से कम मर्यादित रखें।''

प्रधान जी ने कहा- ''छोड़िये, हमें नहीं सीखना है आपसे।''

कुंदन जी बोले- ''देखिये मैं आपसे अनुरोध कर रहा हूँ आप ऐसे बात नहीं करिए।''

तभी श्रुति मैडम बोलीं- ''अरे इनको बस इससे मतलब रहता है कि आकस्मिक अवकाश न कोई ले ले। बाक़ी किसी चीज़ से इनको मतलब नहीं रहता है।''

प्रधान जी ग़ुस्से से बोले- ''आकस्मिक अवकाश भी नहीं देंगें, आप क्या कर लेंगी?''

श्रुति मैडम बहुत ग़ुस्से में आ गयीं, बोलीं- ''देखिये आप हद से आगे बढ़ते जा रहे हैं, लगता है आपका इलाज करना ही पड़ेगा।''

कुंदन जी ने धीरे से कहा- ''छोड़िये न सर क्यों बात को बढ़ा रहे हैं।''

''अरे आप नहीं देख रहे हैं, दो कौड़ी की मैडम हमको कैसे डाँट रही है।''

यह सुनते ही मैडम इतनी भड़कीं, जिसके बारे में आप कल्पना भी नहीं कर सकते हैं। उन्होंने अपनी चप्पल खोलीं और सर को अभी मारतीं ही कि कुंदन जी ने उनका हाथ पकड़ लिया।

मैडम काफ़ी तैश में आ गयी थीं, इधर प्रधान जी भी ज़ोर-ज़ोर से बोलने लगे। कुंदन जी ने शांत करना चाहा तो और वो ज़ोर से बोलने लगें- ''आप ही बताइए, आकस्मिक अवकाश हमें मन होगा तो देंगे नहीं तो नहीं देंगे।''

कुंदन जी बोले- ''माफ़ करेंगे सर, आकस्मिक अवकाश रोकने का अधिकार किसी को नहीं है।''

प्रधान जी बोले- ''छोड़िये हम आपके अनुसार नहीं चलेंगे न।''

कुंदन जी बोले- ''क्या बात बोल रहे हैं सर, मैंने क्या किया?''

वो बोले- ''आप जो अपने अनुसार विद्यालय चलाना चाहते हैं न, वह नहीं होगा।''

कुंदन जी भी ग़ुस्से में आ गये थे, वो बोले- ''सर चलाइए पर ऐसा कोई आदेश मत निकालिए जो सर्वमान्य नहीं हो।''

प्रधान जी बोले- "हम आपसे पूछकर आदेश निकालेंगे?"

कुंदन जी ने उत्तर दिया- "नहीं हमसे क्यों पूछेंगे? पर ऐसा आदेश नहीं निकालेंगे जिससे हमें परेशानी हो।"

वह उछलकर किरानी के पास गये और बोले- "आप लिखिए आदेश पुस्तिका पर कि आज से आकस्मिक अवकाश बंद, किसी भी कर्मी को आज से किसी प्रकार की छुट्टी बंद।" बड़ा बाबू तो अपने उस्ताद थे चूँकि इस आदेश में वो ख़ुद भी शामिल थे इसलिए उन्होंने पहले कहा- "सर आप अपने से आदेश निकालिए।"

बाक़ी मामलों पर बड़ा बाबू और चपरासी कुछ भी नहीं बोलते थे क्योंकि प्रधान जी अक्सर बोलते और करते भी कि किसी तरह के आदेश कार्यालय कर्मी पर लागू नहीं होगा। कुछ देर के बाद कहते चूँकि उन्हें बहुत काम रहता है इसलिए उनसे कोई तुलना नहीं करियेगा। कभी-कभार तो शिक्षक भड़कते पर फिर शांत हो जाते क्योंकि यहाँ कोई उस तरह के विरोधी शिक्षक नहीं थे। हालाँकि बात वह नहीं थी कि वो कार्यालय सहायक को बहुत मानते थे, बात थी कि वो उनके कमाने में साथ देते थे इसलिए अपने माध्यम को वह नहीं तोड़ना चाहते थे।

वैसे अब किरानी और चपरासी दोनों उनसे खफ़ा रहने लगे थे क्योंकि अब वो पूरा हिसाब किताब रखने लगे थे और जितना मिलता था उसमें पचास प्रतिशत पहले रख लेते फिर अन्य ख़र्च के नाम पर भी ले लेते। उनकी सूक्ष्म नज़र इतनी तीव्र थी कि हर एक उठने वाले धुएँ के स्रोत का पता तुरंत लगा लेते और अपना हिस्सा लेकर ही दम लेते। अब अगर किसी बच्चे ने घूस देने से इनकार किया या जान-पहचान को आपने छोड़ दिया तो उसका भी हिस्सा बेचारा चपरासी और किरानी को देना पड़ता इसलिए चपरासी और किरानी दोनों ने कहा, "सर आप अपने से आदेश निकालिए।" पर प्रधान जी को तो लिखने के नाम पर दम फूलने लगता, अपने आकस्मिक अवकाश के आवेदन में भी दस ग़लतियाँ होती। यह बात चपरासी ने आँखों देखी बताई थी और जब कभी आवश्यकता पड़ती तो प्रधान जी का आकस्मिक अवकाश का माध्यम कार्यालय ही होता था इसलिए लोगों को इस बात की जानकारी नहीं थी। हालाँकि कई शिक्षक इस बात की चर्चा आपस में करते कि इस प्रधान को कुछ भी जानकारी नहीं है।

एक बार ज़िला शिक्षा कार्यालय में उन्हें अपना आवेदन स्वयं लिखना

पड़ा, साथ में चपरासी था पर कार्यालय में उनका आवेदन कैसे वह लिखता। पर जब तीसरी बार ग़लती हो गयी तो चपरासी से नहीं रहा गया उसने कहा, "सर मैं हूँ तो चतुर्थवर्गीय कर्मचारी पर मैं मानता हूँ कि आपसे अच्छा मैं लिख सकता हूँ।"

प्रधान जी ने हँसते हुए कहा- "लिख दीजिये तो।" कार्यालय के दूसरे किरानी लोग देख रहे थे बोल उठे- "ये स्थिति है प्रधान जी आपकी!" तो वह हँसकर बोले- "जल्दी-जल्दी के कारण ग़लती हो गयी।"

चपरासी ने आवेदन लिखकर आगे बढ़ाया कि दस्तख़त कर दीजिये तो बोले, "आप ही कर दीजिये"। अब वो उनका मुँह देखने लगा, बोला "हस्ताक्षर भी मैं ही करूँगा?" वो झेंप गये और बोले आपको "हस्ताक्षर" बोलना चाहिए न आप तो "दस्तख़त" बोले। सभी उनको देखकर हँसने लगे।

इसलिए उसने ज़ोर देकर किरानी को कहा- "आप लिखते हैं कि नहीं?" वो जब लिखने के लिए तैयार हुए तो कुंदन जी ने कहा- "यह आदेश सभी स्टाफ़ के लिए होगा न कि केवल शिक्षकों के लिए।" अब तो उनकी क़लम रुक गयी पर प्रधान के कहने पर उन्होंने लिखा।

कुंदन जी बोले- "सर एक बार सोच लीजिये इस आदेश को निकालने से पहले।"

प्रधान जी बोले- "जो लिखा है चुपचाप हस्ताक्षर कर दीजिये।"

अब कुंदन जी के धैर्य की सीमा टूट गयी और बोले- "ज़बरदस्ती है क्या? कोई इस पर हस्ताक्षर नहीं करेगा, देखते हैं कौन करता है।"

वही हुआ कुंदन जी के आवाज़ पर किसी ने हस्ताक्षर नहीं किया। प्रधान जी ने कुंदन जी के तरफ़ देखकर कहा- "सब नेतागिरी निकाल देंगे।"

कुंदन जी बहुत ग़ुस्से में आ गये, उन्होंने ज़ोर से प्रधान जी को चिल्लाकर कहा- "चुप रहिये, नहीं तो वो सारी चीज़ें हो जायेंगी जो आज तक नहीं हुई हैं।" फिर कुंदन जी ने डटकर कहा- "अब देखिये इस रजिस्स्टर के आधार पर आप पर मुक़दमा करेंगे कि आप प्रधान की कुर्सी की शक्ति का ग़लत इस्तेमाल किये हैं।"

कुंदन जी ने कहा- "कान खोलकर सुन लीजिये, आकस्मिक अवकाश को रोकने का अधिकार किसी को नहीं है क्योंकि यह आपको कहकर नहीं आता है

और नाम ही है आकस्मिक तो उसे कोई पहले कैसे छुट्टी ले लेगा अगर ऐसा कोई करता है तो वह सरासर ग़लत करता है। अब मान लीजिये कोई ऐसी बात हो जाये कि वह पाँच दिन से पहले नहीं आ पायेगा, उस स्थिति में वह पहले आवेदन देगा। पर आज घर से चला और विद्यालय नहीं पहुँच पाया, उसने अपने प्रधान से संपर्क किया और सूचना भेज दी तो उस स्थिति में कोई उसका आकस्मिक अवकाश नहीं रोक सकता।''

प्रधान जी बोले- ''और पदाधिकारी जो आदेश निकालते हैं?''

कुंदन जी बोले- ''आपने उस पत्र का सही से अवलोकन नहीं किया है, उसमें कहीं भी आकस्मिक अवकाश को रोकने की बात नहीं है। और अगर किसी ने ऐसा आदेश निकाला है तो उसने अपनी शक्ति का ग़लत इस्तेमाल किया है। अगर कोई उस पत्र को लेकर न्यायालय चला जाये तो यह मामला उत्पीड़न का बनेगा और उस पदाधिकारी को जेल-जुर्माना सब होगा। आप भी इसके लिए तैयार रहिये।'' यह कहते हुए कुंदन जी वहाँ से निकल पड़े।

रघुवंश बाबू बोले- ''फिर क्या हुआ था कुंदन जी मैं भूल रहा हूँ।''

''होना क्या था, सर मैं वहाँ से उठकर वर्ग में चला गया।''

''अब बच्चे गुमसुम बैठे थे, सुबह से इतना हल्ला विद्यालय में सुना था कि उन्हें अपने शिक्षकों पर दया आ रही थी और ख़ासकर अपने प्रधान पर क्योंकि कई बच्चों ने मैडम को चप्पल उठाते देख लिया था प्रधान पर और बातें भी सुन ली थीं जो प्रधान जी ने मैडम को कही थीं।

बीच में तो मैडम वर्ग में भी आयी थीं और उन लोगों को बोलकर गयी थीं कि तुम लोग एक भी पैसा घूस नहीं दोगे। फिर उन्होंने विस्तार से बच्चों के बीच सभी को बताया कि कैसे प्रधान जी नामांकन से लेकर फ़ॉर्म भराई और फिर यहाँ से जाते-जाते भी पैसा हज़म करते रहते हैं। चाहे वह एडमिट कार्ड लेने के नाम पर हो, निबंधन के नाम पर तो डी.बी.टी. के नाम पर, फ़ॉर्म भरने के नाम पर या फिर सर्टिफ़िकेट के नाम पर हो। सभी काम में पैसे की डिमांड की जाती है, इस नाम पर कि इसे करने में ऑनलाइन ख़र्च लगता है तो कभी बच्चों को भावनात्मक अत्याचार करके।

छोटे बच्चों में इतनी परिपक्वता तो होती नहीं कि कौन सही है या कौन ग़लत। बच्चों को पहले प्रधान जी वर्ग में आकर कहते देखो तुम लोग विद्यालय आया करो और जो शिक्षक वर्ग नहीं आते उसका नाम हमें बताओ। मैं चाहता हूँ

कि मेरे कार्यकाल में अच्छे से वर्ग का सञ्चालन हो और सभी घंटी की पढ़ाई हो।

बच्चे तो बच्चे होते हैं उन्हें शुरूआत में लगा कि प्रधान जी कितने अच्छे हैं। एक दिन मैं विद्यालय आया ही था कि प्रधान जी ने बच्चों को उकसा दिया कि जाओ सर से कहो वर्ग में आने के लिए। मैं तो बात को समझ गया मैंने उस बच्चे से कहा बहुत अच्छा, इधर आओ क्या नाम है? उसने कहा- "सर प्रिंस।"

अच्छा प्रिंस मैं आ जाऊँ ज़रा हस्ताक्षर करके, उसने कहा- "जी सर।"

वह वर्ग में गया और मैं आ गया कार्यालय अपनी उपस्थिति बनाने।

तभी प्रधान जी वर्ग में गये और जाकर प्रिंस से पूछा- "क्या हुआ वह नहीं गये वर्ग क्या?" उसने कहा सर बोले कि वह आ रहे हैं। उन्होंने फिर उससे कहा, "अरे जाओ और फिर कहना चलिए न सर।"

मैं हस्ताक्षर कर ही रहा था कि फिर वो लड़का आ गया। मैं तो बात को समझ गया था मैंने मुस्कुराते हुए कहा चलो प्रिंस मैं आ रहा हूँ। अब मैं वर्ग में था जाते ही मैंने बोर्ड पर लिख दिया "एल्युमीनियम" और चुपचाप बैठ गया। बच्चों को कहा इसे देखते रहो और जब मन भर जाये तो अपनी पुस्तिका में एल्युमीनियम लिखते रहो। पूरी घंटी सभी यही करते रहे जब पाँच मिनट बचे थे, मैंने कहा बच्चों कैसी लगी आज की कक्षा? कोई कुछ नहीं बोल रहा था।

आनंद को बात समझ में आ गयी थी, उसने धीरे से कहा- "सर हमें उम्मीद है कि बीस वर्षों में एल्युमीनियम के बारे में ज्ञान प्राप्त हो जायेगा।"

बिल्कुल सही कहा आनंद ने अब देखो न प्रिंस को सारी बातें समझ में आ जाएँगी और वैसे भी उसे क्या है प्रधान सर हैं ही न यह उनसे समझ लेगा। प्रिंस को अपने आप पर पछतावा होने लगा था कि वह क्यों गया सर को बुलाने। मैंने इतना कहकर वर्ग ख़त्म किया।

आनंद ने प्रिंस से वर्ग में कहा- "अब समझ में आया कि क्यों चन्दन भैया बता रहे थे कि कुंदन सर सबसे अच्छे सर हैं? और उनसे कभी नहीं उलझना।"

प्रिंस बोला- "अरे सर अगर अच्छे रहते तो ऐसे पढ़ाते?" आनंद को हँसी आ गयी- "अरे मुर्ख तुम नये आये हो वर्ग में इसलिए तुम्हें पता नहीं है, बाक़ी से पूछो न कि सर कितने अच्छे हैं वो जब पढ़ाते हैं तो पता भी नहीं चलता कि कब समय बीत गया और उनको घंटी से कोई मतलब ही नहीं रहता। प्रधान जी ने आज तक कभी वर्ग में पढ़ाया है क्या? और वह क्या पढ़ाते हैं यह तो सबको

पता ही है। हाथ में किताब लेते हैं और बच्चों को डाँटना शुरू कर देते हैं फिर दस बार गधा-कुत्ता बोलते हैं फिर सभी शिक्षकों की शिकायत करते हैं; यही तो हम सब ने उन्हें करते देखा है। क्या बोलो मैं सही कह रहा हूँ या गलत?'' सबने कहा बात तो सही है।

फिर तरह-तरह की बातें वर्ग में होने लगीं, कई बच्चों ने उनके बारे में बातें कीं जो उसने अपने वरीय छात्रों से या अपने भाई-बहनों से सुना था। सबने कहा कि जब यह प्रधान नहीं थे तो प्रतिदिन लड़ाई करते थे ताकि वर्ग में नहीं जाना पड़े प्रतिदिन अपने प्रधान से झगड़ते थे। आख़िर कुछ तो ऐसी बात है जिसके चलते ये प्रधान बनने के बाद वर्ग सञ्चालन पर इतना ज़ोर दे रहे हैं। वैसे सभी बच्चों ने कहा कि हमारे विद्यालय में सभी शिक्षक वर्ग लेना चाहते हैं सिवाय मीनू मैडम के, जो कभी वर्ग जाती ही नहीं हैं और उनका साथ देते थे यही प्रधान सर जब ये सहायक शिक्षक हुआ करते थे। आनंद ने कहा, ''देखो हमारे मन में अभी तक जितना भी प्रश्न है न, उस सभी का उंत्तर अगर मिल सकता है तो वह है कुंदन सर, और प्रिंस तुमने सर को ग़ुस्सा कर दिया।''

प्रिंस के ऊपर से अभी तक प्रधान सर का भूत उतरा नहीं था, उसने कहा, ''मैं तो फिर से प्रधान जी के पास शिकायत करूँगा।'' सभी एक साथ बोल उठे, ''ऐसा करना भी नहीं क्योंकि इससे हम सभी की पढ़ाई चौपट हो जायेगी और रही बात प्रधान जी की तो वो भी कुंदन सर को कुछ नहीं कह पायेंगे क्योंकि वह बोलेंगे मुझे ऐसे ही पढ़ाना आता है। अब बताओ इससे तुम्हें क्या मिलेगा, तुम्हारा पूरा वर्ष बर्बाद चला जायेगा। देखो जब तक सर मन से नहीं पढ़ायेंगे तो दुनिया की कोई ताक़त तुम्हें नहीं समझा सकता।''

एक बार हम लोगों के वर्ग में शिक्षा पदाधिकारी आये, तभी सर विद्युत पढ़ा रहे थे। शिक्षा पदाधिकारी ने सर से पूछा, ''सर्किट में कैसे विद्युत प्रवाहित हो रहा है?'' सर को अच्छा नहीं लगा कि बच्चों के बीच में प्रश्न पूछने लगे। उन्होंने कहा, ''सर स्विच देने के बाद विद्युत चलता है और आकर बीच लाइन में रुक जाती है।'' अब पदाधिकारी ने पूछा, ''क्या पढ़ाते हैं विद्युत कैसे बीच में आकर रुक जाती है।'' कुंदन सर ने तुरंत कहा, ''सर हमारे यहाँ विद्युत तो पैसे से चलता है, जैसी सैलरी वैसी ही चलती है और आप लोग समय पर वेतन नहीं देते हैं इसलिए विद्युत सर्किट के बीच में आकर रुक जाती है।''

शिक्षा पदाधिकारी समझ गये, उसने अपने साथ आये किरानी को कहा इन

लोगों का वेतन क्यों नहीं गया है? उसने कहा सर चला जायेगा।

कुंदन सर धीरे से साहब को बोले, "सुनिए सर प्रश्न बच्चों के बीच मत पूछा करिए। आपको जितना पूछना हो कार्यालय में बुलाकर पूछिए मैं हमेशा तैयार ही रहता हूँ। सर आप इन बच्चों के आदर्श नहीं हैं लेकिन मैं इन बच्चों का आदर्श हूँ और ज़रा सोचिये अगर किसी प्रश्न का जवाब हमें नहीं आये तो बच्चों के मन में कैसी धारणा बनेगी।"

पदाधिकारी ने कहा, "सीधे-सीधे क्यों नहीं कहते कि मुझे नहीं आता है।"

अब कुंदन जी ने पदाधिकारी की तरफ़ देखा और कहा, आप किसी भी बच्चे को उठा लीजिये और इस प्रश्न का उत्तर पूछिए अगर जवाब नहीं दे सका तब मैं दूँगा। उसने एक बच्चे को उठाया और पूछा, उस बच्चे ने सभी प्रश्न का जवाब ऐसे दिये जैसे उसको रुई का बोरा उठाने के लिए मिला हो।

पदाधिकारी ने कई बच्चों से प्रश्न पूछे और सभी प्रश्न का जवाब उन्हें मिल गया। अब कुंदन जी बोले अब मेरा भी एक प्रश्न है आपसे, आप तो पदाधिकारी हैं आपको तो सब पता होगा। अब तो पदाधिकारी के हाथ पाँव फूलने लगे, उन्होंने कहा- "आज नहीं, अभी एक मीटिंग है।" कुंदन जी बोले, सर बच्चों की जिज्ञासा को तो शांत कर दीजिये। अब वो विवश थे बच्चों ने जब पूछना शुरू किया तो उन्हें एक भी प्रश्न का जवाब नहीं आ रहा था।

कुंदन सर उनकी स्थिति को समझ गये उन्होंने कहा, बच्चों सर को आज बहुत काम है सर दूसरे दिन आयेंगे तो आप लोगों के प्रश्न का जबाव मिल जायेगा। अब बताओ ऐसे सर अगर वर्ग से चुपचाप चले जायें तो घाटा किसका होगा। अब प्रिंस को पता चल गया था कि अगर पढ़ना है तो कुंदन सर से मिलकर रहना ही होगा अन्यथा पढ़ाई हुई और होने को है।

आनंद अब दसवीं कक्षा में आनेवाला था, अब उसे संस्कृत से ज़्यादा अच्छी विज्ञान की कक्षाएँ लगने लगी थीं। अगर एक घंटी छूटती तो उसे बहुत दुःख होता। ख़ैर जब प्रिंस को ग़लती का एहसास हो गया तो आनंद ने कहा- "आप लोग चिंता न करें, कुंदन सर से मैं बात करूँगा।"

मैं अपने विज्ञान कक्ष में बैठा हुआ था, आनंद ने प्रधान से अनुमति ली और मेरे पास आ गया। मैंने आनंद को देखते ही कहा- "आओ आनंद।" आनंद तो कुछ भी नहीं बोल पा रहा था, मैनें उससे पूछा- "क्या हुआ आनंद, गुमसुम क्यों हो? बताओ तो सही।"

आनंद बोला- ''सर प्रिंस ने जो कुछ किया मैं उसके लिए माफ़ी माँगता हूँ वास्तव में वह नया है और प्रधान जी ने वर्ग में आकर इस तरह आप लोगों का चरित्र-चित्रण किया कि कोई भी ऐसा कर सकता था पर जो लोग पहले से थे वह तो आप लोगों को भी जानते थे और प्रधान जी को भी। चूँकि प्रिंस नया था इस कारण आपको वह नहीं जानता था और प्रधान जी की बातों में आ गया।''

कुंदन सर बोले- अरे कोई बात नहीं मैंने आज जो कुछ भी किया वह उसको समझाने के लिए ही किया था कि शिक्षक से ज़बरदस्ती नहीं की जा सकती है। अगर आप ज़बरदस्ती करोगे तो वर्ग तो हो जायेगी पर तुम कुछ सीख नहीं पाओगे।''

आनंद बोला- ''सर माफ़ करेंगे, प्रिंस अब इस बात को समझ चुका है।''

मैंने कहा चलो मैं आता हूँ, वर्ग में सभी बच्चे मेरा इंतज़ार कर रहे थे। मैं आज दूसरी बार वर्ग में था, जैसे ही गया सभी बच्चे उठकर खड़े हो गये और अपनी उत्तर-पुस्तिका में बड़ा-सा सॉरी बनाकर अपने आगे लगा लिया।

मैंने जब देखा तो कहा चलो बैठ जाओ सबको माफ़ी मिलेगी पर एक शर्त है। सबने एक साथ कहा, ''बताया जाये''। मैंने कहा आप लोग मुझे तीन अध्याय को पढ़कर और समझकर दिखा दीजिये मैं माफ़ी दे दूँगा।

वे लोग बोले, ''अवश्य'' और सभी ने एक साथ समय पूछा।

मैंने तीन दिन का समय दिया, सभी तैयार हो गये। अब मैंने उस बच्चे की तरफ़ देखा जिसकी प्रधान जी ने उस दिन बहुत पिटाई की थी। मैंने कहा- ''पुनीत क्या हुआ था तुम्हें, जो प्रधान सर तुम्हारी पिटाई किये थे?''

पुनीत का ग़ुस्सा अभी तक नहीं उतरा था, वह कुछ भी नहीं बोल रहा था।

मैंने उसके माथे पर हाथ रखा और पूछा- ''अभी तक ग़ुस्सा में हो?''

वह बोला- ''सर जब हमारी ग़लती हो तो बात समझ में आती है पर ग़लती प्रधान जी की और मार हम खाए यह कहाँ तक उचित है?''

मैंने कहा- ''कोई बात नहीं बच्चा, सर से इतना ग़ुस्सा नहीं करते, बताओ तो सर ने ऐसा क्या कर दिया?'' तभी पुनीत बोला- ''सर माफ़ करेंगे, मैं कहूँगा तो आपको भी ख़राब लगेगा क्योंकि उस प्रश्न के आप सभी किरदार हैं। ''

मेरी उत्सुकता और बढ़ गयी, मैंने कहा- ''पर जब तक मैं अपनी ग़लती

नहीं जानूँगा तो तुम ही बताओ कैसे उसे ठीक करने की कोशिश करूँगा।''

फिर पुनीत ने सभी बातों को विस्तारपूर्वक बताया।

मैंने उसे शाबाशी दी और कहा चलो कम से कम इतना तो हुआ कि तुमने हिम्मत तो की यह पूछने की। फिर मैंने उसे कहा यह तो सरासर ग़लत है कि बिना उत्तर-पुस्तिका को जाँचे बच्चे को पास कर दिया जाता है।

मैंने कहा- ''पुनीत के लिए सभी बच्चे ताली बजाओ।'' सभी ने ताली बजायी। अब पुनीत का ग़ुस्सा शांत होने लगा था। उसे लगा चलो कोई तो है जो कम से कम मेरे साथ खड़ा है पर अभी तक उसे समझ में नहीं आ रहा था कि सर उत्तर-पुस्तिका जाँचे बिना किसी को कैसे और क्यों पास कर देते हैं। उसके मन में कई बातें चल रही थीं पर हिम्मत नहीं हो रही थी कि सर से पूछूँ।

तभी मैंने आनंद को विज्ञान कक्ष की चाबी दी और कहा कि चलो मेरे साथ। हम दोनों ने आलमारी को खोला और उसमें से उत्तर-पुस्तिका के कुछ बंडलों को निकाला।

अब हम लोग वर्ग में आये और उससे कहा- ''देखो यह तुमसे सीनियर वर्ग वाले की विज्ञान की उत्तर-पुस्तिका हैं, अब अपने भाई-बहन की उत्तर-पुस्तिका इसमें से खोजो।'' सभी ने उत्तर-पुस्तिका खोजना शुरू किया। बीस ऐसी उत्तर-पुस्तिका को ढूँढ़कर निकाला गया।

अब मैंने उन लोगों से उस उत्तर-पुस्तिका को देखने को कहा और पूछा बताओ यह जाँची गयी हैं या नहीं? सबने कहा- ''हाँ सर यह तो जाँची हैं।'' अब मैंने आनंद को बोर्ड पर आने को कहा और सभी बच्चों के अंक उससे लिखने को कहा। सब बताते जा रहे थे और आनंद लिखता जा रहा था। अंक जो बच्चों को मिले थे वह था बारह, चौदह, सत्रह, नौ, ग्यारह, तीन, पाँच क्रमशः तीन बच्चे ऐसे थे जिसके अंक थे पैंतालीस, साठ और एक बच्चा ऐसा था जिसके अंक थे बहत्तर कुल अंक अस्सी में।

शुरुआती अंकों को देखकर तो बच्चों को लगा कि यह अंक प्रायोगिक परीक्षा की हैं, पर जब उन तीन बच्चों के अंक देखा तो उन्हें पता चल गया कि यह अंक सैद्धान्तिक परीक्षा के हैं।

अब मैंने आनंद को कहा- ''कार्यालय जाओ और बड़ा बाबू से पिछले साल का मार्क रजिस्टर माँग कर लाना।''

मैंने वर्ग में उन्हीं बच्चों का मार्क पढ़कर सुनाया। सभी बच्चे पास थे, सभी को तीस से ज़्यादा अंक दिया गया था ताकि कोई भी इस वर्ग में न रह जाये।

अब मैंने कहा- ''देखो बच्चों यही हक़ीक़त है हमारे बच्चों का। हर एक वर्ष यही हाल रहता है बच्चों का और इसी तरह के बच्चे को हमें पढ़ाना है। अगर हम लोग सही अंक भेज दें तो सभी बच्चे इसी वर्ग में रह जायेंगे सिवाय चालीस-पचास बच्चों के जो हर एक वर्ष विद्यालय नियमित रूप से आते हैं वही पास करते हैं।

शुरू में हम लोगों ने कोशिश की थी कि जो बच्चे पास नहीं करते उन्हें इसी वर्ग में रख दिया जाये ताकि इस बहाने कम से कम बच्चे पढ़ेंगे भी और एक अच्छा माहौल बनेगा। उस बात का इन्हीं प्रधान जी ने विरोध करना शुरू किया और अंत में ग्रामीणों को इतना भड़काया कि सभी लोगों ने मिलकर सड़क जाम कर दी। उनकी टोली आयी और बोलने लगे, कहाँ है मास्टर सब आज दिखाते हैं क्या होता है बच्चों को अनुत्तीर्ण करना।

हम लोगों को विद्यालय में बंद कर दिया गया। प्रधान जी की और फ़ज़ीहत हुई, उन्हें तो उनके कार्यालय में ही ताला मार दिया गया और अंततः पदाधिकारी जब विद्यालय आये, फिर उन्हें इस शर्त पर मुक्त किया गया कि सभी बच्चों को पास करेंगे। नौकरी करनी है न, तो ग्रामीणों से मत उलझिए नहीं तो आये दिन ऐसी समस्या आती रहेगी।

मैंने बहुत विचार किया कि आख़िर क्या किया जाये पर मैंने पाया कि चूँकि सरकार ने फ़रमान जारी किया है कि आठवीं तक किसी को फ़ेल करना नहीं है भले ही वह सादा उत्तर-पुस्तिका हीं क्यों न जमा कर दे।

अब बच्चे और उसके अभिभावक दोनों ने मान लिया कि बिना पढ़े ही जब पास कर दिया जाता है तो फिर क्यों पढ़ें और उसी का परिणाम तुम्हारे सामने है।'' अब सभी बच्चों को समझ में आ गया था कि आख़िर क्यों घूर में उत्तर-पुस्तिका देने से उसे अच्छे अंक मिल जाते हैं।

आनंद ने मासूमियत से पूछा कि सर इसका कोई तो समाधान होगा? मैंने कहा- ''हाँ, हो सकता है। सबसे पहले तो छात्र और शिक्षक का अनुपात ठीक करना होगा, अन्यथा कभी भी गुणवत्तापूर्ण शिक्षा नहीं दी जा सकती। सभी शिक्षक के ज़िम्मे छात्र की सम्पूर्ण जवाबदेही दे दी जानी चाहिए नहीं तो कभी भी वह उतनी तन्मयता से नहीं पढ़ा पायेगा जितनी जबावदेही मिलने पर पढ़ायेगा।

हाँ, एक चीज़ सरकार को और करनी पड़ेगी कि शिक्षक को वेतन भी अच्छे देने होंगे अन्यथा वह कभी भी मन से नहीं पढ़ायेगा। अब ज़माना बदल गया है, लोग इसलिए अब नहीं नौकरी करते हैं कि दूसरे का भविष्य बनाये और उनके बच्चों का भविष्य बिगड़ जाये। अब देखो न हम लोग अपने हाथों से हर एक वर्ष औसत दस हज़ार प्रति बच्चों को किसी न किसी मद में बाँटते हैं पर सरकार का बहाना कि हम लोगों को देने के लिए पैसे नहीं है। अब तुम लोग देखो यहाँ आते हो तो तुम्हें बैठने के पैसे देते हैं पर बैठाने वालों को पैसे देने के समय सरकार दस बहाने बनाती है।

देखो, "जब तक शिक्षक भूखा है, तब तक ज्ञान का सागर सूखा है।" यह तुमने कई जगह पर सुना होगा पर इसका प्रतिफल तुम्हारे सामने है, सभी लोग हमारे जैसे नहीं होते हैं कि अपनी ग़रीबी को किनारा कर के आप लोगों के साथ खड़ा हूँ और रहूँगा।"

सभी बच्चे शांत हो गये थे, मुझे लगा कि अब बच्चों के समझ से ज़्यादा हो रहा है तो मैंने उन्हें रिफ़्रेश करने के लिए एक दिमाग़ी कसरत करायी, जिसमें सभी मशग़ूल हो गये और फिर से मौसम मुझे गुलज़ार लगने लगा था। आख़िर बच्चे तो बच्चे होते हैं, अगर सही से उनमें समझ आ जाये तो वह आसानी से सही और ग़लत में फ़र्क़ समझ लेते हैं।

वर्ग से बाहर रघुबंश बाबू खड़े थे, उन्होंने सोचा जवाब दूँ पर वर्ग में टोकते उन्होंने उचित नहीं समझा। वो वापस जा रहे थे तभी खिड़की से मेरी नज़र उन पर पड़ी, मैंने उन्हें देखा तो उन्हें वापस बुलाया।

रघुबंश बाबू बोले, "बिल्कुल सही कहा आपने, अगर बच्चे को समझ में ना आये तो उसे ग़लत बातें समझाने में देर नहीं लगती पर मुझे उम्मीद है कि आपके एक बार समझाने के बाद ये बच्चे अब प्रधान जी के संपर्क में नहीं आयेंगे।"

फिर रघुबंश बाबू बोले- "अच्छा, याद आया आपने उन बच्चों के प्रश्न का जवाब दिया कि नहीं? जो शिक्षक दिवस के दिन बच्चों ने पूछा था?" सर ने कहा "हाँ सर हमें याद आया हमने तो अभी तक उन बच्चों का जवाब दिया ही नहीं आज जाकर दे दूँगा।"

अब कुंदन सर वर्ग पहुँच गये और सबसे पहले कहा- "आनंद, मैं तो अब एक उम्र में आ गया हूँ पर तुम तो अभी बच्चे हो, तुमने भी मुझे याद नहीं

कराया।'' आनंद को कुछ समझ में नहीं आ रहा था। तब कुन्दन जी ने पूछा- ''अरे मैं उस बक्से की बात कर रहा हूँ जिसमें आप लोगों ने अपने-अपने प्रश्न रखे थे।'' आनंद बोला- ''सर मैं अभी ले आता हूँ।''

अब सर के सामने प्रश्न नाचने लगे थे। सर बारी-बारी से प्रश्न उठा रहे थे, तभी उनकी नज़र एक प्रश्न पर आकर रुक गयी।

सर ने धीरे से उस प्रश्न को उठाया और कहा- ''जिसने भी इस प्रश्न को उठाया है बहुत अच्छा प्रश्न उठाया है पर मैं चाहूँगा कि उस स्थिति को जान सकूँ जिसने आपको यह प्रश्न पूछने के लिए मजबूर किया।''

सभी बच्चे एक-दूसरे को देखने लगे कि किसने वह प्रश्न पूछा था। सर जिधर देखते उधर से आवाज़ आती सर मैंने नहीं किसी और ने पूछा था।

कुछ देर बाद कुंदन जी बोले- ''बच्चो मुझे यह बताओ, मैंने तो प्रश्न कहा ही नहीं तो आप लोग कैसे कहने लगे कि मैंने नहीं तो मैंने नहीं।'' यह सुनकर सभी लोग हँसने लगे। फिर कुंदन जी ने प्रश्न पूछा- ''अब बताओ किसने पूछा था नियोजित शिक्षक क्या होते हैं और क्या अपने यहाँ भी कोई नियोजित शिक्षक हैं?'' अब आनंद खड़ा हो गया था। आनंद जैसे ही खड़ा हुआ सभी उसे देखने लगे।

सर ने कहा- ''देखो आनंद तुमने बहुत अच्छा प्रश्न किया और यह जानना बहुत आवश्यक भी है। वैसे हमें उम्मीद है कि कुछ बच्चे ज़रूर इस बारे में जानते होंगे कि ''नियोजित शिक्षक'' क्या होते हैं। अभी देखो मैं पूछता हूँ आप सभी से, आपमें से ही इस प्रश्न का उत्तर आ जायेगा। सर ने कहा, आप लोग हाथ उठायें कि कौन-कौन नियोजित शिक्षक के बारे में जानते हैं?''

आनंद को आश्चर्य हुआ जब उसने देखा कई बच्चों के हाथ उठ गये थे। तभी किसी ने कहा, ''लगता है आनंद ने जान बूझकर यह प्रश्न उठाया था।''

आनंद ने कहा- ''अरे यह क्या कह रहे हो, सर मैं नहीं जानता हूँ कि यह क्या होता है। मैंने तो अपनी मम्मी से पूछा भी था कि मम्मी हमारे यहाँ गणित शिक्षक, विज्ञान शिक्षक, हिन्दी शिक्षक, अंग्रेज़ी शिक्षक, सामाजिक विज्ञान के शिक्षक और संस्कृत शिक्षक हैं पर नियोजित शिक्षक तो नहीं हैं।''

कुंदन सर ने पूछा- ''तो माँ ने क्या बताया?'' आनंद बोला- ''माँ ने यह नहीं बताया कि नियोजित शिक्षक कौन होते हैं, हाँ इतना बताया कि ''आप मन

से पढ़ें नहीं तो आप नियोजित शिक्षक भी नहीं बन पायेंगे'', और हाँ, मैं जब बस में आ रहा था तो सभी लोग आपस में चर्चा कर रहे थे इस सरकार ने शिक्षा व्यवस्था को चौपट कर दिया। मैंने तो उन लोगों को बहुत कुछ कहा पर उन लोगों ने मुझे कहा कि ''अभी जनम ले के खड़ा हुए हो, तुम क्या समझोगे क्या सही है और क्या गलत''।'' कुंदन सर बोले- ''आनंद वहाँ जो कुछ भी हुआ उस बात से मैं बहुत दुखी हूँ पर इस बात से ज़रूर संतुष्ट हूँ कि तुमने जवाब दिया।'' कुंदन सर ने फिर कहा- ''अब आप लोग जानना चाह रहे हैं तो सुनिएः- सबसे पहले मैं आप लोगों को बता दूँ नियोजित शिक्षक कोई अलग से शिक्षक नहीं होते हैं, न ही वह कोई अलग विषय होता है। नियोजित शिक्षक एक सामान्य शिक्षक ही होते हैं जो अलग-अलग विषयों को पढ़ाने के लिए विद्यालयों में रखे जाते हैं।''

अब सभी बच्चों में जिज्ञासा बढ़ने लगी थी, सबने कहा- ''अच्छा तो यह कोई अलग प्रकार के शिक्षक नहीं होते हैं?''

कुंदन सर बोले- ''आप लोग नियोजित शिक्षक को देखना चाहोगे?''

सभी बच्चों ने कहा- ''हाँ सर।''

कुंदन सर बोले- ''अगर दिखा दूँ तो आप लोगों का उनके प्रति क्या व्यवहार होगा?''

सभी ने कहा- ''सर मन में इच्छा ज़रूर है कि जानें आख़िर समाज उन्हें क्यों दोयम दर्जे का प्राणी मानता है?''

कुंदन सर ने कहा- ''अभी सब अपनी आँखें बंद कर लो, मैं तुरंत उन्हें बुला लेता हूँ।'' सभी ने आँखें बंद कर ली।

कुंदन सर ने कहा- ''अब आँखें खोल लो।'' सब ने देखा सिवाय कुंदन सर के कोई वहाँ नहीं था। सबने शोर मचाना शुरू किया- ''सर आपने झूठ बोला, आपने मज़ाक़ किया, सर प्लीज़ ले आइये न।''

कुंदन सर ने बोलना शुरू किया, तभी आनंद बोल उठा- ''तो सर क्या फिर से आँखें बंद कर लें?''

सर बोले- ''किसी को भी आँख बंद करने की ज़रूरत नहीं, ग़ौर से देखो यह तुम्हारे सामने खड़ा शख़्स ही ''नियोजित शिक्षक'' है।''

अब तो सभी बच्चे शांत हो गये। आनंद ने कहा- ''सर अगर मुझे यह पता

रहता तो मैं उस व्यक्ति का मुँह बस में ही तोड़ देता।''

कुंदन सर ने कहा- ''आनंद शांत हो जाओ बेटा, कितने लोगों का मुँह तोड़ पाओगे? यह एक आम मुद्दा है।'' आनंद शांत हो वहीं बैठ गया, अब कुंदन सर ने आनंद को बताना शुरू किया-

''आनंद, यह बात सन 2006 की है, लगभग बीस वर्षों से सरकार ने शिक्षकों की नियमित नियुक्ति प्रक्रिया जो पहले ट्रेनिंग करने के बाद साक्षात्कार लेकर होती थी उस प्रक्रिया को बंद कर दिया था। बीच में अप्रशिक्षित शिक्षकों की बहाली परीक्षा के माध्यम से हुई इस शर्त पर कि पढ़ाने के लिए कोई प्रशिक्षण की आवश्यकता नहीं होती है। हाँ एक बात ज़रूर हुई उन शिक्षकों का वेतन निर्धारण केन्द्रीय वेतनमान के तर्ज़ पर हुआ। इस कारण वे जहाँ भी हैं उन्हें कम से कम यह चिंता नहीं सताती है कि उनके बच्चे भूखे मरेंगे। वो अलग बात है कि उन्हें येन केन प्रकारेण प्रशिक्षित करा दिया गया ताकि उन्हें प्रशिक्षित वेतनमान दिया जाय। एक बात बता दूँ कि माध्यमिक विद्यालयों में ये नियुक्तियाँ नहीं हुई थीं, वह केवल प्राथमिक विद्यालयों में हुई थीं।''

तभी सूरज बोला- ''क्यों नहीं हुई बहाली सर?'' कुंदन सर बोले- ''बेटा ये तो सरकार ही बता सकती है, पर ये बात है कि मेरे समझ से उनके लिए शिक्षा की अहमियत न के बराबर रही होगी।

फिर सरकार बदली सब कुछ बदल गया। सरकार की नज़र विद्यालयों में गयी, उन्होंने एक योजना बनायी कि सभी विद्यालयों में शिक्षकों को रखा जाये और पूरे प्रदेश के लोगों को लगे कि सरकार काम कर रही है इसलिए उसने पूरे प्रदेश के विद्यालयों को पंचायती राज्य के अनुसार बाँट दिया जैसे इसी से सत्ता का विकेंद्रीकरण हो जायेगा।

अब घोषणा की- ''डिग्री लाओ नौकरी पाओ।''

कोई परीक्षा नहीं, कोई साक्षात्कार नहीं और एक और ऑफ़र ''कोई उम्र सीमा नहीं'' और सबसे बड़ी विशेषता चार हज़ार, पाँच हज़ार और छःहज़ार के नियत तनख़्वाह पर, इसी का नाम रखा गया ''नियोजन'' प्रक्रिया और उसके अन्दर बहाल होने वाले मास्टर कहलाये ''चार हज़रिया मास्टर''।''

विकास बोला- ''सर यह तो सरकार ने बहुत ग़लत किया था न।''

कुंदन सर ने कहा- ''पर लोग इस चीज़ को नहीं समझ रहे बेटा, वह तो

नियोजित मास्टर को ही कोसने को अपनी महानता समझते हैं। उसे अभी समझ में नहीं आयेगी, उन्हें तब समझ में आयेगी जब उनका पोता-पोती और बहुतों के बेटे पढ़ लिखकर चार हज़ार की नौकरी करेंगे।''

''अब देखिये न यह सरकार कितनी चालाक है, उन्हें पता था कि एक ही विद्यालय में दो तरह के शिक्षक काम करेंगे तो समान काम के समान वेतन की माँग उठा सकता है इसलिए उसने एक आदेश निकालकर मंत्रिमंडल से पास कराकर रख लिया कि उस पोस्ट पर जितने लोग अभी नियमित शिक्षक हैं उनके रिटायरमेंट होते ही वह सीट मृत घोषित हो जायेगी और वह सीट चारहज़रिया मास्टर के लिए सुरक्षित हो जायेगी। अब सोचो आगे जब नियुक्ति की जगह नियोजन प्रक्रिया ने ले ली तो आने वाली पीढ़ी को विरासत में यही मिलेगा न। अगर तुम में से किसी ने मन में यह सोचा होगा कि मैं शिक्षक बनूँगा तो तुम्हें यही चार हज़रिया नौकरी मिलेगी।''

सभी छात्रों ने एक सुर में कहा- ''सर हमें अब सरकार की चाल समझ में आ गयी है, हम लोग इसका विरोध करेंगे।''

कुंदन सर बोले- ''बच्चो अभी नहीं, उसका भी समय आयेगा क्रांति तो उठेगी बच्चो, यह मेरा नहीं हम सब का विश्वास है।

वैसे भी यह धरती क्रांतिकारियों की पौधशाला रही है, पर अगर आप समझोगे कि इसे इस वर्तमान सरकार के ख़िलाफ़ तो आपकी भूल है, क्योंकि कोई भी सत्ताधारी यह नहीं चाहता कि यहाँ के लोग सही शिक्षा पायें। वैसे भी लोकतंत्र अच्छे से तभी चलता है जब उसे समझने वाले उसके शासन क्षेत्र में कम से कम हों। ज़्यादा पढ़े-लिखे लोग अगर होंगे तो लोग सरकार की बातें समझने लगेंगे, फिर उससे प्रश्न पूछेंगे; यहीं लोकतंत्र के शीर्ष पर बने रहने का का सबसे बड़ा मूल-मंत्र है।

अब बेरोज़गारों की फ़ौज और सीटों की संख्या ने लोगों को फ़ॉर्म भरने के लिए मजबूर किया, चूँकि उम्र-सीमा तो थी नहीं इसलिए पिता-पुत्र और माँ-बेटी सबने ने एक साथ फ़ॉर्म भरा। यह बात पूरे प्रदेश में आग के तरह फैल गयी। पिछले दो दशक से परीक्षा का परिणाम तो इस पर निर्भर करने लगा था कि कौन कितना नक़ल और पैरवी करा सकता है, इसलिए बहती गंगा में सभी ने भाग लिया था और ख़ूब डिग्रियाँ बटोरी थीं।''

संतोष बाबू बग़ल से गुज़र रहे थे, उन्होंने जब सर की बातें सुनीं तो अन्दर

आ गये और बोले- ''क्या हुआ? आज नियोजित शिक्षक वाली बात बता रहे हैं क्या?'' सभी लड़के खड़े हो गये।

कुंदन सर ने संतोष सर को भी बैठ जाने को कहा। फिर कुंदन जी बच्चों की तरफ़ मुख़ातिब हुए, बोले- ''अब देखो संतोष बाबू को, इन्होंने दो सौ तीस जगह से फ़ॉर्म डाला था।'' बच्चों ने कहा, ''क्या बोले सर, दो सौ तीस जगह से?''

कुंदन सर बोले- ''हाँ-हाँ! दो सौ तीस जगह से।''

संतोष सर हँसते हुए बोले- ''तो इतनी आसानी से मास्टर बने हम लोग, पूरे एक महीने तक हाथ में एक झोला कुछ सत्तू के पैकेट, कुछ पैसे, एक लोटा और सर्टिफ़िकेट के फ़ोटोस्टेट के साथ अपनी छायाचित्र वो भी पासपोर्ट साइज़ की। यही काम था, लम्बी लाइन लगती थी बीच-बीच में रेलमपेल तो कभी लोकल लोगों की दादागिरी सब झेला था हमने। कभी कोई गाली देता तो कभी कोई बाहर देख लेने की धमकी देता। अब जब सरकार ने कोई विशेष योग्यता रखी ही नहीं थी तो क्या पढ़े लिखे और क्या गँवार, क्या नाई तो क्या हलवाई, क्या जूता पॉलिश करने वाले तो क्या गन्ना पेरने वाले, सभी लाइन में लगते थे। क्या रंगदार और क्या शरीफ़ सभी लाइन में ऐसे खड़े थे मानो गंगा और जमुना अपने बैर-भाव को भूलकर गले मिल रही हों।

सभी को मास्टर बनने की होड़ लगी थी, कई जुगाड़-तंत्र वाले आगे आ गये थे। आप अंगूठा छाप हैं, कोई बात नहीं आपको मास्टर बनना है बन जाइएगा, सर्टिफ़िकेट चाहिए मिल जायेगा। आनन-फ़ानन में कई लोगों ने डिग्रियाँ ख़रीद लीं, कई जगहों पर सर्टिफ़िकेट बेचने की दुकान बहुत चलीं, आख़िर मास्टर जो बनना है।

कई लोगों ने फ़र्ज़ी डिग्रियों का भी इस्तेमाल किया और आराम से मास्टर बन गये। जब कुछ लोगों से मैंने इस सम्बन्ध में बातें की तो उनका कहना था अरे जब पकड़े जायेंगे तब न, तब तक तो इस व्यवस्था से हम काफ़ी कमा चुके रहेंगे और कुछ दे लेकर काम करवा लेंगे। अब आप सोचिये अगर शिक्षक फ़र्ज़ी हैं और वह इसलिए विद्यालय में नियोजित हुए हैं कि उन्हें कुछ कमा लेना है और हर हमेशा उन्हें डर समाये रहता है कि कभी भी उन्हें हटाया जा सकता है तो जैसा पढ़ाने पर वह ध्यान लगा पाये।''

सभी बच्चे हँसने लगे, संतोष सर ने कहा- ''हँस क्यों रहे हो?'' तो वह बोले- ''सर ''फ़र्ज़ी'' शब्द सुनकर हँसी आने लगी।''

“अरे इसमें हँसने की क्या बात है, तुमने “फ़र्ज़ी पुलिस” के बारे में सुना होगा, “फ़र्ज़ी मजिस्ट्रेट” के बारे में सुना होगा, “फ़र्ज़ी योजना” के बारे में सुना होगा वैसे ही यह “फ़र्ज़ी मास्टर” साहब हो गये अरे यहाँ कोई “फ़र्ज़ी विद्यार्थी” तो नहीं हो न?”

शुक्र है, पर अब तो विद्यालयों में फ़र्ज़ी विद्यार्थी भी दिखने लगे हैं, उपस्थिति बनाने के लिए ताकि उन्हें पैसे मिल सकें। अच्छा है कि अपने यहाँ ऐसे नहीं है और वैसे भी यहाँ क्यों होंगे।” किसी बच्चे ने पूछा- “क्यों सर?” तो सर ने कहा- “अरे जहाँ प्रधान मेहरबान वहाँ गदहा पहलवान।” भले बच्चों ने नहीं समझा कि सर ने क्या कहा पर उन लोगों को हँसी बहुत आयी।

कुंदन सर ने इशारा से कहा कि मत बोलिए बच्चे हैं पर संतोष बाबू बोले- “सर ये आजकल के बच्चे हैं, इन्हें सब पता है, उसमें भी जहाँ के प्रधान बिना किसी शर्म और संकोच के बच्चों से सौदा करें कि अगर उपस्थिति नहीं रहेगी तो अतिरिक्त पैसे देने होंगे भला वहाँ बच्चे कैसे रहेंगे। जहाँ नामांकन के समय से ही बच्चों के मन में यह डर ख़त्म हो जाता हो कि नहीं आने पर भी काम चल जायेगा भला वहाँ बच्चे क्यों आयेंगे, और जब विद्यालय नहीं आयेंगे तो वह शिक्षकों को भला अच्छा कैसे कहेंगे।

बच्चों अब तो कम से कम यह हुआ कि समाज शिक्षकों को नियोजित मास्टर कहके छोड़ देता है, कुछ दिन पहले तो “बकरचरवा मास्टर” कहने लगे थे; जब उस समय के सरकार ने चरवाहा विद्यालय खोला था। कुछ लोग “चरवाहा मास्टर” भी कहते थे, आगे पता नहीं किस-किस नाम से शिक्षक को पुकारा जायेगा।”

संतोष बाबू आगे बोले- “बच्चों हमसे पूछो न इससे संबंधित बातों का तो मैं मास्टर हूँ और कोई प्रश्न है?” तभी गिरीश चपरासी आया और कुंदन सर से बोला- “सर प्रधान सर आपको याद कर रहे हैं?”

कुंदन सर, संतोष सर को बैठाकर चले गये। अब संतोष सर ने बच्चों से पूछा- “बताओ आनंद कुछ पूछना है?” तभी रमेश बोला- “सर आनंद को बहुत कुछ पता नहीं तभी तो यह बस में भी लड़ाई करने लगा था।”

संतोष सर बोले- “अरे लड़ना क्या। देखो समाज कोई ख़राब थोड़े कहता है, अब मुझे भी देखो और कुंदन जी को भी, मैंने पढ़ाई-लिखाई छोड़ दिया था तभी मेरी नौकरी लगी और कुंदन जी ने पढ़ाई शुरू किया और नौकरी मिल

गयी। अब मैं और कुंदन जी एक समान कैसे हो सकते हैं! अब भला मुझे जो देखते हैं वह मुझे देखकर ही ''मास्टर'' को जज करेंगे न। शायद उन लोगों की कुंदन जी से भेंट नहीं हुई होगी, जब उन्हें अच्छे लोगों से भेंट हो जाती है न तब वह फिर सँभलकर बोलते हैं।

एक दिन हम लोग बस में जा रहे थे, मेरे साथ कुंदन जी और रघुबंश बाबू भी थे। तभी एक सज्जन जो बग़ल में बैठे थे पूछे- ''आप लोगों को कहाँ जाना है?'' तो हम लोगों ने कहा- ''विद्यालय'' तभी वह पूछ बैठे- ''आप लोग वहाँ क्यों जा रहे हैं?''

हम लोगों ने कहा- ''भाई, हम लोग शिक्षक हैं वहाँ।'' अब उन लोगों ने पूछा- ''नया वाले या पुराने वाले?''

मैंने कहा- ''क्या मतलब?'' तो वो बोले- ''चारहज़रिया या लखटकिया?'' फिर उसमें से एक ने कहा- ''नियोजित या नियमित?''

हम लोग तो कुछ देर के लिए झेंप गये। फिर मैंने कहा- ''नियोजित।'' यह सुनते ही उनके मुख पर हँसी दौड़ पड़ी।

फिर कुछ देर के बाद नाक-मुँह सिकोड़ते हुए बोले, ''कितने मास्टर आये हैं आप लोग?'' मैंने कहा- ''दस लोग।'' तभी एक दूसरे विद्यालय के प्रधान जी चढ़े, कुछ देर के बाद उन्होंने अपनी जेब में हाथ डाला और सभी जेब को टटोलते दस रुपये जमाकर अपने हाथ में रख लिया।

बस कंडक्टर ने जैसे ही भाड़ा माँगा, पहले बोले- ''अरे नया हो क्या? कभी देखा नहीं इस बस में इसलिए पूछ रहा हूँ।''

बस कंडक्टर ने कहा- ''छोड़िये न सर कितना पूछियेगा? किराया दीजिये।''

उसने कहा- ''दे रहा हूँ न, चलो न आगे भगा जा रहा हूँ क्या?''

फिर कंडक्टर बोला- ''देना है ही न तो दे दीजिये न, फिर से वापस आना इस भीड़ में मुश्किल है।'' अब मास्टर साहब ने हाथ में रखे दस रुपये चुपचाप हाथ में रख दिये।

कंडक्टर ने जैसे ही दस रुपया देखा, बोला- ''सर बीस रुपये लगेंगे। अब मास्टर साहब और कंडक्टर में घमासान शुरू हो गया। मास्टर साहब ने उस बस मालिक से लेकर आज तक के सभी कंडक्टर का हवाला दिया। उधर कंडक्टर ने

भी आसपास के सभी ज़िलों में चलने वाले सभी रोडवेज़ का नाम बता दिया कि मैंने सभी जगह काम किया है।

इधर अन्य यात्री ने ख़ूब मज़े लिये। किसी ने कहा, "इतना आसान है मास्टर साहब से पैसा ले लेना?"

कोई कहता- "उसमें भी जुवाया हुआ मास्टर साहब से, जो दस रुपया के लिए दस हज़ार नाम गिना सकता है।"

जैसे ही यह बात मास्टर ने सुनी, उससे उलझ लिये। बोले- "कितना दिन यात्रा करते हो? साल में दो बार न? यहाँ सभी दिन यात्रा करनी है, अगर दर ख़राब करेंगे तो यह हमारे साथ-साथ इन बेचारे नये शिक्षकों से भी ले लेंगे।"

यह बात सुनकर किसी ने मास्टर साहब का साथ देना शुरू कर दिया तो कोई बोलने लगा- "उससे क्या, बेचारे का बस पानी पर थोड़े ही चलने लगेगा।"

यह कहते-कहते मास्टर साहब का विद्यालय आ गया। बोले- "किराया लेना है कि चुपचाप उतर जायें?" कंडक्टर ने सोचा अगर ये भी न ले लूँ तो मास्टर साहब वह भी लेकर चले जायेंगे।

कंडक्टर बोला- "जाइए मास्टर साहब आप ही जीते।"

अब मास्टर साहब के चेहरे पर सिबाका टूथपेस्ट की हँसी स्पष्ट देखी जा सकती थी। फिर बस आगे निकल गयी।

अब किसी ने बोला- "देखे सर को, कैसे अपने बात पर अड़े थे और कितना सोचते हैं नियोजित शिक्षकों के लिए।"

तभी कोई बोला- "आख़िर पढ़ाते भी तो हैं सर लोग ही, वरना नियोजित शिक्षक से भला क्या होने वाला है।"

मैंने कहा कि, "क्यों नियोजित शिक्षक, शिक्षक नहीं हैं क्या?"

तभी पीछे से किसी ने बोला- "भाई साहब, जब उनको अपने आयेगा तब न वह कुछ पढ़ायेंगे"

मैंने कहा- "आपने सभी नियोजित शिक्षक की परीक्षा ली है क्या?"

अब वह बोला- "यही तो सरकार नहीं करके सभी अयोग्य शिक्षकों की बहाली कर ली है।"

मैंने कहा- "ऐसी बात नहीं है, सभी लोग अयोग्य कैसे हो सकते हैं?" तो वह बोलने लगे- "अरे "नवका मास्टर" सबको कुछ आता है क्या, हमारे यहाँ जो मास्टरनी सब बहाल हुई है उस सबको लिखने भी नहीं आता है। शुद्ध-शुद्ध लिखना तो दूर पढ़ना भी नहीं आता है। एक मैडम थी जो अपने बच्चे को पढ़ा रहीं थीं "एॅफ़ आर ओ जी, बेंग-मतलब मेढक"। वहीं एक मैडम से मुखिया जी ने पूछा कि भारत के राष्ट्रपति कौन हैं? तो वह बोलीं- "लालू यादव"। ऐसी हैं हमारी नयी शिक्षिकाएँ।"

अब बस में सभी अपनी अपनी राय दे रहे थे, जिसको जो मन में आ रहा था कहने से नहीं चूक रहा था। वहीं आगे कई सीटों को महिलाओं के लिए सुरक्षित करवा दिया गया था जिसपर नियोजित शिक्षिकाएँ क़ाबिज़ थीं; कोई कुछ नहीं बोल रही थी।

कुछ तो इसलिए नहीं बोल रहीं थीं क्योंकि वह हक़ीक़त को जान रही थीं। कुछ इसलिए नहीं बोल रही थीं कि कौन वाद-विवाद के चक्कर में पड़े। कुछ इसलिए भी नहीं बोल रही थीं क्योंकि वो कई दफ़ा इस बात पर कईयों से लड़ चुकी थीं। अब उनके लिए वह आम बात थी और सरकार ने तरीक़ा ही वैसा अपनाया था कि क्या अच्छा क्या बुरा, "सब धान बाईस पसेरी" वाली बात थी।"

बच्चों ने फिर पूछा- "क्या तरीक़ा था?" संतोष सर बोले- "अरे मैंने तो पहले ही बताया मैंने कितनी जगह से फ़ॉर्म भरा था।" तभी रवि बोला- "सर मतलब मैं यह पूछ रहा हूँ कि कोई परीक्षा तो ली होगी न?"

संतोष बाबू बोले- "अरे काहे की परीक्षा, कोई परीक्षा-वरीक्षा नहीं। फ़ॉर्म भरो और नौकरी पाओ।

अब जितने पंचायत उतने फ़ॉर्म आप डाल सकते हो। जिसके तहत आप प्राथमिक शिक्षक बनोगे, फिर मिडिल स्कूल के लिए हर एक प्रखंड में आवेदन देना पड़ेगा और अगर ज़िला परिषद में जाना है अर्थात माध्यमिक विद्यालयों में तो आपको हर एक ज़िला परिषद में फ़ॉर्म भरना होगा। इसी तरह नगर पंचायत और नगर परिषद के लिए अलग से आवेदन करना होगा इसलिए तो एक-एक व्यक्ति ने कई जगहों से फ़ॉर्म भरा।

जहाँ तक मुझे एक व्यक्ति की याद है, उसने प्रदेश के सभी पंचायत, प्रखंड, ज़िला परिषद, नगर पंचायत और नगर परिषद में फ़ॉर्म भरा था। अब

आप पूछ सकते हो कि उसने ऐसा कैसे किया होगा। उसने कई जगहों पर तो अपने आदमी के द्वारा फ़ॉर्म भिजवा दिया, बाक़ी जगहों पर उसने पोस्ट ऑफ़िस के माध्यम से फ़ॉर्म भिजवा दिया। अब उसके बाद उसने सभी जगहों पर अपना नाम देखना चाहा कि उसका नाम अंतिम सूची में आता है कि नहीं, तो उसे आश्चर्य हुआ कई जगह पर उसका नाम लिस्ट में नहीं था क्योंकि उससे भी ज़्यादा अंक वाले लोग वहाँ अपनी दावेदारी पेश कर चुके थे। हाँ, कई जगहों पर उससे कम वाले का नाम था पर उसका नाम नहीं, जब उसने पता किया तो कहा गया कि आपका फ़ॉर्म ही नहीं पहुँचा है। जहाँ उसने पोस्ट ऑफ़िस के माध्यम से भेजा था, वहाँ तो बात समझ में आती है पर जहाँ उसने ख़ुद अपने हाथों से आवेदन जमा किया था वहाँ नाम नहीं आना उसके समझ से परे था।

जब उसने पता किया तो बात समझ में आयी, वो सीट तो मुखिया जी के हाथों बिक गयी और जिस रजिस्टर में उसने आवेदन जमा किया था वह रजिस्टर ही ग़ायब हो गया। उससे भी अन्य बात जो उसे समझ में आयी, कुछ जगहों पर फ़र्ज़ी लोगों की एंट्री कर दी गयी। अब वो विद्यार्थी था ही नहीं, अब आपसे ज़्यादा अंक आने पर आप तो नाभरोष हो गये कि हमें होना नहीं है अब आपसे नीचे वालों को उसने बुला लिया और उससे पैसे ऐंठ लिये आपको पता भी नहीं चला।

अगर आप ग़लती से पहुँच गये तो आपको किसी कोने में छिपी सूचना उन्होंने दिखा दी कि हमने तो सूचना दी थी, जिसे आप अपने से ढूँढ़ने पर नहीं ही ढूँढ़ पाते। आवेदन जमा करने में कितने आवेदनकर्त्ता के माथे फूटे, कितने प्रखंड और पंचायत के खिड़कियों के शीशे फूटे, आवेदन जमा करने वालों ने कितने जगह हंगामा किया। कई बार आवेदन लेने के लिए डेट बढ़ायी गयी। एक अनुमान के तहत अगर सभी निकायों को जोड़ दिया जाये तो तक़रीबन एक करोड़ आवेदन पड़े होंगे।'' सभी बच्चे संतोष बाबू का मुँह देखने लगे और बोल उठे- ''सर एक करोड़ आवेदन कुछ ज़्यादा नहीं लग रहा है?'' संतोष बाबू बोले- ''अब आप ही बताओ बिहार में कितने पंचायत हैं?'' तो उत्तर आया- ''सर आठ हज़ार चार सौ छः।'' सर बोले- ''अगर औसत एक हज़ार आवेदन ही आये होंगे तो लगभग एक करोड़ ऐसे ही आवेदन आ गये। अब उतने प्रखंड, फिर ज़िला परिषद तुम जोड़ लो।'' सभी बच्चों ने कहा- ''जी सर हम लोग अब समझ गये।''

''अब सोचो क्या ज़रूरत थी ऐसा करने की? अगर समेकित रिक्तियाँ

आतीं और केंद्रीकृत तरीक़े से नियोजन किया जाता तो ऐसा शायद नहीं होता। इतनी हाय-तौबा मचाने के बाद भी अगर उसे नौकरी मिली तो कितने की मात्र चार हज़ार।''

तभी आनंद ने पूछा- ''आप लोग भी चुपचाप बस में बैठे लोगों की बात सुनते रहे?

संतोष बाबू बोले- ''अरे अगर मैं अकेले रहता तब तो चुपचाप सुन भी लेता, पर कुंदन सर कब तक चुप रह सकते थे। वो खड़े हो गये और बोले- ''अरे चुप रहिये सभी लोग। बोलिए तो कौन बोल रहे थे अभी, नवका मास्टर सबको कुछ नहीं आता है।'' तभी एक आदमी बोला- ''हाँ मैं बोल रहा था, कौन ख़राब बोला था।''

अब कुंदन बाबू बोले- ''अरे नहीं आपको कौन रोक सकता है, बस आपके दर्शन हुए मैं धन्य हुआ। अच्छा बताइए कहाँ तक आपने पढ़ाई की है?'' वह बोला- ''आपको मैं मूर्ख लग रहा हूँ क्या?''

''अरे मैंने उस ज़माने में बी.एस.सी. किया था जब कोई पढ़ता नहीं था।'' अब कुंदन जी बोले- ''लगता है आपने सही से पढ़ाई नहीं की थी।''

वह बोला- ''ये आप कैसे बोल सकते हैं?'' कुंदन जी बोले- ''यह तो आपके बोलने से ही लग रहा है क्योंकि फलदार पेड़ तो झुका रहता है पर आप इतना बोल रहे हैं इसका मतलब ही है कि आपको पढ़ाई के बाद यह नौकरी भी नहीं मिली जिसे आप नियोजन का नाम दे रहे हैं।''

अब तो वह आदमी और भड़क गया- ''अरे चुप रहिये मुझे नियोजन के विषय में मत ज्ञान बाँटिये।''

कुंदन जी बोले- ''हे महामानव ज्ञान तो आप तभी से बाँटे जा रहे हैं, मैं तो आपके ज्ञान का रसास्वादन कर रहा था। वैसे आपको बता दूँ, मैं ही नहीं हमारे साथ के जितने भी लोग हैं सभी आपसे ज़्यादा डिग्री लेकर बैठे हैं। सभी ने कम से कम परास्नातक के साथ बी.एड. किया होगा; कुछ लोगों ने उससे ज़्यादा डिग्री भी ली हैं।''

तभी एक सज्जन बोल उठे, ''इसमें क्या है, चोरी चल रही थी आपने डिग्री ले ली।''

कुंदन जी बोले- ''चोरी हमारे लिए केवल चल रही थी कि आपके लिए

भी?'' तो वह बोला,- ''नहीं, सभी के लिए।''

कुंदन जी बोले- ''जब मैंने ले लिया तो आप भी ले लेते, कौन मना किया था आपको। और अगर आप लिये होते तो यह प्रवचन नहीं देते सुनिए जहाँ से मैंने डिग्री ली है न उस जगह का आपने केवल नाम सुना होगा देखा तो नहीं ही होगा इसकी गारंटी है।''

सभी पूछने लगे- ''सर आपने किस जगह से डिग्री ली है?''

कुंदन जी बोले- ''मैंने बाबा विश्वनाथ के दरबार से और कालका जी के दरबार से डिग्री हासिल की है।'',

कुंदन जी बोले- ''नहीं समझ में आया न? तो सुनो मैंने बनारस हिन्दू विश्वविद्यालय से और दिल्ली विश्वविद्यालय से अपनी डिग्री ली है। और यहाँ जितने अभी प्रवचन दे रहे थे उन सभी को मैं खुला चैलेंज देता हूँ या तो आप चुप हो जाएँ या फिर हमसे जिस विषय में हो शास्त्रार्थ करने के लिए तैयार हो जायें''

अब सभी चुप हो गये। एक लड़का जो अभी तैयारी कर रहा था उसने कहा- ''अगर सर इजाज़त हो तो मैं कुछ पूछूँ?'' सभी को लगा कि एक आदमी तो मिला जो इनसे टक्कर ले सकता है।

सभी बोले- ''हाँ आ जाओ बेटा।'' वह नज़दीक आया और बोला- ''सर मैं भला आप से क्या शास्त्रार्थ करूँगा, मैं जिन लेखकों की किताब पढ़ता हूँ आप उन्हीं से पढ़े हैं।'' अब सभी चुप हो गये।

उसके बाद तो सभी के मुँह जो बंद हुए फिर खुले ही नहीं।

रघुबंश बाबू जिन्होंने ''लाल बहादुर संस्थान'' से संस्कृत विषय की पढ़ाई की थी, उन्होंने संस्कृत के श्लोक बोलने शुरू किये तो वातावरण एकदम शांत हो गया।

सभी छात्र हँसने लगे। तभी कुंदन सर ने संतोष सर से कहा- ''सर आज विज्ञान का एक खेल खेलना है, आप पूछिए क्या हमारे बच्चे खेलना चाहेंगे?'' सभी एक साथ बोले- ''सर हम सभी खेलेंगे।''

अब कुंदन सर सभी को लेकर वर्ग कक्ष से मैदान में पहुँच गये। कुंदन सर ने बच्चों को खेलाना शुरू ही किया था कि तभी प्रधान जी दौड़े-दौड़े से आये और बोले- ''कुंदन जी वर्ग में चलिए,आपको तो मैं अक्सर कहता हूँ कभी भी आप गेम शुरू करवा देते हैं।''

कुंदन जी बोले- "क्यों क्या हुआ?"

"अरे, पदाधिकारी आने वाले हैं।"

कुंदन जी बोले- "तो क्या हुआ आप यहीं लेते आइयेगा उन्हें, हमारे वर्ग का निरीक्षण कर लेंगे।"

प्रधान जी बोले- "आप पागल हो गये हैं क्या? हमही को सिखाते हैं, आप लोग हमें बेइज़्ज़त करना चाहते हैं?"

कुंदन जी उखड़ गये, उन्होंने कहा- "वैसे हमारी कोई मंशा तो नहीं है पर आप की जानकारी के लिए बता दें, बेइज़्ज़त तो उसे किया जाता है जिसकी इज़्ज़त हो, आपको तो इज़्ज़त है ही नहीं।"

प्रधान जी बोले- "देखिये कुंदन जी हम आपको अच्छा समझते थे लेकिन आप भी बाक़ी शिक्षकों के जैसे ही हो गये।"

कुंदन जी बोले- "सर आप बेकार से परेशान हो जाते हैं, देखिये वह कौन-सी गाड़ी विद्यालय के गेट पर खड़ी है?"

प्रधान जी ने जैसे ही उधर देखा, दीवार को फानते हुए कार्यालय की तरफ़ दौड़े। सबसे पहले सभी ख़ाली कॉलम में सी.एल. पोस्ट किया।

उसके बाद कार्यालय से निकलकर गेट के तरफ़ दौड़े तो देखा यह तो विनय बाबू हैं। अब जैसे ही विनय बाबू ने अपने कॉलम को देखा तो उनका ग़ुस्सा सातवें आसमान पर चला गया। उन्होंने प्रधान जी को भला-बुरा कहना शुरू कर दिया, प्रधान जी लाख समझाए पर वह कहते, "आपने जानबूझकर ऐसा किया है।" उनका साथ मीनू मैडम भी देने लगीं, बोलने लगीं- "पहले आप देख लेते कि कौन है तभी आपको सी.एल. भरना चाहिए था।"

प्रधान जी बोले- "अरे तो क्या हो गया आप एक दिन ऍफ़ एल ले लीजियेगा। ऍफ़ एल मतलब फ्रेंच लीव अर्थात नहीं आकर भी दूसरे दिन दस्तख़त कर लीजियेगा।" पर विनय बाबू अड़े हुए थे और मीनू मैडम उनको भड़काने में साथ दे रहीं थीं। वह लगातार बोल रहीं थीं -आख़िर बड़ा बाबू नहीं हैं और चपरासी नहीं हैं तो उनका सी.एल. क्यों नहीं पोस्ट किये?"

प्रधान जी ने लाख कहा कि, "बड़ा बाबू तो बैंक कार्य से गये हैं इसलिए ख़ाली छोड़ दिया है और चपरासी का तो रात्रि का शिफ़्ट है।" पर मीनू मैडम बोले जा रहीं थीं। कुंदन जी ने हल्ला सुनकर वहाँ पहुँचना उचित समझा, उन्होंने

समझाया- ''सर विनय बाबू से हस्ताक्षर करवा लीजिये न।''

प्रधान जी बोले- ''अरे हमें उल्लू बना रहे हैं सब मिलकर।''

कुंदन सर बोले- ''अरे सर मैं तो आपको सही कह रहा हूँ। आप अभियुक्ति में लिख देंगे कि सी.एल. स्वीकृत होने के पश्चात यह आ गये।''

प्रधान जी गुर्राते हुए बोले आप- ''मेरा दिमाग़ ख़राब मत करिए, जाइए फ़ील्ड में बच्चों के साथ लल्लो-चप्पो करिए।''

कुंदन जी बोले- ''आप क्या बोल रहे हैं, आपको पता भी है?'' अब कुंदन जी ने वहाँ एक पल भी रहना उचित नहीं समझा।

कुंदन बाबू विज्ञान के अच्छे शिक्षक थे इसलिए उनकी अच्छी धाक थी, सभी पदाधिकारी भी उन्हें प्यार करते थे। उन्हें पता था अगर पदाधिकारी भी आयेंगे तो उनकी गतिविधि देखकर ख़ुश हो जायेंगे। वो फिर अपने काम में मस्त हो गये।

विनय बाबू फिर ग़ुस्सा हो गये, अब वह बोलने लगे- ''देख रहे हैं न, इन्हें किसी के बात पर विश्वास ही नहीं होता।''

अब वह विनय बाबू पर ग़ुस्सा हो गये, बोलने लगे- ''जाइए आपको जो करना है करिए, मैं आज कुछ नहीं कर सकता।''

विनय बाबू बोले- ''ठीक है, आपको जो करना है आप करिए मुझे भी जो करना होगा वह मैं करूँगा।''

यह बोलकर वह एक पेड़ के नीचे कुर्सी लगाकर बैठ गये। तभी सच में पदाधिकारी आ गए, उन्होंने जैसे ही विनय बाबू को पेड़ के नीचे बैठे देखा, वह पूछ बैठे- ''क्या बात है? कोई काम नहीं है आपको? यहाँ विद्यालय आराम करने ही आते हैं क्या?

विनय बाबू तो ग़ुस्सा में थे ही, बोले- ''सर मैं विद्यालय में नहीं हूँ।''

पदाधिकारी को भी हँसी आ गयी, बोले- ''क्या बोल रहे हैं आप, विद्यालय में नहीं हैं तो कहाँ हैं?''

विनय बाबू बोले- ''माफ़ करेंगे सर, हमारे प्रधान जी हमें अन्दर आने ही नहीं दे रहे हैं इसीलिये यहाँ बैठा हूँ।''

पदाधिकारी ने कहा- ''अरे सही बात बताइए क्या हुआ?'' विनय बाबू ने

बोलना शुरू किया- ''सर वास्तव में मैंने कल छुट्टी ली थी, लेकिन काम नहीं था इसलिए मैं विद्यालय आ गया तो अब मुझे सर कह रहे हैं आज आपको अन्दर नहीं आने देंगे।''

जब उन्हें बात समझ में आ गयी तो वह आग बबूला हो गये। बोले- ''कहाँ है प्रधान? बुलाइए उन्हें।'' तभी प्रधान जी वहाँ आये।

उन्होंने उनके आते ही कहा- ''यह बताइए कभी आपने यात्रा की है कि नहीं?'' प्रधान जी बोले- ''हाँ कई बार।''

''अच्छा यह बताइये कई बार यह भी हुआ होगा कि आपकी गाड़ी छूट गयी होगी।'' वह बोले- ''हाँ कई बार ऐसा हुआ है।''

''अच्छा आप अगर घर जाते होंगे तो आपकी श्रीमती जी क्या करती हैं? आपको वापस कर देती हैं क्या?''

''क्या बात करते हैं सर, भला अपने घर से किसी को वापस किया जाता है।''

''पर आपने जो विनय बाबू को उस पेड़ के नीचे बैठा दिया था, उसमें आपको समझ नहीं आयी थी?''

अब प्रधान जी बोले- ''सर मैंने तो इनको कहा था कि आप ऍफ़ एल ले लीजिये।''

कार्यक्रम पदाधिकारी ने कहा- ''क्या बोले ऍफ़ एल, ये ऍफ़ एल क्या होता है?''

प्रधान जी बोले- ''सर वो मैनेज वाला छुट्टी नहीं होता है।'' अब तो डी.पी.ओ. साहब ने प्रधान सर को को डाँटना शुरू किया।

''आप संस्था को ऍफ़ एल देकर ही चलाते हैं?'

प्रधान जी को लगा कि उन्होंने ग़लती कर दी है, तो वो बात को झांपने लगे- ''नहीं सर मेरा कहना था कि इन्हें केवल आज का बदला दे देते।''

डी.पी.ओ. साहब तो समझ ही गये, फिर भी अंजान बनकर बोले- ''ऐसे थोड़े चलता है विद्यालय प्रधान जी। आप पर कार्रवाई होगी, आप तैयार रहें।'' डी.पी.ओ. साहब फिर बोले ''अच्छा दिखाइए शिक्षकोपस्थिति रजिस्टर।''

प्रधान जी ने गिरीश को कहा- ''दिखाइए रजिस्टर।''

साहब ने जैसे ही देखा कि किरानी और चपरासी का इसमें हस्ताक्षर नहीं हैं तो बोले- "यह अनुपस्थित हैं क्या?"

सर बोले- "नहीं सर, वह तो बैंक के कार्य से गये थे और चपरासी का रात की ड्यूटी है।" अब तो साहब और ग़ुस्सा हो गये।

बोले- "तो रजिस्टर में आपने लिखा क्यों नहीं?"

प्रधान जी बोले- "सर मैंने देखा ही नहीं।" साहब बोले- "विनय बाबू के कॉलम में आपने बिना देखे लिख दिया था क्या?",

फिर उन्होंने कहा- "देखिये चपरासी को आपने क्यों इतना छूट दे रखा है? आपको पता है न विद्यालय के समय में कोई छूट नहीं होती है और देना भी नहीं चाहिए क्योंकि कई तरह के काम होते हैं, वह कौन करेगा? अच्छा बताइये आपके यहाँ अभी चपरासी नहीं है तो घंटी कौन बजायेगा?"

प्रधान जी बोले- "बच्चा सब है न।"

साहब बोले- "और इतना बड़ा विद्यालय में झाड़ू कौन देता है?"

प्रधान जी बोले- "सर बच्चा सब है न।"

साहब ने कहा- "बड़े विचित्र आदमी हो! सब काम बच्चा ही करेगा तो चपरासी को यहाँ क्यों रखे हुए हो, उसे छुट्टी दे दो और वैसे भी आपको पता है न कि "बालश्रम क़ानूनन अपराध है"।"

तभी उनकी नज़र चपरासी और किरानी के कॉलम पर गयी। उन्होंने पूछा- "इसमें समय क्यों नहीं भरा है? न आगमन न प्रस्थान।

प्रधान जी बोले- "इन लोगों में समय नहीं भरना होता है। देखिये न मेरे कॉलम भी तो इसी तरह भरे हैं।"

अब तो साहब के कान खड़े हो गये, बोले- "बड़ा बढ़िया है, चौबीस घंटे में कभी एक बार आ जाईये और हस्ताक्षर करके चले जाइए धन्य हैं आप और धन्य हैं आपके विद्यालय चलाने का तरीक़ा। कुछ समझते भी हैं कि नहीं?"

तभी संतोष बाबू वर्ग से निकलकर आये और सीधे कार्यालय में चले गये अपना नाश्ते का झोला लेकर। उन्होंने प्रधान जी की कुर्सी पर किसी अजनबी को बैठे हुए देखा तो तुरंत पूछ बैठे- "आप नये हैं क्या सर?"

साहब ने कहा- "हाँ, दो-तीन महीने ही हुए हैं मुझे।" तो वह बोले-

''आश्चर्य है, मैंने आपको तीन महीने में एक बार भी देखा नहीं।''

साहब बोले- ''बहुत तरह का काम रहता है न सर इसलिए आज मौक़ा मिला तो आ गये।''

संतोष जी बोले- ''चलिए अच्छा है, प्रधान जी से डीलिंग कर ली पर एक बात कहूँ?''

साहब बोले- ''हाँ कहिये।''

''अच्छा है पर डीलिंग ही करना था तो एक दो साल का करते इतना कम दिन के लिए क्यों कर ली?''

साहब ने अपने किरानी से पूछा- ''ये किस तरह की डीलिंग की बात कर रहे हैं?'' किरानी ने कहा- ''अरे सर ये आपको नहीं पहचान रहे हैं।''

अब संतोष बाबू बैठ गये, फिर अपना टेप रिकॉर्डर खोल लिये। संतोष बाबू का टेप रिकॉर्डर हमेशा खुला ही रहता था, जब भी कहीं बैठते चालू हो जाते। कभी-कभार तो बहुत हँसी आती, कभी-कभार बहुत ग़ुस्सा उठता पर जब आप किसी संस्था में कार्य करते हैं तो आपको सबको साथ लेकर चलना होता है इसलिए आप कुछ नहीं बोल सकते थे।

अब संतोष बाबू ने फिर से बोलना शुरू किया- ''अच्छा हुआ जो आप आ गये सर, ये पैर-भारी प्रधान जी से ये संस्था चलने वाला भी नहीं था।''

अब साहब को समझ में आ गया था कि संतोष बाबू उन्हें नया प्रधान समझ रहे हैं, इसलिए उन्होंने संतोष बाबू की बातों का मज़ा लेना शुरू किया। साहब ने पूछा- ''ये ''पैर-भारी'' का क्या मतलब?''

संतोष बाबू बोले- ''सर पहले ''प्रभारी'' हुआ करता था, अब तो ''पैर-भारी'' होता है और सर वो उस कुर्सी का दोष है जैसे ही उस कुर्सी पर बैठता है, उनमें कई तरह के परिवर्तन स्वाभाविक रूप से दृष्टिगोचर होने लगते हैं।''

अब साहब बोले- ''जैसे कुछ उदाहरण बता दीजिये, आख़िर हमें भी तो काम पड़ेगा।''

संतोष बाबू तब तक नाश्ता निकाल चुके थे। घर से प्रतिदिन वो कुछ चूड़ा या चना भुना हुआ लाते थे जो अगल-बग़ल में हैं उन्हें भी खिलाते और ख़ुद भी खाते। उनका कहना था विद्यालय हम क्यों आते हैं, खाने के लिए ही न?

विद्यालय आते, अपना झोला निकालते फिर नाश्ता करने बैठ जाते। वो कभी भी वर्ग जाने से जी नहीं चुराते थे, हाँ वो अलग बात थी कि संतोष बाबू के वर्ग में पहुँचते ही बच्चों में ख़ुशी की लहर दौड़ जाती। लड़के-लड़कियाँ सभी संतोष बाबू को घेर लेते, कोई कहती- "सर आपकी क़मीज़ बहुत अच्छी है।" तो कोई कहता- "सर आपका चश्मा कितना अच्छा है, अगर कोई आपके तरफ़ ध्यान से देख ले तो वह चक्कर खाकर गिर जायेगा।"

तभी कोई पूछ लेती- "सर आपको किसी लड़की से प्यार हुआ था?" तभी दूसरी बोलती- "कौन करती सर से प्यार, वह तो बेहोश ही हो जाती होगी।"

सर ग़ुस्सा होकर बोलते- "चुप रहो!"

तो सभी एक साथ बोल पड़ते- "चुप रहो कोई बोलता, तुम लोग बोलते हो तो बोलो मैं चुप हूँ।" इस तरह कोई कुछ तो कोई कुछ पूछता।

पूरा वर्ग हँसी और ठहाकों से गूँज उठता, हाँ वो अलग बात हैं कि चुप कराने के लिए कुंदन जी को जाना पड़ता।

जब ज़्यादा हो जाता तो संतोष बाबू चिट्ठी लिखतेः-

"सेवा में,

विज्ञान विभाग

वर्ग में बहुत अराजकता का माहौल है, कृपया आप पधार कर स्थिति को नियंत्रित करें।"

कुंदन जी उस चिट्ठी को पढ़ते और तुरंत कूच कर जाते। कुंदन जी के वर्ग से निकलते ही सभी बच्चे शांत! अब वो वर्ग जो अभी तुरंत मछली बाज़ार बना था वह एकदम शांत। कुंदन जी जैसे ही वर्ग जाते तो सभी बच्चे उठकर सर का अभिवादन करते। सर बोलते- "वाह, संतोष बाबू कितना शांत रहता है आपका वर्ग और हमारे बच्चे कितने शांत हैं।"

संतोष बाबू उठते और बोलते- "अब हल्ला करो न, बहुत हल्ला करता था।"

कुंदन जी मुस्कुराते और कहते बच्चे हल्ला मत करना। उस दिन तो बच्चे शांत हो जाते फिर वही कहानी शुरू हो जाती।

अब कोई कहता- "कुंदन सर को बुलाऊँ सर क्या? सर चिट्ठी लिखिए न।"

सर को अगर लेट होता तो बच्चे अपने से चिट्ठी लिखते, सर के जैसे ही दस्तख़त करते फिर कुंदन सर को दे आते। ये बात कुंदन सर को तब पता चली जब एक दिन रह-रहकर कई चिट्ठियाँ आने लगीं; ये वाक़िया अक्सर होता। बच्चों को जब मूड फ्रेश करना होता तो बच्चे संतोष सर को पकड़ के ले जाते और जब पढ़ना होता तो कुंदन सर को बुलाते।

कुंदन सर आते तो अकेले वर्ग में घुसते और सभी विषयों को पढ़ाते हुए निकल जाते। प्रायः ऐसा होता कि दूसरे शिक्षकों को मौक़ा भी नहीं मिलता और कई शिक्षक तो ऐसे थे जो चाहते भी नहीं थे कि वर्ग में जायें।

कुछ शिक्षक तुलना करते कि वह नहीं जायेगा तो भला मैं क्यों जाऊँ वर्ग में, कुछ कहते- "प्रधान जी नहीं जायेंगे तो हम लोग भी नहीं जायेंगे।"

कभी-कभार संतोष बाबू भी उस दौड़ में शामिल हो जाते और कहते- "मुझे भी नहीं जाना है।"

संतोष बाबू जब वर्ग नहीं जाने लगे तो प्रधान जी से अक्सर उनकी बहस होती। संतोष बाबू एकदम समय से पहुँच जाते और समय से चलते पर पूरे दिन बैठते फिर घर आ जाते। कुंदन जी को इस सबसे कोई फ़र्क़ नहीं पड़ता कि कौन आता है, कौन वर्ग जाता है, कौन नहीं आता है। उनका कहना था- "अगर विद्यालय आया हूँ तो बच्चों को कुछ देकर न जाऊँ तो अपने आपको क्या जवाब दूँगा।"

संतोष बाबू से एक बार प्रधान जी ने पूछा- "अच्छा बताइए आप विद्यालय आकर क्या करते हैं? देखिये तो कुंदन जी को, बेचारे कैसे अपने काम में मस्त रहते हैं। उनसे सीख नहीं होता है?"

संतोष बाबू को तो बस टोकने से मतलब था, बोल उठे- "सर माफ़ करेंगे मैं तो आप ही से सीखता हूँ।"

प्रधान जी बोले- "अरे हमारी बराबरी मत करिए, हमें तो बहुत सारा काम है।"

संतोष बाबू बोले- "आप क्या करते हैं? करते तो किरानी और बड़ा बाबू हैं न, आप तो बैठकर पान चबाते हैं और वो भी दूसरे के पैसे का।"

"क्या बोला आपने? मैं अपने घर से पान लाया हूँ।"

संतोष बाबू बोले- "हाँ लगता है आज कोई मुलहा नहीं फँसा है वरना आपके पान तो वापस जाते हैं।"

अब प्रधान जी बोले- "अरे आप लोग जब मुलहा को आने दीजियेगा तब न।"

संतोष बाबू बोले- "क्यों दूसरा कोई मुलहा को पकड़ लिया क्या?"

"अरे संतोष बाबू आप तो सब समझते ही हैं, बड़ा बाबू ग्रामीण हैं, वही सब हिसाब-किताब लगा लेते हैं इधर आने देंगे तब न।"

संतोष बाबू बोले- "हस्ताक्षर तो आप ही का होता है न!"

"हाँ होता है पर थोड़ा बहुत ही मिल पाता है न। ज़्यादा होता अगर बड़ा बाबू वहाँ नहीं हाथ मार लेते तो। आप देखिये न, ये लिस्ट है मेरे पास जितने बच्चों ने अभी तक अंक पत्र और प्रमाण पत्र लिये हैं, इसमें यह जो टिक देख रहे हैं वो सब कुछ भी नहीं दिया है, सब बड़ा बाबू के नाम पर खेप लिया है।"

संतोष बाबू बोले- "और इसमें दूसरे रंग से भी चिह्न देख रहे हैं।"

अब प्रधान जी ने बोलना शुरू किया- "देखिये हमारे पास कोई इधर-उधर थोड़े होता है, यह जो काला रंग का निशान देख रहे हैं, यह सभी गिरीश ने ले लिया है।"

संतोष बाबू बोले- "और यह जो हरा रंग देख रहे हैं?"

प्रधान जी बोले- "क्या संतोष बाबू आप भी कुछ नहीं समझते हैं, अरे हरा रंग मतलब हरा नोट आ चुका है।"

"सर मैं जैसा देख पा रहा हूँ, इसमें तो ज़्यादातर हरे रंग का ही सिग्नल है।"

प्रधान जी बोले- "हाँ संतोष बाबू पर बाक़ी भी तो आना चाहिए न।"

संतोष बाबू बोले- "जैसे सर आप कुछ खोजते हैं वैसे ही तो किरानी चपरासी को भी चाहिए न।"

“हाँ ये बात तो सही है पर हमको तो यही एक-आध साल मौक़ा है और उन्हें तो अभी बहुत दिनों तक नौकरी करनी है।”

कहते हैं न अगर बेईमान को आप पैसा कमाने में व्यवधान उत्पन्न न करें तो उनकी नज़र में आपसे बड़ा हितैषी कोई नहीं। अभी प्रधान जी अपनी सभी बातों को दिल से बता रहे थे। प्रधान जी ने फिर कहा- “अरे संतोष बाबू जीवन में और कुछ है? सब आदमी मिल जुल कर रहिये और अपने काम से मतलब रखिये।”

दूसरे को देखने पर परेशानी बढ़ती ही है। अब देखिये न मैं जब तक सहायक शिक्षक था, मुझे ज़्यादा मतलब नहीं रहता था न पर अब चूँकि उस पोस्ट पर हूँ तो एक मौक़ा मिला है इसलिए थोड़ा बहुत कमा लेता हूँ। वैसे भी अपना विद्यालय तो छोटा है, कुछ विद्यालय में तो बहुत बच्चे हैं, वहाँ बहुत कमाते हैं।”

संतोष बाबू भला कितनी देर सहते, बोले- “आप तो सर उस समय में सभी प्रधान जी से झगड़ते रहते थे कि किसी को पैसा नहीं लेने नहीं देंगे, गाली-गलौज भी कितनी बार हुई थी। उससे भी नहीं हुआ तो आपने सूचना के अधिकार के तहत कितने प्रश्न पूछवाये कि बेचारा प्रधान परेशान हो गया था।”

प्रधान जी बोले- “देखिये, संतोष बाबू हमने किसी वैसे को परेशान नहीं किया जो हमारे साथ अच्छे से रहे पर जो फरियाबाजी करते हैं हम उसी को परेशान करते हैं। अच्छा बताइए हम आपको कभी परेशान किये हैं?”

संतोष बाबू बोले- “बात सही है।”

अब प्रधान जी बोले- “कुंदन बाबू के बारे में आपका क्या ख़याल है।?”

संतोष बाबू बोले- “सर वो तो अच्छे शिक्षक हैं और वो आपको कभी भी डिस्टर्ब नहीं करेंगे और आप उनसे कभी उलझियेगा भी नहीं।”

“हाँ बात तो सही है पर वो कभी-कभी मेरी बात का ख़याल नहीं रखते हैं।”

संतोष बाबू बोले- “सर यह संभव है, पर वह कोई ग़लत काम करते ही नहीं हैं इसलिए आप उनसे निश्चिंत रहें।”

“ठीक है संतोष बाबू पर जानते हैं हमें लगता है कि उनको कोई काम नहीं है।”

संतोष बाबू बोले- “ये आप कैसे कह रहे हैं?”

प्रधान जी बोले- "देखिये न उनको आप, हमेशा बच्चों को पढ़ाना या फिर ख़ुद विज्ञान कक्ष में पढ़ना अच्छा लगता है।"

संतोष बाबू बोले- "इसमें, "नहीं" काम होने की क्या बात है! यह तो अच्छी बात है, तभी तो हम लोग निश्चिंत रहते हैं।"

संतोष बाबू आगे बोले- "हम सही कह रहे हैं सर! ग़ौर से सोचिये ऐसे ही लोगों को तो रहना चाहिए विद्यालय में, जिन्हें काम में लगा दीजिये और इधर माल फ़्राई करिए।"

प्रधान जी को हँसी आ गयी बोले- "इसीलिए तो कहते हैं संतोष बाबू आप भी उनसे कुछ सीखिए और विद्यालय को कुछ देकर जाइये।"

संतोष बाबू बोले- "सर मैं तो प्रतिदिन कुछ न कुछ देकर ही जाता हूँ।" सर जब तक कुछ बोलते तभी संतोष बाबू उठकर वाशरूम जाने लगे। सर ने पूछा- "कहाँ चले संतोष बाबू?"

संतोष बाबू बोले- "सर विद्यालय को कुछ देने जा रहा हूँ।"

प्रधान जी बोले- "संतोष बाबू आप यही देते हैं प्रतिदिन!"

संतोष बाबू बोले- "सर यह विद्यालय के पेड़ पौधों के लिए बहुत उपयोगी होगा।"

प्रधान जी बोले- "सब कुछ बेकार गया कोई परिवर्तन नहीं होने वाला है आपमें।" संतोष बाबू हँसते हुए वाशरूम चले गये, प्रधान जी ने अपने कार्यालय का रुख़ कर लिया।

संतोष बाबू ने फिर से साहब को बताना शुरू किया बोले- "सुनिए सर पहले तो आपकी जीभ लम्बी हो जायेगी इतनी लम्बी कि कार्यालय के इस कुर्सी से ही आप सभी पैसे वाले फ़ाइल को अपनी और खींच लेंगे, भले लाख कोशिश किरानी और चपरासी क्यों न कर लें।"

साहब बोले- "अच्छा संतोष बाबू! फिर क्या होगा?"

संतोष बाबू बोले- "फिर आपके जेब में लाल और हरे रंग के दो क़लम रूपी बन्दूक़ मिल जायेंगे, जिसके दम पर आप सभी मास्टर को नचाते रहेंगे। हरा रंग तो आपको सामान्यतया तभी उपयोग करना चाहिए जब आप संसूचित प्रधान हैं; वैसे लोग प्रायः करते हैं कौन देखने वाला है। अच्छा आप बताइये, आप

''पैर-भारी'' वाले हैं या ''भारी पैर'' वाले?''

अब नया शब्द सुनकर साहब बोले- ''क्या अंतर है संतोष बाबू दोनों में?''

''अंतर है न सर, अगर ''पैर-भारी'' वाले हैं तो आपको डी डी ओ का पावर नहीं रहेगा, अगर आपका ''भारी पैर'' हैं, मतलब ''जगह पर से नहीं हिलने वाला''।''

साहब ने पूछा- ''यह कैसे हो जाता है संतोष बाबू?''

संतोष बाबू बोले- ''सर आजकल के समय में आपके अनुसार विद्यालय मिल जाना मतलब आपकी पैरवी, और पैरवी पदाधिकारी बिना वज़न के थोड़े सुनते हैं, आपको तो लगा ही होगा इसलिए आप से बढ़िया कौन बता सकता है।''

साहब बोले- ''संतोष बाबू आपको कैसे पता हैं इतनी सारी बात?''

संतोष बाबू बोले- ''आप भी क्या, सर लगता है आपको कोई जानकारी नहीं है भला!''

साहब बोले- ''वास्तव में हम लोग नवोदय विद्यालय में सहायक शिक्षक थे, इसलिए इधर के बारे में हमें कोई जानकारी नहीं है।''

संतोष सर बोले- ''तब तो जान ही लीजिये, नहीं तो बहुत दिक़्क़त होगी प्रधानगिरी करने में।''

साहब बोले- ''हाँ-हाँ बताइए न।''

संतोष बाबू बोले- ''देखिये सर यहाँ आप एक चीज़ जान लीजिये, आपको प्रधान बनकर दोनों तरफ़ झेलना होगा इसलिए आप अपने आपको बहुत मज़बूत बना लीजिये।''

साहब ने पूछा- '' ''दोनों तरफ़'' मतलब क्या?''

संतोष बाबू बोले- ''देखिये एक तरफ़ आपको अपने स्टाफ़ को झेलना होगा क्योंकि आपकी जीभ लपलपाती रहेगी, आप इधर-उधर करेंगे ही और उधर आपको जो लाल बन्दूक़ मिली है उससे आप मास्टर का शिकार करेंगे ही। अब आप ही बताइए आप किसी का शिकार करेंगे, वह भी चोरी-छिपे, तो वह तो गुस्सा करेगा ही। यह भी संभव है कि कभी-कभार वह डसने की भी कोशिश करेगा। कभी हो सकता है वह आप पर चढ़ जाये तो कभी आप उस पर चढ़

जाइएगा। अगर आपने उसे ज़्यादा छेड़ा तो संभव है कि वह आपको लहू-लुहान भी कर दे, जैसे वर्तमान वाले प्रधान जी को एक बार कुमोद जी ने किया था जब वो उन्हें खेत में उठाकर पटके थे। वो तो ग़नीमत थी कि कोई वहाँ से जा रहे थे और सर लोगों को देखकर रुक गये, नहीं तो साइकिल समेत कुमोद जी उन्हें पानी में फेंक रहे थे। वैसे दो चार पटकनियाँ लगी थीं और बालू में जो ज़्यादा लोटे थे इस कारण चेहरा पहचान में नहीं आ रहा था।''

साहब बोले- ''और क्या संतोष बाबू बताइये? आप तो अनुभव के मामले में प्रकांड हैं।''

संतोष बाबू बोले- ''ये तो हुई एक तरफ़ की बात, दूसरी तरफ़ आपके पदाधिकारी होंगे उनकी जीभ आपसे भी लम्बी होगी और आप तो यहाँ कार्यालय में बैठकर बड़ा बाबू और चपरासी से सभी फ़ाइल को खींचेंगे, पर पदाधिकारी तो अपनी जीभ से सुदूरवर्ती क्षेत्रों में भी अवस्थित विद्यालय में पता लगा लेते हैं कि किस विद्यालय के प्रधान सबसे ज़्यादा अपने जीभ का इस्तेमाल करते हैं।''

साहब बोले -''ऐसा क्या?''

संतोष बाबू बोले- ''देखिये सर पदाधिकारी लोग तो विद्यालय अपनी जीभ फेरने के लिए ही आते हैं। अगर उनको मक्खन मिल जाता है तो वह चुप हो जाते हैं अन्यथा आपके यहाँ उनकी जीभ अक्सर घूमने आ जाती है। अब आप सोचेंगे कि अपनी जीभ को समेट लूँ तो भी आपको दिक़्क़त है!''

साहब ने पूछा- ''क्यों इसमें क्या दिक़्क़त है?''

''सर दिक़्क़त है न, आप ने अपनी जीभ समेट ली पर पदाधिकारी ने तो अपनी जीभ नहीं समेटी न।

अब देखिये न आपके यहाँ मध्याह्न भोजन चलता है, भले उसमें हमारे प्राथमिक शिक्षक ही हैं पर अब तो समग्र शिक्षा है इसलिए आप भी उसमें सम्मिलित हैं। अब आपको जो चावल मुहैया कराया जाता है उसमें पहले ही आपको कम चावल दिया जाता है और आपसे हस्ताक्षर कराया जायेगा पूरे पर।

अब पहले दिन से आपकी परेशानी शुरू। अब देखिये न इसके बाद आपको प्रत्येक महीने एक निश्चित राशि पहुँचाने के लिए कहा जायेगा।''

साहब बोले- ''अच्छा संतोष बाबू इसे हमें कहाँ देना होगा?'' संतोष बाबू बोले- ''इसके लिए सरकार ने बहुत बढ़िया चैनल बना दिया है, सभी पुराने

प्राथमिक या उच्च प्राथमिक शिक्षक को बी.आर.सी. और सी.आर.सी. का हेड बना रखा है। उनका काम ही है सभी जगहों से पैसा इकट्ठा करना और साहब को पहुँचाना।''

साहब ने पूछा- ''और क्या हो सकता है हमारे साथ?'' संतोष बाबू बोले- ''सर आपको प्रत्येक वर्ष कुछ पैसा काम करने के लिए भेजा जायेगा, अब उसमें से सभी बिल पास कराने में आपको पैसा देना होगा। अब आप सोचिये महात्मा गाँधी बनकर आप कैसे रह पायेंगे।''

साहब बोले- ''क्यों अगर हम एक नंबर वाला काम करें, फिर भी पैसे देने होंगे?''

संतोष बाबू बोले- ''पहली बात तो आप जैसा कह रहे हैं वैसे लोग कम हैं, अगर मिल भी जायें तो उन्हें बहुत परेशानी होगी क्योंकि उस स्थिति में आपके विद्यालय के बिल को कई दफ़ा ऑब्जेक्शन लगाकर वापस किया जायेगा। अंत में आप बाध्य हो जायेंगे, या तो आप कुछ ले-देकर काम को संपन्न करवा लेंगे या फिर सभी की नज़र में किरकिरी बनकर रहेंगे और सब मौक़े की तलाश में। मौक़ा मिलते ही आप पर तलवार चलेगी फिर आप बच तो जायेंगे लेकिन आपको राणा प्रताप की तरह जंगल की ख़ाक छाननी पड़ेगी। आपको जो वेतन मिलता है उसमें इन्क्रीमेंट और डी.ए. देने में जानबूझकर लेट करेंगे। अब आपका एरीअर हो जायेगा तब उसे पास कराने में आपसे डिमांड किया जायेगा; कहीं-कहीं तो यह दस से पंद्रह प्रतिशत पर सौदा होता है।''

साहब बोले- ''क्या ऐसा होता है संतोष बाबू?''

संतोष बाबू बोले- ''होता है क्या, होता ही है सर, मैंने ख़ुद दिया है। अब कितनी बात कहें आपसे- प्रशिक्षण जो कराया जाता है शिक्षकों के कौशल बढ़ाने के लिए, उसकी भी स्थिति अच्छी नहीं है। कहीं घटिया खाने के लिए अख़बार की ख़बर बनती है तो कहीं प्रशिक्षण काग़ज़ पर ही हो जाता है। स्टेशनरी के नाम पर तीन रुपये वाली कॉपी और पाँच रुपये की क़लम देकर इतिश्री कर ली जाती है।

मैंने एक बार उन्हें कहा भी था तो उनका जबाव था- ''अरे सर आप भी बहुत जमते हैं, जाइए न कुछ कह दीजियेगा झूठ-मूट का नाटक मत करिए''।''

साहब बोले- ''तो आप लोग कहते क्यों नहीं है उन्हें?'' संतोष बाबू बोले- ''सर आप अभी नवोदय से आये हैं इसीलिए आपको यहाँ का वर्क-कल्चर पता

नहीं है। भला पानी में रहकर मगर से बैर हो सकता है क्या? कौन बोलेगा अगर कोई आवाज़ उठाता है तो सभी के नज़र में वह चढ़ जायेगा, इसलिए बेचारे मास्टर साहब डर से बिना बोले आ जाते हैं।

वैसे एक बात और है, ज़्यादा शिक्षक तो प्रशिक्षण का मतलब हस्ताक्षर बनाना समझते हैं। अगर हस्ताक्षर की बाध्यता हटा दी जाये तो बहुत कम ही प्रशिक्षण लेने पहुँचेंगे।''

साहब ने पूछा- ''संतोष बाबू इस प्रशिक्षण से क्या फ़ायदा होता होगा शिक्षकों को?''

''अरे सर फ़ायदा होता है न! उस पदाधिकारी और प्रशिक्षण कराने में संलग्न कर्मी को। शिक्षक भी नहीं चाहते कि वो वहाँ रहें और प्रशिक्षण करवाने वाले भी चाहते हैं कि जितनी जल्दी हो सके सभी यहाँ से चले जायें।''

साहब बोले- ''संतोष बाबू आप तो बहुत अनुभवी हैं, यह बतायें कि और कोई ऐसी बातें जो हमें आगे काम आ सकती है?''

''हैं न सर, दायें और पीछे तो आपने देख लिया न, अब आप उसे समझे जो आप पर कभी भी ऊपर से वज्रपात जैसा टक्कर मार सकता है।''

साहब ने उत्सुकता से पूछा- ''वह क्या है संतोष बाबू?''

संतोष बाबू बोले- ''वह है ग्रामीणों का दंश, जो कभी भी आप पर गोला-सा बरस सकता है। थोड़ी-सी गड़बड़ी से वह गोला कभी भी ब्लास्ट कर जाता है।''

साहब बोले- ''नहीं समझे, सर थोड़ा-सा विस्तारपूर्वक बताइये।''

''अरे सर आप भी न, कुछ नहीं समझते हैं। देखिये सर ज़्यादातर ग्रामीणों के बच्चे यहाँ सरकारी लाभ के लिए पढ़ते हैं, यह आपके नवोदय जैसा नहीं है, यहाँ बच्चे और उनके अभिभावक को इससे कोई मतलब नहीं है कि आप क्या पढ़ाते हैं और क्या पढ़ायेंगे। उन्हें बस एक चीज़ से मतलब है कि उन्हें किसी भी योजना से वंचित न किया जाये।

अगर उन्हें योजना का लाभ मिल जाये तो कोई भी ग्रामीण यहाँ नहीं आयेंगे। हाँ, शिक्षा-समितियों के सदस्य का आना-जाना लगा रहेगा और वो आपको मध्याह्न भोजन से लेकर हर एक लाभकारी योजना में हिस्सा माँगने समय-समय आ जायेंगे। हाँ! इस परेशानी से आप बच जायेंगे, क्योंकि

माध्यमिक विद्यालयों में योजनाएँ कम होती हैं और मध्याहन भोजन के नहीं चलने के कारण आप बचे रह जायेंगे।''

तभी प्रधान जी कार्यालय आये, उनके हाथ में नाश्ता था। उन्होंने आकर साहब के टेबल पर प्लेट लगा दी और उसमें समोसे और कुछ छेना की टिकरी डालीं। कुछ नमकीन डालकर सर के आगे पेश कर दिया।

साहब ने संतोष बाबू को कहा- ''लीजिये न सर!'' संतोष बाबू ने पहले तो मना किया जब साहब नहीं माने तो पूछा- ''सर पैसा आप दिये थे या इन्होंने?''

साहब बोले- ''क्या अंतर पड़ता है आप लीजिये न, ''खाने वाले गुठलियों के दाम नहीं पूछते''।''

संतोष बाबू बोले- ''सर फ़र्क़ पड़ता है न।''

''क्या फ़र्क़ पड़ता है?''

''अरे सर पहली बात तो आजतक मैं कभी उनका खाया नहीं हूँ और आज अब, जब आप आ ही गये हैं तो इनका अंतिम बार क्यों खा लूँ। दूसरी बात सर का अगर कुछ खा लूँगा न सर, तो ये बात हमारे सभी शिक्षक समुदाय में फैल जायेगी।''

साहब बोले- ''कैसे फैल जायेगी संतोष बाबू?''

संतोष बाबू बोले- ''अभी आपको पता नहीं चला है न, जब पता चलेगा तो आप समझ जायेंगे। देखिये आजतक जिसने भी ग़लती से सर का कुछ खा लिया है, उसके बारे में पूरा शहर जानता है और ये मत समझिये कि बात यहीं तक रह जायेगी, कमिश्नरी तो जान ही जायेगा, संभव है कि यह ख़बर सचिवालय भी पहुँच जाये कि आज इन्होंने मुझे खिलाया है।

जानते हैं सर इनकी सभी से बात होती है भले वो इनकी बात सुने या न सुने ये नहीं चूकते अपनी बात कहने में। आने के साथ इनका एंड्रायड मोबाइल चालू हो जाता है और उसमें शायद ही कोई सेव नंबर हो जिसे सर याद नहीं करते हों। और एक बात जान लीजिये, सर ने जो कहा उसे आप मान लीजिये कि वही सही है नहीं तो आपका काल वहीं से विमुख हो जायेगा। वैसे सर गणना के बहुत पक्के हैं अगर महाराज चित्रगुप्त भी आ जायें तो वह शर्मा जायें, क्योंकि एक को ''इक्कीस'' भी नहीं एक को ''इक्यासी'' लिखने की कला है सर में और अगर आप कहीं यह बोल दिये कि मैंने तो एक रुपये ही खाये थे तो दूसरे दिन आप पर

सूचना के अधिकार के तहत आवेदन सुनिश्चित है।''

साहब बोले- ''क्या मज़ाक़ करते हैं, संतोष बाबू।''

साहब ने प्रधान की तरफ़ देखकर कहा- ''संतोष बाबू सही कह रहे हैं क्या!''

प्रधान जी बोले- ''सर संतोष बाबू तो मज़ाक़ कर रहे हैं, पर हाँ जो हमसे फरियाबाजी करते हैं उससे मैं सूचना माँग लेता हूँ।''

सर बोले- ''आप यही सब करते हैं प्रधान जी?''

प्रधान जी बोले- ''नहीं सर मैं थोड़े आर.टी.आई. मारता हूँ, बहुत सारे वकील हैं न उनसे मँगवा लेता हूँ। सर क्या करूँ जब घी सीधे हाथों से नहीं निकलता है तो हाथों को टेढ़ा करना पड़ता है।''

''अच्छा तो ये बात है, मतलब संतोष बाबू सही ही कह रहे थे।''

संतोष बाबू बोले- ''सर गिना हुआ ही होगा, आप खाइए न, वैसे भी नियोजित शिक्षक हूँ न सर उसके लिए थोड़े कभी कोई नाश्ता आता है। सर आप खाइये न हम लोग अपना पानी अवश्य आपको पिलायेंगे।''

''अपना पानी का क्या मतलब?''

''सर हम सभी नियोजित शिक्षक लोग पीने का पानी बाहर से मँगवाते हैं। सभी के महीने में पचास रुपये लगते हैं पर सभी लोग निश्चिंत रहते हैं। प्रधान जी वो पानी नहीं पीते हैं क्योंकि उन्हें पचास रुपया देना पड़ेगा न। हाँ वो अलग बात है कि इधर-उधर देखकर अगर नज़र से बच जायें तो कभी-कभार हाथ मार लेते हैं। अगर किसी ने देख लिया तो कहते हैं, ''पानी ही न लिये हैं''। हम लोग भी हँसकर उन्हें पानी पिला देते हैं।''

अब प्रधान जी बोले- ''सर हमने तो कई बार कहा है कि हम चाय और पानी का व्यवस्था कर देते हैं पर ये लोग मानते ही नहीं हैं।''

संतोष बाबू बोले- ''सर आप पूछ ही लीजिये ये वह पैसा कहाँ से देने की बात करते थे और आपको तो जानना बहुत ही आवश्यक है आख़िर आपको कल से विद्यालय चलाना है।''

प्रधान जी बोले- ''संतोष बाबू आप भी क्या बोल रहे हैं, सर को कल से विद्यालय चलाना है, साहब अपने कार्यालय में रहेंगे कि मेरे कार्यालय में!''

संतोष बाबू बोले- "अरे जहाँ रहें, स्टाफ़ रूम में रहें या कार्यालय में पर आप वाला फ़ॉर्मूला तो सर को बताना होगा न, नहीं तो सर कहेंगे हमें इसकी जानकारी नहीं। अब निर्भर करता है सर पर कि वह आपके फ़ॉर्मूला पर चलें या फिर अपने फ़ॉर्मूला पर।" प्रधान कुछ बोलते तभी साहब बोल बैठे- "हाँ-हाँ संतोष बाबू आप बता ही दीजिये उस फ़ॉर्मूले को।"

संतोष बाबू बोले- "सर यह फ़ॉर्मूला है "सौ का दम"।"

"जरा विस्तार से बताइये संतोष बाबू।"

"तो सुनिए सर, हम लोगों के पचास रुपये के बदले सभी बच्चों से एक-एक सौ रुपये लिये जाते और इस तरह एक हज़ार बच्चों से एक लाख कमाते। अगर कोई आता तो कहते, "देखिये शिक्षक लोग प्यासे रहते हैं, आपको अच्छा लगेगा कि वो बिना पानी पिये रहें।" फिर कहते "प्यासे को पानी पिलाने से बड़ा कोई धर्म होता है क्या?" इस तरह अभिभावकों को हमारे नाम पर इमोशनल अत्याचार किया जाता और अपना जेब गर्म कर चैन से सोते। समझ में आया सर या और कुछ कहना पड़ेगा?"

साहब बोले- "सब समझ में आ गया संतोष बाबू, आपके फ़िलॉसफ़ी के बाद भी कोई न समझे तो यह उसकी महानता पर मैंने बहुत जल्दी शिक्षा विभाग को समझ लिया वो भी आपके सानिध्य में और मुझे अब ज़िला शिक्षा कार्यालय को चलाने में कोई परेशानी नहीं होगी।"

संतोष बाबू थोड़ा सकपकाए, फिर धीरे से पूछे- "क्या बोले आप ज़िला शिक्षा कार्यालय चलायेंगे? क्या आपने वहाँ प्रतियोजन करवा लिया है?"

अब साहब अपने को नहीं रोक पाये, बोले- "संतोष बाबू मैं आपके शिक्षा विभाग का कार्यक्रम पदाधिकारी हूँ।"

संतोष बाबू बोले- "अरे सर आप क्यों मज़ाक़ कर रहे हैं?" तो सर बोले- "मज़ाक़ नहीं कर रहा हूँ।"

"पर आप तो प्रधान जी की कुर्सी पर बैठे थे!"

सर बोले- "अरे पदाधिकारी हूँ, भला मुझे क्या, जहाँ मन होगा वहाँ बैठूँगा।"

संतोष बाबू बोले- "छोड़िये सर मज़ाक़ को पर जानते हैं सर जो भी पदाधिकारी आते हैं सीधे-सीधे जाकर प्रधान जी की कुर्सी पर बैठ जाते हैं जबकि

उन्हें उनकी कुर्सी पर नहीं बैठना चाहिए।''

साहब ने फिर कहा- ''पर क्यों संतोष बाबू?'' अरे उन्हें पॉवर मिला है तो इसका मतलब यह तो नहीं कि उसका ग़लत इस्तेमाल करें।''

''अरे अब देखिये यह कुर्सी आज से आपकी और कोई आकर इस पर बैठ जाये तो यह तो बैठने वालों की महानता। हर एक का अपना कार्य क्षेत्र होता है श्रीमान, अब कोई बड़े ओहदे पर होता है तो कोई छोटे पद पर इसका तो क़तई मतलब नहीं कि कोई किसी के कार्य क्षेत्र में आकर अपने पॉवर का बेवजह इस्तेमाल करे। अपने अधिकार क्षेत्र का ग़लत इस्तेमाल करना अंग्रेज़ों की मानसिकता को दिखाता है।

जानते हैं सर मैंने तो एक बार एक साहब को ख़ूब सुनायी थी पर उन्होंने मुझे समझाया कि अरे अफ़सरशाही में अपने से बड़े ऑफ़िसर के आने पर अपने आप पॉवर का ट्रांसफ़र हो जाता है इसलिए उस कुर्सी का कोई महत्व नहीं रह जाता कि वह प्रधान जी का है या पदाधिकारी का।''

संतोष बाबू चालू हो गये बोले- ''छोड़िये सर, पर आप कभी नहीं छोड़ियेगा अपनी कुर्सी।''

साहब बोले- ''संतोष बाबू आपसे एक बात पूछूँ?''

वो बोले- ''हाँ-हाँ अवश्य पूछिए सर।''

साहब बोले- ''मान लीजिये आपके घर कोई मेहमान आता है तब आप उन्हें अपनी कुर्सी देते हैं कि नहीं?''

संतोष बाबू बोले, ''अवश्य देते हैं।''

''यहाँ भी यही बात है संतोष जी।''

संतोष जी बोले- ''देखिये सर आपका जो मन हो वही करियेगा, पर एक बात आपको बता दूँ मेहमान के लिए अतिथि कक्ष होते हैं न कि वह किसी के शयनकक्ष में चले जायें।''

''अगर प्यार मुहब्बत से कहे तो!'' साहब बोले।

''सर वैसे लोगों के लिए तो जान क़ुर्बान है पर आप जैसा समझते हैं वैसा होता नहीं है। जो भी साहब आते हैं वो तो धौंस ही दिखाया करते हैं और ज़बरदस्ती प्रधान जी की कुर्सी पर बैठ जाते हैं। अब आप ही सोचिये उन्हें बैठना

चाहिए? नहीं न? हाँ मुझे एक पदाधिकारी मिले थे जो हमारे यहाँ आये थे पूरे विद्यालय का निरीक्षण किया, बहुत देर बैठे फिर भी वह प्रधान जी की कुर्सी पर नहीं बैठे। वैसे उस समय के प्रधान जी ने बहुत अनुनय किया था पर लाख कहने पर भी वो नहीं बैठे। उन्होंने कहा माफ़ करेंगे, सर वह कुर्सी आपकी है भला आपकी कुर्सी पर कोई कैसे बैठ सकता है, उसमें भी यह शिक्षण संस्थान है बच्चे देखेंगे तो क्या सोचेंगे, उनके मन में अवश्य ये भावना पनपेगी कि भले प्रधान जी हम लोगों के सामने बहुत कड़ा बनने की कोशिश करते हैं पर पदाधिकारियों के सामने इनकी कोई इज़्ज़त नहीं होती है।''

अब तो साहब को कुछ समझ में ही नहीं आ रहा था कि क्या कहें। फिर उन्हें एक युक्ति सूझी ताकि संतोष बाबू को यह पता चले कि मैं पदाधिकारी हूँ, फिर उन्होंने बड़ा बाबू को आदेश दिया कि ''ज़रा सर के कैशबुक को देख लें, यह अद्यतन तो है न!''

बड़ा बाबू बोले- ''सर पिछले महीने तक का मेरा अद्यतन है।''

साहब ने पूछा- ''बड़ा बाबू आप महीने पर कैशबुक अद्यतन करते हैं?''

बड़ा बाबू बोले- ''सर मैं तो इनको कहता हूँ पर इनका कहना है कि महीने के बाद ही अद्यतन होता है।''

साहब बोले- ''प्रधान जी आपका यह कैशबुक कहाँ है?''

प्रधान जी बोले- ''वो तो बड़ा बाबू के पास है।''

साहब ने पूछा- ''क्या बड़ा बाबू के पास है?''

''सर आपने जो अभी अद्यतन वाला फ़ाइल माँगा है।''

साहब ने हँसते हुए कहा- ''क्या बड़ा बाबू आपने अद्यतन ले लिया है? सर को क्यों नहीं वापस किया?''

बड़ा बाबू बोले- ''सर मैंने लाख कोशिश की पर ये हैं कि समझने के लिए ही तैयार नहीं हैं। जब भी कोई बात कहते हैं तो इनका जवाब होता है अरे मुझे कुछ आता है, मैंने तीन जिस्ता में मास्टर डिग्री ली है।''

साहब को ग़ुस्सा आ गया वो बोले- ''हद है प्रधान जी आप क्या करते हैं, यह आप के सिवा कोई नहीं समझ सकता है। क्या बोलते हैं उसका कोई अर्थ भी होता है कि बस ऐसे ही निरर्थक!''

"सर आप तो हमारे पदाधिकारी हैं, आपको मैं क्या बताऊँ। सर जब से मैंने पदभार लिया है तब से मैंने कितना काम किया है मैं बता नहीं सकता हूँ।"

संतोष बाबू बोले- "हाँ सर ये बात तो है, सर ने बहुत काम किया है।"

साहब बोले- "अच्छा ज़रा मैं भी तो जानूँ इन्होंने क्या सब काम किया है।"

संतोष बाबू बोले- "ये बात तो प्रधान जी ही बता सकते हैं।"

प्रधान जी ने बोलना शुरू किया- "सर मैंने सबसे पहले सभी शिक्षक को टाइट करना शुरू किया।"

साहब ने पूछा- "टाइट का क्या मतलब?" सर बोले- "मतलब सर हम ऍफ़ एल भी नहीं देते हैं न।"

"चुप रहिये, फिर वही बात।"

प्रधान सर को याद आया कि साहब को ये बात बता चुके हैं। संतोष बाबू बोले- "सर यही जो इनकी आदत है न, इनके सभी किये पर पानी फेर देती है।"

तभी प्रधान जी बोले- "सब बात यही लोग तो समझते हैं सर।" फिर बात बदलते हुए बोले, "सर माफ़ करेंगे, हम तो अक्सर इन लोगों को कहते हैं हम पहले भैंस चराते थे हम तीन जिस्ता में एम.ए. किये हैं।"

साहब बोले- "अरे मैं समझ गया कि आप तीन जिस्ता में परास्नातक किये हैं, अब तो बस करिए सर। एक ही बात को कितनी बार कहियेगा।"

साहब ने पूछा- "सर उसके बाद हम सभी मुखिया, सरपंच और विधायक से मिले।" साहब ने पूछा- विधायक जी के पास क्या करने जाते हैं?"

"विधायक जी अपना आदमी है न सर, कभी भी हमसे मिल लेते हैं।"

साहब को भी हुआ कि लगता है सही में विधायक इनके अपने आदमी हैं, फिर प्रधान जी बोले- "अरे आप तो कुछ समझते ही नहीं हैं, विधायक जी हमारे विद्यालय के सचिव होते हैं।"

साहब ने कहा- "सब आप ही समझते हैं बस, अभी जो पत्र भेजूँगा उसका उत्तर आप व्याख्या सहित दे देंगे तो मुझे आपकी क़ाबिलियत के बारे में पता चल जायेगा। इसी तरीक़े से आप विद्यालय चलाते हैं!"

अब प्रधान जी को मौक़ा मिल गया किसी शिक्षक को लपेटने का- "सर आप ही बताइये जब कोई शिक्षक मेरी बात माने तब तो।"

साहब ने पूछा- ''क्यों क्या हुआ?'' उन्होंने कुंदन जी के बारे में ढेर सारी बातें कहीं कि ''सर वह मेरी बात ही नहीं मानते हैं, कभी भी वर्ग से निकल जाते हैं सभी बच्चों को लेकर। कभी बाग़ में तो कभी बग़ीचे में, कभी अपने विज्ञान कक्ष में। अभी भी उनको देखिये विद्यालय के क्रीडा प्रांगन में बच्चों के साथ जमे हैं।''

अब संतोष जी को यक़ीन हुआ कि जिसे मैं तभी से प्रधान समझ रहा था वह तो हमारे साहब हैं।

''सर माफ़ करेंगे मैंने आपको नहीं पहचाना।''

साहब बोले- ''संतोष बाबू कोई ग़लती नहीं है आपकी। आपने जो भी कहा वह बिल्कुल सही कहा, ऐसा ही हमारा तंत्र है, हाँ सभी लोग ऐसे नहीं हैं।''

संतोष बाबू बोले- ''सभी लोग ऐसे होते तो तंत्र फ़ेल कर जाता। अब हम लोगों को ही देखिये न, प्रधान जी की हर बात में मदद करने के लिए तैयार हैं। अब यह तो प्रधान पर निर्भर है कि वो हम लोगों से कैसे काम ले रहे हैं।''

साहब बोले- ''संतोष बाबू, कुछ बातें जो आपने बिना लाग-लपेट के कह डालीं, वो आँखें खोलने वाली थीं। जैसे आपने कुर्सी वाली बात कही, वह कितना कटु सत्य था और आपके प्रधान जी तो प्रधान जी ठहरे, लगता है इनको अच्छे से देखना पड़ेगा।''

संतोष बाबू बोले- ''सर तो कुछ दिन के लिए हैं, हम लोग निभा रहे हैं। सर कुंदन जी से अच्छा शिक्षक भला कोई है क्या! पर प्रधान जी उनसे भी परेशान रहते हैं क्योंकि वो उनकी बातों में हाँ में हाँ नहीं मिलाया करते हैं।

आइये सर, देखिये वो किसी काम में व्यस्त होंगे। प्रधान जी के बारे में क्या कहें, जानते हैं सर अगर बेचारे बच्चे-बच्चियों को लेकर कोई प्रयोग कर रहे हों तो वो हम लोगों को बोलते हैं, देखते रहिएगा कहीं कुछ गड़बड़ तो नहीं हो रहा है न। वो तो शुक्र मानिए सर कि उन्होंने कभी नहीं सुना है, जिस दिन यह बात उनके कानों में चली जायेगी, सर भूचाल आ जायेगा; वह यह भूल जायेंगे कि ये मेरे प्रधान हैं। फिर उस बच्चे और अभिभावक से भी उन्हें बेइज़्ज़त करवायेंगे। उन्हें सब बर्दाश्त है पर अगर कोई उनके चरित्र पर बात आ जाये तो वह किसी भी हद तक जाने को तैयार हो जाते हैं।''

साहब को लेकर संतोष बाबू पहुँच गये कुंदन जी के पास, कुंदन जी बच्चों को विज्ञान का एक प्रोजेक्ट करवा रहे थे। वो इतने व्यस्त थे कि उन्हें पता भी नहीं

चला कि साहब यहाँ खड़े हैं, तभी प्रधान जी बोले- "देख रहे हैं न इनको, झूठ-मूठ के काम में ये कितना व्यस्त रहते हैं।" साहब को इतना ग़ुस्सा आया कि वो आग बबूला हो गये। उन्होंने प्रधान को ज़ोर से डाँटकर कहा- "जाइए अपने कार्यालय में और छात्रोपस्थिति लेकर आइये। हमें दिखाइये कितने बच्चे हैं आज उपस्थित और कितने का नामांकन है आपके यहाँ।"

प्रधान जी बोले- "बड़ा बाबू दिखाइए न इन्हें।" साहब ने कड़ककर कहा- "आप लाइए।" प्रधान जी बोले- "जी अभी लाता हूँ" बहुत देर हो गयी तो साहब ने पूछा- "क्या हुआ इतनी देर क्यों हो गयी?"

प्रधान जी दौड़ते हुए आये और बोले- "सर रजिस्टर कम्पलीट नहीं है इसलिए पिपिया रहे हैं, जैसे ही पिपियाया हो जायेगा मैं तुरंत लेकर आ जाऊँगा। अभी दो सेक्शन का बाक़ी हैं, बस बनाकर ले आता हूँ।"

सर ने पूछा- "ये "पिपियाना" क्या होता है?"

"पिपियाना मतलब सभी कॉलम में "पी"-"पी" भरना।" प्रधान जी ने कहा।

सर बोले- "क्या! बोले बना नहीं है मतलब, प्रतिदिन उपस्थिति नहीं बनवाते हैं क्या?"

प्रधान जी ने जबाब दिया- "सर वर्ग-शिक्षक नहीं बनाते हैं।"

साहब बोले- "क्यों नहीं बनाते हैं?" प्रधान जी ने मौक़ा देख गोली की रफ़्तार से जबाब दिया ताकि शिक्षकों का ज़लील होने का मौक़ा हाथ से न निकलने पाये।

"सर ये तो वर्ग-शिक्षक ही बता सकते हैं, आप ही पूछिए मेरी तो बात ही नहीं मानते हैं।"

साहब बोले- "सुनिए अगर वह नहीं बनाते हैं इसका मतलब आप प्रतिदिन रजिस्टर नहीं देखते हैं। आपको प्रतिदिन यह देखना है कि आज की उपस्थिति बनी है कि नहीं। आपने क्यों नहीं देखा? अब आप जवाब देंगे। आप क्या समझे कि बस प्रभारी प्रधान बन गये, हो गया।"

साहब की डाँट सुनकर कुंदन जी का ध्यान इधर गया, उन्होंने सर को नमस्ते किया। साहब ने कुंदन सर से पूछा- "सर आज यहीं कक्षा चल रही है?"

सर ने कहा- "वास्तव में बच्चे जब प्रकृति के सानिध्य में होते हैं तो किताबी ज्ञान को वास्तविक रूप में सीख पाते हैं।"

साहब बोले- "बिल्कुल सही बात है, जब तक बच्चों को व्यावहारिक ज्ञान नहीं होगा तब तक वह सीख नहीं पायेंगे और समझ तो विकसित हो ही नहीं सकती।"

कुंदन सर बोले- "मैं तो कोशिश ही कर सकता हूँ पर अफ़सोस बहुत कम लोग होते हैं जिन्हें ये बात पसंद है, जिसमें एक आप भी हैं वरना मैं तो कुछ लोगों के लिए बिना काम का व्यक्ति हूँ।"

साहब बोले- "कुंदन सर आपको मैंने काफ़ी देर से देखा है, असली पढ़ाई तो यही है। भले कोई कुछ भी समझे पर अपना काम करते रहना चाहिए।"

"काश ये बात हमारे प्रधान जी समझ पाते, तो मैं इन बच्चों को कहाँ से कहाँ पहुँचा देता।" तभी प्रधान जी रजिस्टर लेकर आ गये और उसी सेक्शन का रजिस्टर देखने दिया जिसके वर्ग-शिक्षक कुंदन बाबू थे।

साहब ने रजिस्टर देखा और प्रधान जी से पूछा- "बताइए ये तो ख़ाली है।", साहब ने प्रधान जी से पूछा- "कौन हैं इस वर्ग के वर्ग-शिक्षक?"

"कुंदन जी ही हैं सर।" प्रधान ने तुरंत जबाब दिया।

साहब कुंदन जी की तरफ़ देखकर बोले- "आज की उपस्थिति नहीं बनी है।" कुंदन जी बोले- "आज की उपस्थिति जाते वक़्त या दूसरे दिन बनती है, ऐसा हम लोग नहीं, प्रधान जी का आदेश है ताकि उपस्थिति बढ़ाकर दिखाई जाये।"

साहब ने आश्चर्य से पूछा- "यहाँ भी मध्याह्न भोजन बनता है क्या?"

"नहीं सर।"

"तो फिर क्यों ऐसा करते हैं?"

"ये बात यहाँ के प्रधान जी ही बता सकते हैं। मध्य और प्राथमिक विद्यालयों में तो वहाँ के प्रधान ऐसा करते हैं, मुझे पता है क्योंकि एम डी एम के कार्यक्रम पदाधिकारी के महीने की कमाई से पता चलता है।" संतोष बाबू बोले।

तभी श्रुति मैडम बोली- "पर सभी लोग तो बोलते हैं कोई भी कार्यक्रम पदाधिकारी हो, सभी की कमाई है और सभी कमाई आपस में बाँट लेते हैं।"

साहब ने थोड़े ग़ुस्से से कहा- "श्रुति मैडम, आपको किसने कहा ऐसा?"

तभी संतोष बाबू बोले- "अरे ऐसा नहीं होता है, जिसको जैसा विभाग मिलता है उसी अनुसार कमाई है। सर मेरा दोस्त है न आप ही लोगों के साथ "डी.ई.ओ. देवेन्द्र प्रसाद"। हम लोग साथ ही एक कमरे में रहते थे, हालाँकि वह पढ़ने में अच्छा नहीं था पर अपनी किस्मत और आरक्षण की कृपा। हमें उससे बस अस्सी अंक ही ज़्यादा मिले थे पर मैं अपनी कटेगरी में कहीं नहीं था और वह अपनी कटेगरी में शीर्ष पर था।

वैसे एक बात है, मेरे दोस्त ने अभी तक दोस्ती को भूलना उचित नहीं समझा है। अभी भी अगर हम लोग मिलते हैं तो जमकर बातें होती हैं और वही दस-दस रुपया देकर नाश्ता मँगवाते हैं। वो अलग बात है कि जब कभी हमारे बच्चे और उनके बच्चे साथ होते हैं, तो उनके बच्चे लाख रुपया ऐसे उड़ा देते हैं जैसे कि हमारे बच्चे पाँच-सौ।"

श्रुति मैडम बोली- "सर माफ़ करेंगे, एक दिन मैं कार्यालय किसी काम से गयी थी तो कार्यालय सहायक सब आपस में झगड़ रहे थे क्यों किसी को परीक्षा विभाग पुस्तैनी मकानकी तरह मिला हुआ है तो किसी को एस.एस.ए. ही मिला हुआ है। बिना पैसे के फ़ाइल को कोई देखना नहीं चाहता है; एस.सी.ई.आर.टी. की फ़ाइल को बेकार समझा जाता है।"

तभी किसी ने कहा कि साहब तो हमें साथ भी नहीं ले जाते हैं केवल सोमेश को ही साथ ले जाते हैं।

"सर इससे क्या फ़र्क़ पड़ता है कोई जाये तो!"

"फ़र्क़ पड़ता है न मैडम, किसी भी विद्यालय में जायेंगे तो कुछ न कुछ गड़बड़ी मिलेगी ही न और कोई न कोई शिक्षक या कर्मी अनुपस्थित मिलेंगे ही।" उस स्थिति में डील तो वहीं होगा न, उसमें से थोड़ा बहुत साहब को देने के बाद भी बच ही जाता है, कितना भी खडूस से खडूस पदाधिकारी क्यों न हो, किरानी तो कुछ न कुछ कमा ही लेगा।"

साहब ने कहा- "देखिये मैडम, साहब हैं आपके, ऐसा इल्ज़ाम लगाने का अर्थ आप समझ रही हैं?"

श्रुति मैडम बोली- "हाँ सर मुझे पता है पर मैं कोई ग़लत थोड़े कह रही हूँ। सभी लोग टैक्स बचाते हैं, अगर मुझे कहिये तो मेरा बेटा इनकम टैक्स

कमिश्नर है और सचिवालय में पोस्टेड है, मैं अभी तुरंत उनकी सम्पूर्ण सम्पत्ति का लेखा जोखा आपके सामने रखवा दूँगी। सचिवालय एक ऐसी जगह है जहाँ सभी फ़ाइल अंत में घूमकर वहीं पहुँचती है।''

साहब ने जैसे सुना ''आई.टी. कमिश्नर'' साथ ही सचिवालय का नाम, उन्होंने मैडम से धीरे से बात करना शुरू कर दिया। क्योंकि भारत में आम तौर पर सरकारी लोगों की आय की गिनती उनके वेतन से ही होती हैं, इधर-उधर की कमाई तो वह शून्य ही दिखाता है। इसलिए सभी बाहर से ही ईमानदार होते हैं, अन्दर बेईमानी का ऐसा झोला वह अपने परिवेश से लेता है जिसे चाहकर भी वह नहीं उतार पाता। आपने प्रधान जी का स्लोगन नहीं सुना है क्या!कि आप तभी तक ईमानदार हैं जब तक आपको मौक़ा नहीं मिला है।

फिर संतोष बाबू बोले सर- ''एम डी एम में मुझे एक बात समझ में नहीं आती है, बच्चों को पाँच रुपये में कैसे खाना खिलाया जायेगा? आख़िर योजना बनाने वाले कुछ पता भी करते हैं या जो मन में आये उसे पास कर देते हैं। भले ही लोग जो कहें पर मुझसे अगर पूछियेगा तो मैं तो सीधे कहूँगा विद्यालय को रसोई घर मत बनाया जाये। वैसे मैं आपको बता दूँ कि हमारे यहाँ इसकी व्यवस्था नहीं है।''

''तब फिर ऐसा क्यों?'' साहब ने पूछा

''प्रधान सर का कहना है अगर सही उपस्थिति बन जायेगी तो बच्चों को लाभ नहीं मिल पायेगा।''

''इसका क्या मतलब आप कुछ भी बनाकर दे दीजियेगा? अरे थोड़ा बहुत गड़बड़ी पचने वाला होता है पर ज़्यादा गड़बड़ी परेशानी का सबब है।''

साहब ने प्रधान जी से कहा- ''सुनिए यह धंधा बंद करिए जितने बच्चे आते हैं उन्हीं का बनाइये, नहीं तो आजकल व्हाट्सएप्प और फ़ेसबुक पर लाइव फ़ोटो, वीडियो और फ़ोटोग्राफ़्स भेजे जाने लगे हैं और पकड़ाने पर कोई आपकी मदद नहीं करेगा।'' तभी सर को कार्यालय से फ़ोन आ गया वो जाने लगे, तो जाते-जाते कहा- ''सुनिए आपके विद्यालय के सभी शिक्षक अच्छे हैं, बड़ा बाबू भी अच्छे हैं, मैंने कई विद्यालयों को देखा है बहुत कम जगह ऐसे सहयोगी स्टाफ़ होते हैं।''

प्रधान सर ने तभी कहा- ''सर हमारे यहाँ विज्ञान गणित और संगीत विषय के राज्यस्तरीय शिक्षक हैं, सभी लोग इनको जानते हैं।''

डी.पी.ओ. साहब बोले- "संगीत शिक्षक अपना नंबर दे देते तो हमारे यहाँ कई प्रोग्राम होते रहते हैं, जहाँ इनको एक अच्छा मंच मिल सकता है।"

डी.पी.ओ. साहब जाने लगे तो किसी ने कहा- "अरे साहब का ख़र्चा पानी तो दे दीजिये। "

प्रधान जी अपने फ़ॉर्म में आ गये बोले- "कौन हमसे ख़र्चा पानी माँग सकता है, अभी विधायक से बात करता हूँ।" तभी डी.पी.ओ. साहब के साथ जो बड़ा बाबू थे उन्होंने इशारा किया- "अरे ड्राइवर तो ऐसे ही बोला आपसे।"

प्रधान जी वापस आये, बोले- "भागा, हुलुक बिलार सब।"

कुंदन जी ने हँसते हुए कहा- "सर आपका विधायक वाली बात तो हिट कर गया। डी.पी.ओ. साहब को लग गया होगा कि आप विधायक के असली आदमी हैं।" प्रधान जी बोले- "लगेगा नहीं, अपने यहाँ कोई फ़ाल्ट था क्या? जहाँ फ़ाल्ट रहता है वहाँ कोई डिमांड करते हैं, यहाँ क्या कमी थी। मुझे तो जैसे ही निरीक्षण के बारे में पता चला सुबह आठ बजे ही विद्यालय आ गया।"

सभी शिक्षकों ने कहा- "देखिये आपको पता था और आपने किसी स्टाफ़ को कहा तक नहीं। आपने सोचा कि भले ये लोग पकड़ा जायें और सभी लोगों को फ़ाइन देना पड़े।" अब प्रधान जी बोले- "हमें थोड़े पता था कि सच में आ ही जायेंगे।"

प्रभाकर जी बोले- "आप दुष्ट हैं, पर एक बात जान लीजिये, भले नियोजित शिक्षक को वेतन कम मिलता है पर आपसे ज़्यादा ही हाईटेक हैं आप अभी तक साइकिल पर चढ़ते हैं और नया से नया नियोजित शिक्षक मोटरसाइकिल पर चढ़ता है। आप अभी तक उसी मोबाइल को ढो रहे हैं जिसे अंग्रेज़ों ने जाते वक़्त लाल क़िला से फेंका था और नियोजित शिक्षक को देखिये नया से नया तकनीक से लैस है। आपको क्या लगा कि हम लोगों को पता नहीं है, अगर आपको आज पता चला तो हम लोगों को कल ही पता चला था।" अब प्रधान जी बोलने लगे- "हमें भी तो कोई नहीं फ़ोन किया।"

ऐसे ही दिन प्रतिदिन की बहस चलती रहती और प्रधान जी बीच-बीच में पान, पुड़िया और जड़ी-बूटी देते रहते थे। कुंदन जी और रघुबंश बाबू में अक्सर विचार-विमर्श होता रहता और ये लोग प्रधान के हर पैंतरें को काटते रहते। इनका एक ही हथियार था मन से बच्चों को पढ़ाना और ख़ुद लोभ-लालच वाले कामों से दूरी बनाये रखना। समय बीतते देर नहीं लगती अब बच्चों के प्रायोगिक

परीक्षा का समय आने वाला था।

रघुबंश बाबू ने कुंदन जी से पूछा- ''प्रायोगिक परीक्षा का क्या करियेगा?''

''अरे सर करना क्या है, बच्चों से अभ्यास पुस्तिका जमा करवानी है। उनसे कुछ प्रश्न पूछने हैं, जो जैसा जवाब देगा उस अनुसार अंक दे देना है।''

रघुबंश बाबू हँसते हुए बोले- ''लगता है आप चौपट करियेगा। अभी मीनू मैडम बोल रही थीं मुखविलास बाबू का ही सुझाया हुआ प्लान रहेगा तभी तो ठीक रहेगा नहीं तो विरोध होगा।''

कुंदन जी ने पूछा- ''क्या है उनका प्लान?'' तभी प्रभाकर सर बोले- ''उनका प्लान एल.आई.सी. का जीवन आनंद जैसा ही प्लान है। सर बस आपको पंद्रह साल जैसे पंद्रह लोगों को प्रीमियम देना पड़ेगा।''

कुंदन सर ने पूछा- ''कितने का प्रीमियम भरना होगा सर?''

''फ़र्स्ट प्रीमियम आपको भरने के बाद सभी को दो-दो हज़ार देने होंगे।''

कुंदन सर ने पूछा- ''प्रथम प्रीमियम कितने का होगा?''

सर बोले- ''प्रथम प्रीमियम थोड़ा महँगा है इस प्लान का। आपको जितनी देय राशि सुनिश्चित होगी, उसका साठ प्रतिशत आपको देय होगा प्रधान जी को तत्पश्चात बची राशि में से एक-एक गुलाबी नोट आपको प्रीमियम के कार्यालय ख़र्च के लिए भरना होगा। फिर जो बचेगा उसमें आपको चार लोगों में बाँटेंगे।''

''पॉलिसी की परिपक्वता पर कोई फ़ायदा होगा कि नहीं?'' रघुबंश बाबू बोले- ''हाँ होगा न, अगर किसी को कम अंक आ गया तो आप ज़िम्मेदार होंगे और बदनामी में वृद्धि अलग होगी।''

''प्लान तो बढ़िया है, अच्छा एक बात मैडम क्लियर कीं कि नहीं?''

प्रभाकर जी ने पूछा- ''शेयर कितने का बिकेगा?''

''ये बात तो मैडम ने बताया ही नहीं।''

तभी प्रभाकर जी ने मैडम को बुलाया- ''मैडम, सर क्या पूछ रहे हैं?''

मैडम आते ही बोलीं- ''सर प्रैक्टिकल कैसे लीजियेगा?''

प्रभाकर सर ने हँसते हुए कहा- ''वही तो सर पूछ रहे हैं कितना फ़ीस रखियेगा?'' मैडम ने ऐसे बोलना शुरू किया जैसे उनके सामने ''अमर्त्य सेन''

फ़ेल हों।

"देखिये सर जो भी इनकम हो वो सबके सामने हो और बराबर अनुपात में बाँट दिया जाये। एक बार हमें प्रधान जी बोले थे कि हम लोगों को हमारा हिस्सा देंगे पर बाद में दिये ही नहीं थे। वैसे मुखविलास मॉडल अच्छा था, अगर वैसे होता तो किसी को कष्ट नहीं होता।" प्रभाकर सर बोले- "फिर तो आप मुखविलास मॉडल की ही बात करते हैं।" मैडम बोलीं- "देखिये मैं तो इसलिए कही क्योंकि वह मॉडल "सबका साथ सबका पाप" वाले मॉडल पर आधारित है।"

"मुखविलास सर से आप पूछीं नहीं कि वह क्यों नहीं आपको गछा हुआ रक़म दिये?" मुखविलास सर को मैडम ने आवाज़ दिया।

मुखविलास सर ने आते ही कहा- "देखिये सर हमें एक बार प्रधान जी, जो तभी सहायक शिक्षक हुआ करते थे, ने कहा कि प्रैक्टिकल में कुछ लेना है। मैं और सुभाष जी ले रहे थे, सर बाहर नियंत्रित कर रहे थे।"

कुंदन जी ने पूछा- "कि बाहर क्या नियंत्रित कर रहे थे?" मुखविलास बाबू बोले- "वह देख रहे थे कोई दूसरा न पैसा ले ले और उनके पास जो बच्चे आ गये, उन सभी को वह अपने जेब में देते जा रहे थे।"

प्रभाकर सर बोले- "ये शुरू से ही ईमानदार हैं सर।"

मैडम बोलीं- "और यह ये भी देख रहे थे कोई वीडियो न कर ले, कोई फ़ोटो न ले ले। ये सब इनके गुण हैं पैसा कमाने के सभी नुस्ख़े इन्हें पता हैं, काफ़ी हद तक बचाव करना जानते हैं। परीक्षा प्रारंभ होने के बाद ही मुझे एक बैग दे दिये थे कि पैसा इसी में रखिये न। अब जैसे सभी बच्चे चले गये उन्होंने लपक कर थैला अपने हाथ में ले लिया और बोले अब कल से मैं ही पैसा जमा लूँगा। मैंने कहा भी कि कम से कम गिन तो लीजिये कि कितना है, तो वह बोले आप तो कुछ समझते ही नहीं हैं। वह थैला जो उनके घर गया अभी तक वापस नहीं आया।"

कुंदन जी बोले- "सर सच में बहुत ईमानदार हैं और आप लोगों के हितसेवक भी। हो सकता है आप लोग को कोई परेशानी हो जाती इसलिए सभी कष्ट अपने पर ले लिये। अब पाप की चीज़ आपको क्यों बाँटते!"

मैडम बोलीं- "सर पिल्लू फड़ेगा उनको, उन्होंने हम नियोजित शिक्षक का

हक़ मारा है।''

''छोड़िये सर पुरानी बातों को, सर इस बार भी जो लीजियेगा न तो उसी बार की तरह एक विषय का एक सौ रुपया मतलब दो विषय का दो सौ रुपया। अब देखिये न उसी में तो बहुत पैसा है अगर तीन सौ बच्चे हैं तो भी साठ हज़ार हुआ सर। हम लोगों का भी कुछ हो जायेगा और आप लोगों को भी अच्छा बच जायेगा।'' तभी प्रभाकर सर बोले- ''मैडम बात तो सही है पर प्रधान जी के साठ प्रतिशत के बाद कितना बचेगा ही।''

मैडम बोलीं- ''किस चीज़ का साठ प्रतिशत?''

''पचास प्रतिशत तो प्रधानगिरी और दस प्रतिशत उनके विषय का।''

मैडम बोलीं- ''प्रधान हैं तो इसका क्या मतलब? आप थोड़े से पैसे ले लीजिये। आपको तो वैसे ही बहुत वेतन मिलता है, क्या ज़रूरत है आपको इन पैसों से।'' तभी प्रधान सर वहाँ आ गये बोले- ''क्यों लेंगे नहीं, हमें बहुत सारा ख़र्च है।''

''क्या ख़र्च है?''

''एक ख़र्च रहे तब तो आपको बतायें न। अभी देखिये बिल पास करने का ख़र्च है, इनकम टैक्स लगेगा उसका ख़र्च भी तो इसी से मैनेज करना है। अब डेली पेट्रोल का ख़र्च है कहाँ से करूँगा, यह सब भी तो इसी से मैनेज करूँगा।''

मैडम बोलीं- ''हद है, ये आपका व्यक्तिगत ख़र्च है, वह भी आपको विद्यालय से ही चाहिए।''

सर अब बिदक गये बोले- ''आपके लिए व्यवस्था करवा दिये इसलिए आप बोल रही हैं। आपको प्रैक्टिकल से क्या मतलब, मैथिली विषय में कौन-सा प्रैक्टिकल होता है? आजतक अपने विषय में एक घंटी तो कर नहीं सकीं लेकिन हिस्सा चाहिए।''

मैडम बोलीं- ''यहाँ एक बच्चा तो है नहीं, मैं इसमें क्या कर सकती हूँ। बच्चा रहेगा तभी न मैं काम करूँगी और यह काम आपका है। प्रधान जी चाहेंगे और बच्चा किसी विषय को नहीं रखेगा ऐसा संभव नहीं है।'' अब दोनों के बीच महाभारत शुरू हो चुका था।

रघुबंश बाबू बोले- ''कुंदन जी आजकल शिक्षकों का कितना पतन हो चुका है, बताइये प्रैक्टिकल से दूसरे शिक्षक को क्या मतलब, पढ़ाये कोई पर

चाहिए सभी को। काम करने में जी चुराएगा पर माल उड़ाने में सबसे आगे रहेगा।''

कुंदन बाबू बोले- ''यही तो समस्या है, मैंने आजतक कभी भी मैडम को वर्ग में जाते नहीं देखा।

आख़िर ये लोग विद्यालय आते ही क्यों हैं, इन लोगों को विद्यालय आना ही नहीं चाहिए। इन्हीं लोगों के कारण आज शिक्षक समुदाय बदनाम हो गया है लोगों का सरकारी विद्यालय से विश्वास उठता जा रहा है।

सर मैंने क्या-क्या नहीं किया अपने बूते, पर कहते हैं न ''अकेले चना भाड़ नहीं फोड़ सकता''। सर मैंने उस दिन को भी देखा है जब इस विद्यालय में बच्चे से ज़्यादा शिक्षकों की संख्या थी और उस दिन को भी जब एक शिक्षक और बच्चों की संख्या दो सौ से ऊपर।''

रघुबंश बाबू बोले- ''यह कैसे संभव है कि एक शिक्षक और दो सौ बच्चे?'' कुंदन सर ने तुरंत उत्तर दिया- ''लगता है रघुबंश बाबू आपने अपने संस्कृत की दुनिया से बाहर नहीं झाँका है। सर यहाँ तो बिना शिक्षक के सभी बच्चे नियमित बच्चों की तरह पास करते हैं और वहाँ के प्रधानाध्यापक प्रमाणित करके देते हैं कि इन बच्चों की उपस्थिति पचहत्तर प्रतिशत से ज़्यादा है। हाँ वो अलग बात है कि उस बच्चे ने आजतक अपने विद्यालय का मुँह नहीं देखा है। उसको तो छोड़िये अपने यहाँ भी यही स्थिति है एक बार तो हद हो गयी मैं विद्यालय आ रहा था तभी रास्ते में भीड़ लगी हुई थी, कुछ बच्चों ने एक व्यक्ति को पकड़ कर रखा था। मुझे जब उन बच्चों ने देखा तो सभी उनको छोड़कर मेरे पास आ गये और पैर छूने लगे। तभी उस व्यक्ति को मौक़ा मिल गया, वो वहाँ से भागने लगा सभी ने उसे घेरकर पकड़ा।

मेरी भी इच्छा हुई कि बच्चे लोग परेशानी में हैं तो इसका समाधान करके ही चलना चाहिए। मुझे अपने छात्रों से पता चला कि उस व्यक्ति ने अपनी गाड़ी से किसी बकरी के मेमने को धक्का मार दिया था। अच्छा तो ये बात है, ''कहो क्या चाहते हो तुम लोग?'' ''बस हमें बकरी के बच्चे के इलाज के लिए पैसे दे दें, हम लोग उन्हें फ्री कर देंगे।''

मैंने पूछा- ''यह बात तुम लोगों को कैसे पता चलेगा कि कितना ख़र्च लगेगा?'' बच्चों ने कहा- ''सर है न अपना मवेशी डॉक्टर।''

मैंने पूछा- ''कहाँ है डॉक्टर?'' तभी एक व्यक्ति आया, ''हाँ सर मैं ही

हूँ।'' मैंने पूछा- ''अच्छा कितना लगेगा ख़र्च?'' तो वह व्यक्ति बोला- ''सर मवेशी में ज़्यादा ख़र्च थोड़े लगता है, वैसे भी कुछ ज़्यादा थोड़े हुआ है मेमना को बस हल्की-सी मोच है ठीक हो जायेगा।'' मैंने पूछा- ''कितना ख़र्च आयेगा?''

''बस यही बीस रुपये।''

''अरे तो बोलो न उस व्यक्ति को कि दे दे और आराम से निकल जाये।'' तभी एक छात्र जो आज से दस वर्ष पहले हमारा छात्र रह चुका था बोला- ''सर बीस रुपये देने में उसे बहुत परेशानी है।''

मैंने पूछा- ''क्या कह रहा है वह?''

''क्या कहेगा, बोल रहा है मेरे पास एक भी रुपया नहीं है। अब आप ही बताइये कोई लाख रुपये की स्कूटी पर चढ़ा है पर उनके पास बीस रुपये नहीं हैं।''

मैंने कहा- ''हो सकता है उसके पास नहीं हो। एक काम करो, मुझे उससे मिलवा दो मैं उसे बीस रुपये दे दूँगा और बाद में वह मुझे दे देगा। उसका भी काम हो जायेगा और तुम लोगों का भी।'' तभी सभी बच्चे बोलने लगे- ''नहीं सर आप ऐसा नहीं कर सकते।''

एक लड़का सामने आया, जिसे मैंने उस समय में दो सौ रुपये की मदद की थी जब हमारा वेतन मात्र चार हज़ार हुआ करता था। उसे खेत पटाने थे, पिता बचपन में ही चल बसे थे घर में अकेली माँ। वर्ग में आया तो मैंने देखा बहुत मायूस है, मैंने पूछा क्या बात है रणधीर? तो वह बोला- ''सर सभी का खेत पाट गया है लगता है मेरा खेत नहीं पाट पायेगा।''

मैंने पूछा- ''हुआ क्या रणधीर?'' तो वह बोला- ''सर पैसे नहीं हैं अगर आप ...?'' कहकर वह चुप हो गया।

मैंने पूछा, कितना लगेगा रणधीर, तो वह बोला सर दो सौ लगेगा। मैंने अपने पर्स में देखा पूरे दो सौ रुपये थे, मैंने उसे देते हुए कहा- ''लो और जाओ खेत पटाओ।'' उसके चेहरे की ख़ुशी देखने वाली थी, उसने उपज पूरा होते ही मुझे पैसे वापस दे गया और उसके परिवार ने दिल से मुझे धन्यवाद दिया।

उसने मुझे प्रणाग किया और बोला- ''सर आप अभी भी नहीं बदले, मुझे अभी तक आपका किया हुआ उपकार याद है। ''

मैंने कहा- "अरे रणधीर उपकार कैसा यह तो मेरा फ़र्ज़ था, अगर सामने वाले बच्चे परेशान हो तो भला कोई शिक्षक कैसे ख़ुश रह सकता है।"

मैंने डाँटते हुए बच्चों से कहा, सब शांत हो जाओ। सभी शांत हो गये, मैं उस व्यक्ति की ओर बढ़ा तो देखा, अरे ये तो प्रधान जी हैं। मैं वापस मुड़ा और ज़ोर से उन लोगों को डांटा तुम लोग कैसे बच्चे हो, अपने प्रधान जी को भी नहीं पहचानते हो। अब सभी बच्चे सहम गये।

"माफ़ करेंगे सर हम लोग इन्हें नहीं पहचाने।"अब तो प्रधान जी की बाँछें खिल गयीं बोलने लगे, हम सब का पैसा रोक देंगे।"

मैंने इशारा किया कि मत बोलिए पर प्रधान जी तो प्रधान जी ठहरे, जितना इशारा करते वो और ज़ोर हो जाते।

अब सभी बच्चों ने कहना शुरू कर दिया- "आप क्या बोलेंगे, आप तो कभी वर्ग जाते हैं नहीं और बात बनाते हैं। अरे कुछ लड़कों को छोड़ दीजिये जो बेचारे अपना घर चलाने के लिए दिल्ली पंजाब चले जाते हैं उनसे आपको भेंट नहीं है और उन्हीं लोगों ने आपको पकड़ा भी था पर मैं तो कई दिन विद्यालय गया हूँ पर मैंने तो मात्र दो शिक्षकों को ही वर्ग में देखा है उसमें आप तो नहीं थे।"

एक अभिभावक भी वहाँ आ गये थे, उन्होंने बोलना शुरू किया- "मैंने तो स्थिति यहाँ तक देखी है कि नया बच्चा जब विद्यालय जाता है और कोई भी शिक्षक उनसे पहली बार पूछता है कि मुझे पहचानते हो तो उसका उत्तर होता है आप कुंदन सर हैं!"

अब देखिये न इसमें से वे सभी बच्चे जिन्होंने आजतक विद्यालय का मुँह नहीं देखा है और आपकी कृपा से पास भी हो गये हैं पर आपको नहीं पहचान कर कुंदन सर को पहचानते हैं।"

तभी किसी ने पूछा- "इनकी क्या कृपा होती है?" तभी एक व्यक्ति बोला- "है न कृपा, नामांकन से लेकर परीक्षा तक के बीच में जितनी भी बातें होती हैं सब काग़ज़ पर ही होता है न और उस सब में सर की कृपा होती है दान-दक्षिणा लेकर। कुछ के तो फ़िक्स चार्ज होते हैं और कुछ के अनलिमिटेड प्लान होते हैं, जिसमें आप जितना डेटा डाल दो। हाँ परिस्थिति के अनुसार प्लान का दर परिवर्तित भी होता रहता है पर अपने बेस दर से कम पर सर कभी भी अपना क़लम नहीं चलाते हैं।

अगर किसी बच्चे ने अपना प्लान रिचार्ज नहीं करवाया तो उनकी क़लम तब तक रुकी रहती है जब तक अंतिम आस बची रहती है और उसके लिए सर सभी तरीक़े का इस्तेमाल करते हैं- जैसे कि व्हाट्स एप्प, फ़ेसबुक मैसेंजर, मोबाइल टेक्स्ट सन्देश या फ़ोन। अंत में अपने चपरासी और ख़ुद उनके घरों तक की सेवा दे देते हैं। यही है इनकी हक़ीक़त और अभी बीस रुपये देने में इनको मुसीबत समझ में आ रही है।''

मुझे नहीं रहा गया- ''अब बंद भी करो कितना व्याख्या कर रहे हो।'' मैंने सर के हाथ में बीस रुपये रख दिये और बोला ''सर चलिए तो सही।'' सर ने ग़ुस्सा से कहा ''इतना आसान है बीस रुपये देना!''

अब मुझे देर हो रही थी, मैंने कहा- सर विद्यालय जाने में देर हो रही है बच्चे हमारा इंतज़ार कर रहे होंगे।

प्रधान जी बोले- ''अरे आप जाइए न विद्यालय संभालिये मैं इन लोगों से निपट कर आता हूँ।''

तभी एक अभिभावक ने कहा, देखिये कुंदन बाबू को कितना प्यार है बच्चों से और एक आप हैं कि प्रधान होकर भी कोई मतलब नहीं कि विद्यालय समय से खुले, वहाँ बच्चे इंतज़ार कर रहे हैं।

सभी ने प्रधान जी के हाथ से लेकर बीस रुपये कुंदन जी को दे दिये और बोले, ''सर हमें शर्मिंदा न करें, भले प्रधान जी को शर्म नहीं है पर हम लोग इतने भी गिरे नहीं हैं कि आपके रहते प्रधान जी से पैसे ले लें।''

वहाँ से हम लोग विद्यालय आये। अब आते ही शुरू हो गये- ''कौन कहा था आपको बीस रुपये देने को।'' मैंने कई बार उनसे आग्रह किया कि अब बस भी करिये ताकि कोई न जान पाये। पर उन्होंने इतना हल्ला किया कि सभी लोग जान गये कि सर कोई घटना करके आये हैं।

प्रैक्टिकल परीक्षा की तिथि तो पहले से ही निर्धारित थी, अब समय आ चुका था एक साथ दो मोर्चे पर युद्ध करने का। एक तो अपने प्रधान से और दूसरा सभी स्टाफ़ से भी नहीं टूटना था। मैंने सभी लोगों की राय जान ली थी, पिछली बार की बात से सभी खफ़ा थे क्योंकि उस बार पिछले प्रधान की विदाई के नाम पर पैसे इकट्ठा किया गया था। किसी ने उस बात का विरोध नहीं किया था, हाँ मैंने शुरू में कहा था कि माफ़ करें, हमें नहीं लेना है इसकी क्या ज़रूरत है पर सभी स्टाफ़ और ख़ास कर निवर्तमान प्रधान जी का लटका मुँह देखकर

मैंने कहा कि ठीक है अगर आपको लेना है तो लीजिये लेकिन सर की विदाई अच्छे से होनी चाहिए।

उस समय तो उन्होंने "हाँ" कह दिया पर उसके बाद उन्होंने एक भी विद्यार्थी को नहीं छोड़ा, यहाँ तक कि जो बच्चे वर्ग में प्रथम आते थे उन्हें भी नहीं। प्रतिदिन विद्यालय आने के कारण बच्चे और शिक्षक के बीच एक अच्छा सम्बन्ध बन जाता है, वह बार-बार आते- "सर आप कहिये न बड़ा बाबू और प्रधान सर बैठे हैं। मैंने कई बार उनसे कहा पर सर बोल रहे हैं कि बिना पैसे का अंक नहीं मिलेगा।"

वह बच्चा दूसरे मैडम के पास भी सिफ़ारिश लेकर गया पर उस जल्लाद सर के सामने किसी की नहीं चली। इस प्रकार तीन सौ बच्चों से दो सौ के दर से साठ हज़ार होने चाहिए पर कुछ पैरवी तो कुछ दबंग टाइप के लोगों ने पैसा नहीं दिया होगा। हालाँकि उनकी संख्या काफ़ी कम रही होगी पर सर ने दस हज़ार रुपये तो हवा में उड़ा दिये, अब बचे होंगे पचास हज़ार। सर और बड़ा बाबू ने पहले ही सेटिंग कर ली होगी, उन्होंने आपस में दस-दस हज़ार बाँट लिये, अब बचे तीस हज़ार को उसने सबके सामने यह कहकर रख लिया कि अभी मुझे कुछ आवश्यक काम है, जब विदाई करेंगे तो मैं दे दूँगा।

ख़ैर सभी तरफ़ से दबिश पड़ने पर उन्होंने कहा कि डेट फ़िक्स करें, यही हुआ भी तारीख़ फ़िक्स की गयी। सभी लोगों ने अपनी बात रखी, मैंने भी अपने विचार दिये कि विदाई तो एक ऐसी विधा है जो मृत्यु से भी अटल सत्य है, मृत्यु के बारे में आपको पता नहीं है पर आपकी नियुक्ति के साथ ही आपका रिटायरमेंट फ़िक्स होता है। इसलिए उसपर कोई समझौता नहीं करना है, अगर पैसे कम पड़ रहे हैं तो हम लोग भी मदद करने को तैयार हैं। प्रधान जी बोले- "नहीं तीस हज़ार कम थोड़े होता है, हमें बाहरी लोगों को नहीं बुलाना है बस अपने स्टाफ़ और कार्यालय के कुछ लोग रहेंगे।"

मैंने कहा- "सर लेकिन जिन लोगों के यहाँ आप जाते हैं, उन्हें नहीं बुलाना तो उचित बात नहीं है।"

प्रधान जी बोले- "उससे क्या, हम तो कहीं-कहीं ही गये हैं न।" तभी विनय सर बोले- "सर आप तो पचास किलोमीटर तक साइकिल से गये हैं और हमें जहाँ तक याद है शायद ही कोई ऐसी जगह हो कि भोज हुआ हो और आप नहीं गये हों।"

"सर हम लोगों को क्या! नियोजित शिक्षक हैं, अगर किसी को नहीं भी बुलायेंगे तो वो कहेंगे आहा! बेचारे को पैसे ही कितने मिलते हैं जो भोज कर पायेंगे पर आप लोगों को कैसे मुँह दिखाइयेगा!"

प्रधान जी ने हँसते हुए टाल दिया कि मुँह में मास्क लगाकर चलेंगे।

ख़ैर सभी लोगों का निर्णय हुआ कि इस तीस हज़ार को आप सही से ख़र्च कर दीजियेगा, बाक़ी जो मार लिये उसकी कोई बात नहीं।

प्रधान जी शुरू हो गये, हमको बेईमान समझते हैं ईमानदारी से तीस दे दिये इसीलिए, अब तो सभी हँसने लगे "हाँ बात तो सही है आधा-आधी तक ही रहे तो इससे बड़ी बात क्या हो सकती है।" तभी रघुबंश जी आ गये बोले- "न भूतो न भविष्यति।"

प्रधान जी मुस्कुराते हुए बोले- "क्या अर्थ हुआ रघुबंश बाबू इन लोगों को बता देंगे?" रघुबंश बाबू ने कहा- "बहुत आसान है, इसका अर्थ हुआ, "न तो ऐसा आज तक हुआ है और न भविष्य में होगा"।"

संतोष बाबू बोले, एक चीज़ इसमें छूट गया है। सब एक साथ बोल पड़े "क्या?"

संतोष जी ने इधर देखा और कहा- "बेईमान।"

अब तो किसी की हँसी रुक ही नहीं रही थी, प्रधान जी भी हँसने लगे।

संतोष बाबू बोले- "छोड़िये सर अब आप ही पर सब दारोमदार है, जैसा आप सोचेंगे वैसा ही होगा।" प्रधान जी बोले "हमारे ऊपर विश्वास करिए। हाँ आप लोग एक लिस्ट बना दीजिये क्या सब देना है।"

संतोष बाबू एक काग़ज़ लेकर बैठ गये। लिखा गयाः कपड़ा, अटैची, जूता, छाता, गीता, मिठाई, डायरी, क़लम और छोटे-छोटे कई सामान। जैसे-जैसे सामान की संख्या बढ़ती जाती, प्रधान जी की धड़कन तेज़ होती जाती।इधर शिक्षकों के मन में अलग गणना चल रही थी कि तीस हज़ार के अन्दर जितना आ सके सभी को लिस्ट में जगह दे दी जाये, उधर प्रधान जी के मन में अलग गणना चल रही थी कि कैसे भी बीस से ऊपर बजट नहीं जाये ताकि हाथ के पैसे हाथ में रह जायें। पर सामूहिक बात होने के कारण चुप ही रहे।

लेकिन कहते हैं न जब आपकी नीयत में ही खोट हो तो कुछ न कुछ रास्ता निकाल ही लेंगे न। अब उन्होंने दिमाग़ लगाया कि पैसे देना ही नहीं है किसी के

हाथ में, अपने से ख़रीददारी करनी है।

उन्होंने कहा- ''ठीक है रविवार को आप लोग दो बजे आइये सब चलेंगे।'' किसी ने कहा- ''सर सबको आने की क्या आवश्यकता है। प्रभाकर सर, नन्दकिशोर सर बड़ा बाबू और आप रहिएगा, सब ख़रीददारी हो जायेगी।''

सर तो यही चाहते ही थे, उन्होंने कहा- ''हाँ-हाँ यही अच्छा रहेगा। अब दूसरे दिन जब सर को प्रभाकर सर ने फ़ोन लगाया तो पहले तो फ़ोन ही नहीं उठाया, जब कई बार फ़ोन गया तो बोले सर हमें कुछ आवश्यक काम आ गया है, आप लोग निश्चिंत रहें मैं ख़रीद लूँगा।'' वे लोग वहाँ से वापस आ गये।

इधर सर और बड़ा बाबू ने बाज़ार का रुख़ किया। सबसे पहले कट-पीस वाला कम दाम वाला कपड़ा लेकर उसे फ़ुटपाथ वाले दर्जी से सिलवाया। फिर ऊपर से ठीक ठाक दिखने वाला जूता उस कंपनी का लिया जो लग रहा था विदाई के लिए ही वह कंपनी खुली हो। गीता भी ढूँढ़कर ही लाये थे ताकि सर के जेब में समा सके, अटैची ऐसी थी कि अगर ग़लती से चाबी गुम हो जाये तो ताला तोड़ने वाला को बुलाना ही न पड़े। एक पटक में ही अटैची का काम तमाम फिर ताला क्या और अटैची क्या; ताला टूटे या न टूटे पर अटैची टूट जायेगी इसकी पक्की गारंटी।

डायरी कहीं से फ़्री में मिल गयी थी, उसे देखकर लग रहा था कि ग़लती से बीच-बीच में सादे पन्नों में प्रचार करना छूट गया हो। हाँ क़लम सौ रुपये की ली थी पर उसे देखकर यह लग रहा था कि दुकानदार को पक्का पता था कि इसके अन्दर की रोशनाई सूख चुकी है इसलिए इसे चालीस रुपये में ही बेचकर मूलधन वापस कर लिया जाये।

अब भोज की बारी थी। प्रोग्राम बना कि मछली-चावल, दही और कुछ मिठाई की व्यवस्था हो जाये तो अच्छा होगा। सर्व सम्मति से पास हुआ कि यही किया जाये। अब प्रभाकर सर ने पूछा- ''मछली कितना आयेगा?''

प्रधान जी बोले- ''कितना आयेगा, दस किलो!''

प्रभाकर सर बोले- ''पागल हो गये हैं क्या! आदमी जोड़े हैं सब मिलाकर पचास हो जायेगा और आप कह रहे हैं कि दस किलो। उतना तो हम लोग फ़्राई खा जायेंगे।'' प्रधान जी बोले- ''खा जाइएगा कैसे, उतना देंगे तब न।'' प्रभाकर जी तुरंत प्रतिकार किये- ''क्यों? अपने पिताजी के घर से दिये हैं क्या? करना है तो ठीक से करिए वरना मत करिए।'' फिर तय हुआ कि पच्चीस किलो मछली

लाना है।

बड़ा बाबू को यह कार्यभार सौंपा गया कि आप पोखर से मछली की व्यवस्था करेंगे। प्रधान जी जब पैसा देने लगे तो बोले- ''पच्चीस किलो मतलब पच्चीस किलो लाना है, यह नहीं कि पच्चीस के बदले बीस किलो ही आ जाये।''

अब बड़ा बाबू बिफर गये बोले- ''आपको किसी पर विश्वास नहीं है, आप अपने से लाइये।'' फिर कितना मान मनौव्वल के बाद वो तैयार हुए।

भोज के दिन सारा सामान लाया गया, बड़ा बाबू ने कमान सँभाल ली थी। उन्होंने गाँव के कुछ लड़कों को साथ ले लिया, वो सभी सामान को व्यवस्थित कर मछली का इंतज़ार करने लगे। कुछ देर बाद बड़ा बाबू ने मछली लाकर दे दी और प्रधान जी के साथ बचे-खुचे सामान लेने चले गये।

अब सभी शिक्षकगण अपने-अपने हाथों की ताक़त से मछली के बोरे को उठाते वज़न थाहते। कोई कहता बीस किलो से ज़्यादा नहीं है कोई कहता बाईस होगा। तब तक किसी ने कहा- ''तराज़ू लायें?'' तराज़ू लाया भी गया, पर सभी लोगों ने कहा छोड़िये क्या फ़ायदा अब जो है उसी से काम चलाया जाये। ख़ैर विदाई सम्पन्न हुई।

विदाई भाषण में रघुबंश बाबू ने भूतपूर्व प्रधान की ख़ूब प्रशंसा की, उनके द्वारा किये गये कार्य की भी ख़ूब प्रशंसा हुई। उन्होंने कहा कि, एक शिक्षक का सबसे बड़ा धर्म है पढ़ाना और इस काम से भागते मैंने कभी भी रामतीरथ बाबू को नहीं देखा और हम सभी को यह सीख लेनी चाहिए।

प्रधान जी ने सभी शिक्षक और कर्मी को जैसे मिलाकर रखा उसी तरह नये प्रधान से आग्रह किया कि उसी तरह मिलकर चलें। विद्यालय परिवार में अगर किसी को काम पड़े तो वह कहाँ जायेगा, सर आप हमारे पहले पदाधिकारी हैं फिर कोई और पदाधिकारी। इस विद्यालय परिवार को आप जैसे चलायेंगे सभी लोग वैसे ही चलेंगे।

कुछ इंसान जन्मजात समस्या उत्पन्न करने वाले होते हैं, उनके मानस पटल पर अच्छी बातें कुछ ही दिनों के लिए विचरण कर पाती हैं, कुछ दिनों के बाद वह वहाँ नहीं ठहर पातीं क्योंकि उन्हें इस चीज़ का आभास हो जाता है कि हमें जो बिछौना मिला है उसके नीचे का गद्दा बुराइयों की रूई से भरा है।

प्रधान जी कुछ दिन तो ठीक रहे पर उनका दैनिक स्वभाव उनपर हावी होने लगा। फिर से शिक्षकों से झगड़ना, बच्चों का भी लिहाज़ नहीं करना, कहीं कुछ बोल देना, बच्चों से भी पान गुटखा मँगवा लेना, छोटे-छोटे कामों को भयावह करना, अनावश्यक बातें करना ये सभी बातें उनके स्वाभाव में और बढ़ती जा रही थीं।

इन्हीं कारणों से शिक्षकों को लोग मान सम्मान नहीं देते। एक वाक्य मुझे याद आया कि एक बार मैं रघुबंश बाबू और विनय जी कहीं से आ रहे थे, शाम का समय था कुछ महिलाएँ और लड़कियाँ बग़ल के खेतों में मल विसर्जन कर रही थीं। जब हम लोग नज़दीक आने वाले थे तभी किसी महिला ने कहा- ''अरे उठ जाओ देखो लोग आ रहे हैं।'' सब उठ गयीं और मुँह छिपा लीं। हम लोग जब आगे बढ़े तभी महिलाओं ने लड़कियों से कहा- ''तुम तो बोलीं लोग आ रहे हैं।''

लड़कियों ने कहा- ''हाँ देखी नहीं कुछ लोग यहाँ से निकले।'' महिलाओं ने कहा- ''पागल हो गयी है, आदमी थोड़े था वह तो मास्टर लोग थे।''

यही मर्यादा रह गयी है मास्टर की समाज में। सबसे नीचे के पायदान पर खड़ा, जिसको मन हो आते-जाते कुछ बात की घुट्टी पिलाते जाओ कोई अंतर नहीं पड़ेगा। ''पदाधिकारी को अपनी भड़ास निकालनी है तो मास्टर साहब हैं न। जनगणना करानी है, मास्टर साहब हैं न। चुनाव कराना है मास्टर साहब हैं न। अनाज बाँटना है, मास्टर साहब हैं न। स्वास्थ्य कार्ड बनवाना है, मास्टर साहब हैं न। पोषाहार बाँटना है, मास्टर साहब हैं न। बी.एल.ओ. का कार्य है, मास्टर साहब हैं न। जनता को जागरूक करना है, मास्टर साहब हैं न। सरकारी नियुक्ति के लिए फ़ॉर्म छाँटना है, मास्टर साहब हैं न। खेल करवाना है, मास्टर साहब हैं न। आपदा आ गयी है, निपटना है, मास्टर साहब हैं न। बाढ़ आ गयी है, पन्नी बँटवाना है, मास्टर साहब हैं न। आग लग गयी है, राशन बँटवाना है, मास्टर साहब हैं न।''

यहाँ तक तो बात समझ में भी आती है पर एक बार तो हद हो गयी जब एक पदाधिकारी ने आदेश निकाला कि सुबह-सुबह जो लोग सड़क किनारे बाहर में शौचालय जाते हैं, उन्हें गुलाब का फूल दीजिये और उनका फ़ोटो खींचकर उस पदाधिकारी को फ़ोटो भेजिए। कहने का मतलब मास्टर उस प्रजाति का नाम है, जो सर्व गुण संपन्न होते हैं। आप अपनी सुविधानुसार जैसा काम वैसा लाभ ले

सकते हैं।

मेरे मन में वह सभी बात नाच रही थीं। अब प्रैक्टिकल परीक्षा के दिन प्रधान जी ने हमें बुलाया और कहा- "सर आप दोनों आदमी को विज्ञान में और दो लोगों को सामाजिक विज्ञान में दे देते हैं।" अब हम पाँच लोग मैं, सुभाष जी, गणित शिक्षक, मुखविलास सिंह और प्रभाकर जी बैठे थे।

प्रवीण जी ने रजिस्टर में अपना नाम नहीं देखा, दूर से ही गाली देते हुए प्रधान जी के पास दौड़ते हुए आये और बोले "आपने मेरा नाम क्यों नहीं दिया प्रैक्टिकल लेने में?"

प्रधान जी बोले- "अरे आप तो संघ के काम से व्यस्त रहते हैं, इसलिए सोचे आप समय दे पाईयेगा कि नहीं इसलिए आपका नाम नहीं दिया।"

प्रवीण जी बोले- "हम सब समझते हैं, आपने जान बूझकर ऐसा किया होगा। कान खोलकर सुन लीजिये यह जो सोचियेगा अकेले सब खा लेंगे यह नहीं चलने वाला है। हम भी संघ का बहुत बड़ा पोस्ट होल्ड करते हैं।" प्रधान जी बोल पड़े- "हाँ हमें पता है आपके बारे में भी और आपके संघ के बारे में भी।"

"क्या पता है आपको?"

प्रधान जी ने तुरंत उत्तर दिया- "यही कि हर एक काम में आप लोग दलाली करते हैं।" प्रवीण जी बिफर गये- "बोलने लगे यही पता है आपको। आप लोगों को फ़ायदा मिल गया इसलिए!" अब प्रधान जी बोलने लगे- "अरे हमें इस संघ ने क्या दिया है, एक बार संघ के बातों में आकर हड़ताल कर दिये थे, तीन महीने में दस रुपया बढ़ा था और उस तीन महीने का वेतन निकालने में नानी याद आ गयी थी। हमें मत पढ़ाइये, जाइये अपने नियोजित शिक्षकों को बरगलाईयेगा और डर दिखाईयेगा। मैं आपके महासचिव को भी अच्छे से जानता हूँ और यह भी जानता हूँ कि वह आप लोगों के हित की बात कभी नहीं करेगा, चूँकि आपसे उनको वोट लेना होता है इसलिए आपको तरह-तरह के लुभावने नारे देंगे और शाम में मुख्यमंत्री के साथ नाश्ता करेंगे। आपके अध्यक्ष और महासचिव के सगे संबंधी या फिर उन्हें कहीं से टिकट मिल जायेगा फिर आपकी बात अन्दर रह जायेगी और उनकी बात ऊपर।"

बात तो वो बिल्कुल सही कह रहे थे पर उनके कहने का तरीक़ा ऐसा था कि किसी को बुरा लग जाये। इसलिए प्रवीण जी ने ज़ोर से कहा- "आप मुझे

नहीं जानते हैं, सभी नियोजित को एक कर लेंगे और आपकी बोलती बंद करेंगे।''

प्रधान जी बोले- ''पहले आप संघ के स्वरूप को जानिये फिर हमसे बात करिए। अरे आपका संघ तो लोगों को मूर्ख बनाने के लिए है। झूठ-मूठ का ऊपर से नीचे विभिन्न पद को बाँट देते हैं, अगर सभी पद को जोड़ दिया जाये तो जितने लोग उतने पद होते हैं और सिवाय सचिव के सभी पद झुनझुना वाला होता है और आप बन भी गये तो क्या होगा शिक्षकों का कोई भी काम करने के लिए तो ये संघ रह नहीं गया है।

वैसे भी अब संघ पर से लोगों का विश्वास उठ-सा गया है। अगर संघ का पहले फ़रमान होता था तो सभी हड़ताल पर चले जाते थे, अब तो संघ की बात भी कोई नहीं मानता है और उसमें भी आप जैसे मौक़ापरस्त लोग जायेंगे यह कहकर कि मैं संघ का पदाधिकारी हूँ और आपसे दुश्मनी साधूँगा तो आप ही समझिये क्या होगा।

प्रवीण बाबू आपने तो कुंदन जी को देखा है, आप ही लोगों में से है- एक बार उनके मन में विचार आया कि संघ का चुनाव लड़ें और शिक्षक लोगों के हित की बात करें पर क्या हुआ आपको तो पता ही है! उन बेचारो को आपके वोट से जीते ज़िला पार्षद और राज्य पार्षद ने वोट ही नहीं दिया उन्हें कुल वोट आया ''चार''। यही तो है आपका संघ जिसमें आपको अधिकार ही नहीं है कि आप उन्हें सीधा वोट करें। आपका संघ जाति का खेल खेलता है तो भला शिक्षक का कल्याण कैसे होगा। आप लोगों ने उनका साथ नहीं दिया आप लोगों ने अपने जाति को वोट दिया। उस समय अगर आप लोग चाहते तो आप लोग जीत सकते थे पर आप लोगों ने अपने पेट से ऊपर जाति को समझा तो आप लोगों को भला क्या मिलने वाला है।''

प्रवीण जी बोलने लगे- ''अरे संघ नहीं भी देगा तो आपको क्या लगता है कि हम लोग नहीं लेंगे? आपको क्या लगता है हम लोग बैठे हैं? अरे हम लोगों ने न्यायालय में मुक़दमा भी किया है, ''समान काम का समान वेतन''।''

प्रधान जी बोले- ''समान काम का समान वेतन लेंगे, कुछ भी नहीं मिलेगा आप लोगों को।''

प्रवीण जी बोले- ''ये बात आप क्यों कह रहे हैं? आप लोगों से हम लोग किस चीज़ में कम हैं, डिग्री आपसे ज़्यादा लेकर बैठे हैं, सरकार ने परीक्षा ली,

हम उसको भी पास कर लिये। इतने दिनों से पढ़ा रहे हैं अब क्या चाहिए सरकार को और आप लोगों को क्या परेशानी हो रही है। चुपचाप हम लोगों का साथ दीजिये या फिर मुँह बंद रखिये नहीं तो...'' प्रधान जी बोले- ''नहीं तो... क्या?''

''जानना चाहते हैं तो सुनिए वो बाँस देख रहे हैं, इधर से डालेंगे उधर से निकाल देंगे, बक-बक किये जा रहे हैं।''

हल्ला सुनकर सभी लोग वहाँ आ गये हम लोगों ने प्रवीण जी को शांत किया और बताया- ''भाई क्यों आप उनसे उलझ जाते हो।'' प्रधान जी ने ग़ुस्सा कर कहा- ''आप लोग चुप रहिये, ये समझते क्या हैं अपने आपको। अपने तो एन.आई.ओ.एस. की परीक्षा में किसी को सटने नहीं दिये, सब अकेले सर्वग्रास किये और बात बनाते हैं।''

प्रवीण जी बोलने लगे- ''अरे उसमें किसी ने साथ भी दिया था क्या? सरकार ने हमें दिया ही था खाने के लिए, तो खाते नहीं।''

पता नहीं हमें भी सरकार की उस योजना पर हँसी ही आती है। सरकार ने अपने शिक्षकों को प्रशिक्षित किया नहीं और प्राइवेट संस्थाओं के लिए नियम लागू ही नहीं कर पायी, मजबूरन न्यायालय ने उन्हें वैसे शिक्षकों को हटाने के लिए कहा और संस्थान के मान्यता रद्द करने की धमकी दी तो सरकार ने एन.आई.ओ.एस. के माध्यम से सभी शिक्षकों को डिग्री बाँटने के लिए एक अभियान चलाया।

अब दौर चला किसी भी प्राइवेट संस्थान से सर्टिफ़िकेट बनाने का। किसी-किसी ने बहुत सारे पैसे लेकर, तो किसी ने कम में ही सर्टिफ़िकेट बाँटना उचित समझा। अब शिक्षा विभाग ने अपने आदमी फ़िट किये, क्योंकि प्रत्येक दो सौ बच्चे पर एक को ऑर्डिनेटर नियुक्त करना था और उसके एवज़ में अच्छी ख़ासी रक़म जमा करनी थी। वही हुआ भी जिसकी जैसी पैरवी, वैसा उसको केंद्र मुहैया कराया गया।

दौर चला असाइनमेंट जमा करने का, पैसा फेंको तमाशा देखो, समस्या समाधान के लिए कक्षा का आयोजन हुआ पर वह कक्षा कम उपस्थिति बनाने का स्थल ज़्यादा प्रतीत हुआ। अगर कोई न आये, कोई बात नहीं बस एक नीली या पीली बत्ती ख़र्च करो आपका काम पक्का। वैसे भी वहाँ महत्तम लोग ऐसे थे जो न तो कहीं शिक्षक-शिक्षिका थे न ही उन्होंने ख़ुद कभी वर्ग किया था। अंततः

ख़ूब पैसे लुटे और लुटाये गये। उसी बात का ज़िक्र प्रधान जी ने प्रवीण जी से किया।

मैंने उन्हें शांत कराया, प्रधान जी को भी कार्यालय ले गया। प्रवीण जी अभी भी बोल रहे थे- "अरे ये पुराने लोग क्या बोलेंगे इन लोगों को कुछ आता भी है भला।" तभी फिर प्रधान जी आ गये बोलने लगे- "अपने मन से कह देने से कुछ होता है क्या?" तभी उन्हें याद आया कि आज के "हिन्दुस्तान" में निकला है कि "नियोजित पास, नियमित अनुत्तीर्ण"।

प्रवीण जी ने उस समाचार को पढ़ा तो उन्हें तो मानो लॉटरी मिल गयी। उन्होंने पेपर लेकर प्रधान जी के मुँह की तरफ़ दे मारा और कहा- "ज़रा इस समाचार को पढ़िए।" वास्तव में सरकार ने जानना चाहा कि नियमित शिक्षक, नियोजित शिक्षक से कितने अधिक तेज़ हैं। इसके लिए उसने एक प्रश्नपत्र का निर्माण किया और सभी को टेस्ट देने के लिए कहा।

नियमित शिक्षकों ने उसमें भाग लेने से इंकार कर दिया। फिर पदाधिकारियों ने दिमाग़ लगाया, उन्होंने कहा कि जो इस टेस्ट में भाग लेंगे उन शिक्षकों को पाँच सौ रुपये मिलेंगे और पास एवं अनुत्तीर्ण से कोई अंतर नहीं पड़ेगा। अब तो सभी ख़ुश और परीक्षा में बैठ गये। जब परिणाम आया तो सभी नियमित शिक्षक अनुत्तीर्ण हो गये सिवाय एक को छोड़कर और सभी नियोजित पास हो गये सिवाय एक को छोड़कर।

मैंने प्रधान जी को समझा-बुझाकर बाहर भेज दिया, प्रवीण जी भी कुछ देर रहे फिर जाने लगे।

मैंने कहा- "प्रवीण बाबू आप निश्चिंत रहें, जैसा होगा वह आपको बता दिया जायेगा।" अब हम पाँच लोग बच गये। मैंने सबसे पहले गणित शिक्षक से पूछा- "सर आपकी क्या राय है?" फिर सामाजिक विज्ञान विषय के दोनों शिक्षकों से पूछा। सबने कहा- "जो आपकी राय है वही करिए।" मैंने कहा- "सर आप लोग सोच लिये हैं न! ऐसा नहीं कहियेगा कि सर के चलते ऐसा हो गया।"

सभी ने कहा- "नहीं सर।" मैंने कहा- "तो सुनिए इससे पहले भी मैं जिस विद्यालय में था उसमें भी मैं किसी से कुछ नहीं लेता था। शुरू में तो मैं लाठी लेकर बैठता था कि न लेंगे न किसी को लेने देंगे पर जब सामाजिक विज्ञान में भी प्रैक्टिकल होने लगा तो सभी शिक्षकों ने कहा कि अपने साथ हम लोगों को क्यों

सानते हैं। मैंने भी सोचा जब रहना इसी तालाब में है तो भला मगर से कितना बैर पर मेरा मन कभी भी गंदा काम करने के लिए तैयार नहीं था। तब मैंने निर्णय किया कि मेरा हिस्सा जो भी मिलेगा उसका मैं कुछ सामान ख़रीदकर विद्यालय को दे दूँगा।

मैंने वही किया, विद्यालय को कभी साउंड बॉक्स तो कभी एम्पलीफ़ायर तो कभी विज्ञान प्रयोगशाला के कुछ सामान ख़रीद कर दे दिये। कभी भोज हुआ तो कभी किसी सांस्कृतिक आयोजन में ख़र्च कर दिया गया, पर मैंने कभी भी दूसरे शिक्षक को बाध्य नहीं किया कि आप भी उसमें मदद करो। हाँ, कभी अगर सामाजिक विज्ञान वाले को भी मदद करना हुआ तो मैंने उनका स्वागत किया। मुझे याद है जब हमने अपने बाल सांसद को ध्वनिविस्तारक यंत्र दिया था तो उनकी ख़ुशी देखने वाली थी।

बच्चों का जब भी मन होता, अपने संसद का आयोजन करता। एकदम सभी सीट के लिए गुप्त तरीक़े से मतदान होता फिर मंत्रिमंडल का विस्तार होता। यह जानकर आपको आश्चर्य होगा, हमारे अच्छे कर्म का प्रभाव उस इलाक़े पर इतना था कि चोर भी नहीं चोरी करता। हमारे विज्ञान रूम में वैसे ही एक लिंक के छोटे ताले की मदद से सारा सामान रखा रहता।''

इसलिए मेरा मन ग़लत करने का नहीं करता है। अब इस बार हमसे पूछियेगा तो मैं कहूँगा सर मत लीजिये एक भी पैसा क्योंकि एक तो हमें सर बहुत ख़राब लगता है कि जिस बच्चे से सब दिन नैतिकता की बात करें और उसी से कहूँ तुम पैसा दे दो। सर मुझे बहुत बुरा लगता है, जब भी मैंने ऐसा किया है तो कभी भी पैसे को हाथ नहीं लगाया है न ही रखा है।

आपको आश्चर्य होगा एक बार हमारे साथ एक विज्ञान के शिक्षक थे, मैंने कहा कि आप ही रुपया रखिये मुझे कोई मतलब नहीं। उन्होंने जो रखे हों मुझे उन्होंने कहा कि सर तीन हज़ार आपके लिए हैं। फिर उन्होंने कहा, सर मैं इसे एल.आई.सी. में जमा कर दूँ, चूँकि उनकी पत्नी उसमें काम करती थीं।

मैंने कहा ठीक है आप कर दीजिये। उन्होंने मुझसे कहा, सर आपको तो कम से कम दस हज़ार चाहिए, आपको सात हज़ार और देने होंगे मैंने उन्हें सात हज़ार अपने वेतन से दे दिये और तीन हज़ार निकालकर विद्यालय के लिए कुछ सामान ख़रीदकर लगा दिया।

जानते हैं सर उस महानुभाव ने उस पैसे को चिट फ़ण्ड कम्पनी में लगा

दिया और वो पैसा डूब गया। मैंने उसी दिन निर्णय कर लिया था कि मुझे कभी भी ग़लत पैसा नहीं कमाना है। भले लोग नहीं समझते हों पर यह सत्य है कि ग़लत पैसा ग़लत में ही जाता है और आपको उससे दोगुना का घाटा दे जाता है, आपने अपनी आँखों के सामने पर्दा ही क्यों न डाल लिया हो। हाँ, अंक सभी बच्चों को अच्छे ही देने हैं, किसी को भी कम अंक नहीं देंगे।

अब योजना बन चुकी थी, मैंने प्रैक्टिकल के दिन कमान सँभाल ली थी। मैं रामतीरथ बाबू और मुखविलास बाबू के साथ प्रैक्टिकल लेने के लिए बैठा ही था कि प्रधान जी नारद मुनि की तरह विज्ञान कक्ष में प्रवेश किये। आने के साथ बोले-

"कुंदन जी, मीनू मैडम भी यहीं बैठेंगी।"

मैंने एक बार कहा कि सर कोई आवश्यकता तो नहीं है, हम तीन लोग ही काफ़ी हैं। तभी प्रधान जी बमक गये।

"है, आप लोग जो चाहियेगा वही होगा क्या! अकेले में इधर-उधर करियेगा ऐसा नहीं होने देंगे।"

अब प्रभाकर सर बोलने लगे- "चोर को सब चोर ही दिखता है। अपने जैसे बेईमान समझते हैं।" मैंने इशारा किया "चुप रहिये न।"

कुर्सी के लिए जगह तो थी नहीं फिर भी मैंने कहा- "आइये मैडम बैठ जाइये।"

मैडम बोलीं- "कोई बात नहीं मैं बेंच पर ही बैठ जाऊँगी।"

प्रभाकर सर ने तभी टोन मारा- "अरे अभी तो मैडम नीचे भी बैठ जायेंगी।"

मैडम ने हँसते हुए कहा- "हाँ-हाँ प्रभाकर सर सही कह रहे हैं। मान लीजिये बच्चों को बैठने के लिए जगह नहीं मिलेगी तो नीचे में भी बैठ सकते हैं न।"

प्रभाकर सर ने कहा- "काश! मैडम यही सोच आपकी दूसरे दिन भी हो जाये तो क्या बात होगी। ख़ैर चलिए कम से कम इतनी बात मन में तो आयी।" तभी रामतीरथ बाबू बोले- "अरे ये तो लक्ष्मी जी का प्रभाव है।"

मैडम बोलीं- "हाँ सर सही कह रहे हैं, दो रुपया का लोभ किसको नहीं

होता है, सब चाहते हैं दस रुपया हो।'' तभी मैंने कहा- ''पर मैडम यहाँ तो मैंने बस सरस्वती जी को ही जगह दी है।''

''मतलब नहीं समझी मैं।'' मैंने कहा- ''सब समझ में आ जायेगा।''

अब हम लोगों ने प्रैक्टिकल की परीक्षा शुरू कर दी थी। पहला लड़का आया उसके हाथ में प्रैक्टिकल नोटबुक थी। रामतीरथ बाबू ने पूछा- ''बताओ कितने प्रयोग तुम स्वयं कर सकते हो?'' उस बच्चे ने कहा- ''सर दो।''

''अच्छा बाक़ी क्यों नहीं?''

वो घुरमुराकर बोला-''सर क्योंकि सर...''

तभी मैंने कहा- ''क्या सर?'' क्योंकि सर बोले जा रहे हैं।

मैंने पूछा- ''अच्छा बताओ भारत के उप राष्ट्रपति का क्या नाम है?'' वह बोला ''सर नितीश कुमार।''

मैंने कहा- ''पक्का नितीश कुमार ही न?'' और मैडम की तरफ़ देखने लगा। वह बोला- ''जी सर।''

तभी मैडम बोलीं- ''अरे तुमको इतना भी पता नहीं है।''

मैंने कहा- ''मैडम बता दीजिये इसे इतना भी पता नहीं है।''

मैडम बोलीं- ''नरेन्द्र मोदी, यह तो बच्चे-बच्चे को पता है बकलोल कहीं का!''

अब प्रभाकर सर को हँसी आ गयी, बोलने लगे- ''कौन बकलोल, यह तो कुंदन जी ही बता सकते हैं।''

मैंने हँसते हुए कहा- ''अरे छोड़िये मैं बकलोल।''

मुझे उस मैडम की याद आ गयी जो हमारी संबंधी थीं, जिनके बारे में बच्चों ने लिखा था कि इस विद्यालय में तीन शिक्षक एक मैडम और तीन गदही हैं। मुझे वो मैडम रास्ते में मिलीं तो मैंने पूछा- ''क्या हाल है मामी?'' तो वह बोली- ''क्या रहेगा, आज बच्चा सब बोर्ड पर लिख दिया था कि यहाँ तीन गदही हैं।'' मैंने पूछा कि आपने पिटाई नहीं की उस बच्चे की? तो वह बोलीं ''क्या पिटाई करते भला, उसकी क्या ग़लती है, हम लोग को कुछ आयेगा तब न पढ़ायेंगे।'' उनकी बात सुन मुझे भी हँसी आ गयी थी।

रामतीरथ बाबू बोले- ''कुछ विज्ञान से पूछिए न इसका विज्ञान अच्छा है।''

मैंने पूछा- ''अच्छा बताओ बच्चा तुम्हारा ब्रेन बायें पैर में है या दायें पैर में?''

बच्चा कुछ देर सोचा और बोला- ''सर दायें पैर में।''

मैंने कहा- ''सोच लो बायाँ या दायाँ? अभी समय है।''

वह कुछ देर सोचा फिर बोला- ''सर दायें पैर में न होगा।''

मैंने कहा- ''ठीक है, जाओ।'' वह जाने लगा तभी मैडम ने उनसे रुकने को कहा। मैंने कहा- ''जाने दीजिये मैडम उसने हस्ताक्षर कर लिया है।'' तभी मैडम बोली- ''और सर वो...''

मैंने पूछा- ''वो क्या?''

मैडम बोली- ''अरे जा रहा है अब तो कुछ दक्षिणा देते जाओ।''

मैंने कहा- ''माफ़ करेंगे मैडम, मुझे ऐसी दक्षिणा नहीं चाहिए जो बेईमानी के ताज पर टिकी हो।''

मैडम ने कहा- ''अरे सर इसमें बेईमानी क्या, बच्चे तो अपने मन से देते हैं न और वैसे भी आज तो इन बच्चों की आख़िरी परीक्षा है।''

मैंने कहा- ''देखिये मैडम बच्चे हैं, ये लोग कहाँ से पैसे लायेंगे और इनके पैसे से हम लोग धनी नहीं हो जायेंगे न।'' बच्चा जो तभी से वहाँ खड़ा था उसे मैंने जाने को कहा। बच्चा ख़ुशी-ख़ुशी कमरे से बाहर निकला। उसकी ख़ुशी उसके मुख से निकलकर वातावरण में फैल चुकी थी, सभी बच्चों से उसने कहा- ''सर ने पैसे नहीं लिये कितने अच्छे हैं हमारे सर वरना मैंने तो यही सुना था दस रुपया के दर से अंक मिलते हैं।''

''क्या मतलब?'' किसी बच्चे ने पूछा। तो वह बोला- ''अरे बुडबक बीस अंक हैं न दौ सौ रुपये लगते थे, तो हुआ न दस रुपये अंक।'' उन्हें बात समझ में आ गयी थी।

सभी बच्चे ख़ुश हो गये किसी ने कहा- ''चलो इस पैसे से पार्टी करेंगे'' किसी ने कहा- ''नहीं-नहीं मैं तो मम्मी को लौटा दूँगा वह तो चाची से माँगकर मुझे दी थी।''

किसी ने कहा- ''अरे क्या ज़रूरत है इतना साधू बनने की, पापा तो पैसा दे ही दिये हैं अब पापा थोड़े सर से पूछने आयेंगे।''

किसी ने कहा- ''मैं पैसे के अभाव में मॉडल पेपर नहीं ख़रीद पाया था,

अब मैं इस पैसे से वो ख़रीद लूँगा।''

कुछ बच्चों ने कहा- ''अरे सर पैसा नहीं लिये तो क्या, आज तो सच में हम लोग विद्यालय छोड़कर जा रहे हैं चलो ऐसा करते हैं हम लोग थोड़े-थोड़े पैसे जमा करते हैं और सर लोगों के लिए नाश्ते पानी का प्रबंध करते हैं।'' कुछ बच्चे बाज़ार चले गये।

इधर मैडम तो ग़ुस्से से आँखें लाल पीला कर बड़-बड़ किये जा रही थीं। फिर वापस कमरे में आयीं और बोलीं- ''अरे कुंदन जी आप तो नवका हीरो बने हैं, सच में बताइये सब सुखले-सुखले काम होगा?''

मैंने कहा- ''हाँ।'' मैडम ग़ुस्सा गयीं बोलीं- ''बिना गंध स्वाद का मुझे नहीं है काम करना।''

प्रभाकर सर बोले- ''तो किसने कहा था आपको आने के लिए?''

मैडम बोलीं- ''अरे हेडमास्टर पागल है, उसने ही हमको भेजा था कि जाइये हिसाब-किताब देखते रहिएगा, आपको उसका अलग से मिलेगा।''

''तो जाइये न उनसे माँग लीजियेगा।'' प्रभाकर सर बोले।

''आप भी तो हद करते हैं, आपको पता नहीं है क्या कि ये कैसे प्रधान हैं, चप्पल अगर टूट जाये तो उसमें चिपड़ी डलवाते हैं। नाश्ता कोई माँग न लें इसलिए बेचारे मुँह बंद करके चुपचाप खाते हैं ताकि आवाज़ न निकले और आप कहते हैं कि उनसे माँग लीजियेगा। अरे आप इन्हें नहीं जानते हैं अगर दूध में मक्खी गिर जाये तो मक्खी को भी चूस लेते हैं कि कहीं दूध उसमें न चला जाये। थोड़ी बहुत आस थी भी तो आप लोगों पर...'' यह कहकर मैडम चुप हो गयी।

यह देखकर प्रभाकर जी बोले- ''पर क्या मैडम?''

मैडम ग़ुस्से में बोलीं- ''देख नहीं रहे हैं साधु महात्मा को, ऐसा हिसाब लगाये कि यहाँ तो चाय पर भी आफ़त है। एक महात्मा रहे तब न। यहाँ ये जो आर्यभट्ट साहब हैं इनका गणित तो और कमज़ोर है ये क्या हिसाब करेंगे, पूरे बुड़बक हैं।''

रामतीरथ बाबू बोले- ''अरे मैडम आपको तो पता ही है मैं प्रभारी प्रधान का पद छोड़कर यहाँ आया हूँ, मुझे पैसा कमाना रहता तो मैं वहीं बने रहता।''

''हाँ, आपकी बात तो समझ में आती है आप विद्यालय सेवा बोर्ड से हैं

आपको बहुत वेतन मिलता है, पर ये कुंदन जी क्यों आपके साथ शामिल हो जाते हैं। आख़िर इन्हें अपने पद का ध्यान है भी कि नहीं। अरे कुंदन बाबू लाख कुछ भी कर लीजियेगा आप नियोजित ही कहलायेंगे, अपने तो अपने, अपने साथ इन लोगों को क्यों शामिल कर लेते हैं।''

कुंदन जी, सुभाष जी और प्रभाकर जी की तरफ़ देखने लगे। मुखविलास बाबू की तरफ़ देखकर मैडम बोलीं- ''देखिये न इन लोगों को कैसे इनके पीछे नढिया के जैसे हुआ हुआ कर रहे हैं।''

मैं तो उनकी बात सुनकर कुछ देर के लिए सन्न हो गया कि क्या किया जाये, पर मैंने कुछ देर सोचने के बाद कहा- ''अरे मैडम आप उन बच्चों को देखिये कितने ख़ुश थे।''

मैडम बोलीं- ''अरे क्या देखेंगे, इसमें से बहुत सारे ऐसे बच्चे हैं जिसे मैंने आज तक नहीं देखा है।''

प्रभाकर सर बोले- ''बात तो मैडम सही कह रहीं हैं।'' मैडम को तो लगा कि तीर सही निशाने पर लग रहा है। फिर बोलीं- ''देखिये इन लोगों पर क्या दया, जो बाहर में हमें पहचाने तक नहीं।''

मैंने कहा- ''यही तो मौक़ा है कि जो बच्चे आज तक नहीं आये हैं वह भी देख लें कि उसके विद्यालय आने नहीं आने से क्या खोया और क्या पाया।''

मैडम ने देख लिया कि यहाँ दाल नहीं गलने वाली है तो वह वहाँ से उठकर चलीं गयीं, सीधे प्रधान जी के पास। हम लोगों ने कुमोद जी को उनके पीछे भेजा कि देखिये वह कहाँ गयी है। कुमोद जी कमरे के बाहर खड़े होकर सुनने लगे क्या बातें हो रही हैं।

मैडम जी यहाँ से जाते ही बोलीं- ''सर कुंदन जी पता नहीं कौन पत्थर के बने हैं, पिघलने का नाम ही नहीं जानते हैं।'' ''क्या हुआ मैडम जी?'' सर ने पूछा।

मैडम बोलीं- ''सर हमने लाख कोशिश की पर कुंदन जी पर कोई असर नहीं हुआ। अब आप ही कुछ करिए।''

प्रधान जी बोले, ठहरिये मैं देखता हूँ। तभी कुमोद जी ने कुंदन जी को सारी बातें विस्तारपूर्वक बता दी थीं। सभी सतर्क तो थे ही।

प्रधान जी विज्ञान कक्ष में एक बार फिर प्रकट हुए। कुंदन जी ने तब तक

मन में योजना बना ली थी, जैसे ही प्रधान जी आयें, उन्होंने सभी बच्चों को ताली बजाने को कहा। सभी बच्चों ने ताली बजाना शुरू किया।

कुंदन जी खड़े हुए और बोले- "बच्चो, तुम लोग प्रधान जी को धन्यवाद दो आज इनके कारण से तुम लोग बिना पैसे ख़र्च किये प्रायोगिक परीक्षा में सफल होने जा रहे हो। प्रधान जी हैं ही ऐसे, इनसे आप बच्चों का दुःख देखा नहीं जाता। जैसे ही हमने सर से तुम लोगों के बारे में बात की सर तुरंत पिघल गये और बोले बच्चे तो हमारे ही हैं न, हम एक भी पैसा नहीं ले सकते और तुरंत सर ने हमें आदेश दिया कि बच्चों की प्रायोगिक परीक्षा बिना लेन-देन के संपन्न कराइये; इतने अच्छे हैं हमारे सर। पर... हाँ तुम लोग अच्छे से पढ़ना और जब बड़े आदमी बन जाओगे तो सर को भूलना नहीं।"

तभी प्रभाकर सर ने कहा- "बच्चो तुम लोग शांत रहो, अब प्रधान जी तुम लोगों को संबोधित कर आशीर्वचन देंगे और यह बतायेंगे कि सर ने क्यों निश्चय किया कि हम लोग इस बार बिना दान-दक्षिणा के प्रायोगिक परीक्षा लेकर एक अच्छा सन्देश देंगे।"

अब तो प्रधान सर की वही स्थिति थी जो इस लोकोक्ति को चरितार्थ कर रही थी कि "आये थे हरि भजन को ओटन लगे कपास।"

सर ने बोलना शुरू किया- "अरे बच्चों मैंने तो सदा तुम्हारा भला ही चाहा है, हमें कभी किसी तरह का लोभ नहीं रहा है। मैं तो शुरू से ही कह रहा था कि प्रायोगिक परीक्षा में फ़्री सेवा देनी है। वो तो मैडम को थोड़ा-सा लोभ था इसलिए बोल रहीं थीं, नहीं तो हमको बहुत बुरा लगता है किसी बच्चे से पैसा लेना।"

तभी मैडम बोल उठीं- "मैंने कहा था कि आप बोल रहे थे? आप ही ने मुझे भेजा था न कि जाइये कोई जुगाड़ करिए ताकि कुंदन जी को डुलाया जा सके और मैंने कोशिश भी की, वो तो कुंदन जी को धन्यवाद दीजिये कि लाख कोशिश के बाद भी वे टस से मस नहीं हुए। सभी बच्चों से मैं कहती हूँ आप इनकी बातों में छिपे झूठ को पहचानें, अरे ये तुम्हारा कभी भला नहीं चाहते हैं इस बार भी इन्होंने बहुत कोशिश की, किसी तरह बच्चों से आमदनी करें।

हाँ, मेरे भी अन्दर लोभ छिपा था क्योंकि मैंने अक्सर प्रधान को चोरी करते देखा है तो मेरे अन्दर भी पाप आ गया कि मैं भी कुछ कमा लूँ पर आज मैंने कुंदन बाबू से सीखा है कि ईमानदारी में कितनी बड़ी ताक़त होती है। अगर एक ईमानदार व्यक्ति चाहे तो अकेले दुनिया से लड़ सकता है और अगर एक शिक्षक

ईमानदार हो जाये तो उसके लिए ब्रह्माण्ड भी छोटा ही पड़ेगा। इसलिए आप लोग सर के प्रश्नों का जवाब दो और अच्छे अंक पाओ मैं इसकी गारंटी लेती हूँ।''

अंततः प्रायोगिक परीक्षाएँ संपन्न हुईं।

अब हम लोगों का नाम वीक्षक की लिस्ट में था, जहाँ हम लोगों को इंटरमीडिएट और मैट्रिक परीक्षा को संपन्न करवाना था। पर वहाँ का नाम सुनते ही अच्छे-अच्छों की परेशानी बढ़ जाती है क्योंकि आठ घंटे की ड्यूटी और पैसे के नाम पर पचास रुपये। अब आप सोच सकते हैं कि कौन इतने कम पैसे में काम करना चाहेगा, कोई काम भी करता है तो डर से, मन से तो कोई काम नहीं करेगा। उसी काम के दूसरी परीक्षा में वीक्षक को पाँच सौ रुपये से हज़ार रुपये मिलते हैं।

आपको जानकार आश्चर्य होगा मेरे केन्द्राधीक्षक जो एक जुवाया हुआ प्रधान था उसने तो हद ही कर दी। सभी वीक्षकों के नाश्ते के पैसे काट लिये और नाश्ते के नाम पर मुरही सामने रख दिया, हाँ उसमें कहीं-कहीं दालमुट के दाने दिखाई पड़ जाते थे मानो बादल भरी रात में कभी-कभार तारे दिख जाते हों।

मैंने कई बार वीक्षण के लिए दिये जा रहे मानदेय के प्रति बोर्ड को अवगत कराया पर उनके कान से बात ऐसे निकल गयी जैसे हवा पौधे को झुकाकर आगे निकल जाती है।

मैंने इस बात की चर्चा जब रघुबंश बाबू से की तो वह सीधा बोले- ''अरे सर आप भी कभी-कभी अपने अस्तित्व को अच्छी तरह से नहीं समझ पाते हैं। दिनों-दिन देख रहे हैं न परीक्षा को कितना भयावह बनाते जा रहे हैं। हम शिक्षक को कौन देखने वाला, अब आपको एक घोषणा भरना पड़ता है कि मैंने सभी बच्चों की अच्छी तरह से तलाशी ली है और किसी के पास कोई चीट-पुर्ज़ा नहीं है, अगर उनके पास से चीट-पुर्ज़ा निकलता है तो आप ज़िम्मेदार होंगे। अब बताइये ग़लती करे वह और ख़ामियाज़ा किसी और को भुगतना पड़े।

कैसा यह तंत्र है, जो काम पुलिस प्रशासन का है वह काम अब शिक्षक करे, उसमें भी आप सोचें जिस कमरे में केवल और केवल लड़कियाँ होती हों और पुरुष शिक्षकों को यह लिखकर देना पड़े कि हमने इन लोगों के देह की तलाशी ली और इनके पास कोई चीट-पुर्ज़ा नहीं है, यह किसी अजूबे से कम नहीं है।

चोरी करना जो अपना जन्म सिद्ध अधिकार समझते हों वहाँ भला कोई क्या कर सकता है। पर हम शिक्षक उसे इस शर्त पर करते हैं कि वीक्षक की ड्यूटी ख़त्म होते ही बाहर उनकी अच्छी ख़ासी क्लास उन बच्चों के अभिभावकों के द्वारा ली जा सकती है, अगर हमने परीक्षा में ढिलाई नहीं बरती। इधर तरह-तरह के फ़रमान निकलते हैं बच्चों को परीक्षा में जूते पहनकर नहीं आना है, तो घड़ी नहीं लाना है।

एक दिन तो हद हो गयी ठंड का मौसम और बच्चों की परीक्षा। ठण्ड से थर-थर करते बच्चे, उनके दांतों की किट-किट की आवाज़ सोचने के लिए मजबूर कर रही थी कि ये कैसा बर्ताव हम लोग इन बच्चों के साथ कर रहे हैं। सभी बच्चे खुले पैर और हम सभी वीक्षक जूते पहनकर आराम से विचरण कर रहे हैं, इतना ही नहीं सभी बच्चों के हाथ से घड़ी खुलवा ली गयी थी, इस नाम पर कि कहीं बच्चे नक़ल न कर लें।''

रघुवंश बाबू आगे बोले- ''जानते हैं सर ख़ामी निकालने से अच्छा है कि जड़ को ही काट दो, इसी सोच पर चल रही है हमारी शिक्षा व्यवस्था। अब बताइये परीक्षा वाले सभी कमरों में सी.सी.टी.वी. लगा है फिर आप बच्चों को क्यों परेशान कर रहे हो। आप चाहें तो कंट्रोल रूम से ही सभी की निगरानी कर सकते हैं, अगर कोई गड़बड़ी दिख रही है तो आप वहीं से उसे परीक्षा से निष्काषित कर दें।''

मैंने कहा- ''सही कह रहे हैं रघुबंश सर। मैंने भी ''नालंदा खुला विश्वविद्यालय'' से अपनी मास्टर डिग्री ली थी तो कुछ ऐसा ही हुआ था। मेरे बग़ल में एक छात्र था उसने जैसे ही कोशिश की नक़ल करने की कंट्रोल रूम से ही उसे निष्काषित कर दिया गया।

जानते हैं सर ग़लती हमारी ही है, अगर वीक्षक चाह ले और कोई चोरी कर ले यह संभव ही नहीं है। हम आप ही कुछ बच्चों को अपना मानकर उनकी मदद करते हैं और अन्दर-अन्दर काफ़ी ख़ुश रहते हैं कि मैंने उपकार किया है। इस काम को कुछ शिक्षक सस्ती लोकप्रियता के लिए करते हैं कि बाहर हमें अच्छी इज़्ज़त मिलेगी पर उन्हें यह नहीं पता होता है कि वह जिन बच्चों की परीक्षा में मदद करवाते हैं, वह बाहर उन्हें पहचानने के लिए भी नहीं तैयार हैं और आप ज़रा सोचिये उन बच्चों पर क्या बीतती होगी कि एक बच्चे को आप चोरी नहीं करने दे रहे हैं और दूसरे बच्चे को आप आकर बता रहे हैं।

इतना ही नहीं आपको जानकर हैरानी होगी सर, एक सर को मैंने देखा बच्चों को यह कहते हुए कि अपनी-अपनी उत्तर-पुस्तिका में कुछ पैसे डाल दो ताकि जब परीक्षक को वह पैसे मिलेंगे तो तुमको अच्छे अंक मिल जायेंगे।''

रघुबंश बाबू बोले- ''और बच्चों ने दे भी दिया?''

मैंने कहा- ''सर केवल दिया ही नहीं, दूसरों को भी दिलवाने के लिए प्रेरित किया।''

रघुबंश बाबू बोले- ''तो वह पैसा उन परीक्षकों को मिला कि नहीं?''

''आप भी क्या बात करते हैं कुंदन बाबू, वे लोग परीक्षा ख़त्म होने के बाद एक-एक उत्तर-पुस्तिका में से सभी पैसे निकाल लेते थे। पूरे परीक्षा केंद्र पर यही होता था। उधर परीक्षा केंद्र नियंत्रक सभी वीक्षकों को जल्दी से उत्तर-पुस्तिका जमा करने को कहते ताकि उत्तर-पुस्तिका को वे देख सकें और कुछ पैसे उन्हें मिल जायें। चपरासी से लेकर प्रधान तक उत्तर-पुस्तिका को खँगालना अपना कर्तव्य समझते और अगर इसके बाबजूद किसी की नज़र से बचकर परीक्षक के पास उत्तर-पुस्तिका चली जाती तो मूल्यांकन केंद्र पर जमकर नाश्ता चलता।''

रघुबंश बाबू ने पूछा- ''आपको कहीं हाथ लगा कि नहीं?''

मैंने कहा- ''हाँ सर, मेरे समूह में जो सह परीक्षक थे, उन्हें कई बार मिला था। मैं तो प्रधान परीक्षक था इसलिए मेरे पास तो उत्तर-पुस्तिका जँचने के बाद ही आती थीं।''

तभी रघुबंश बाबू बोले- ''पर मेरे जो प्रधान परीक्षक थे, वह तो सभी उत्तर-पुस्तिका को पहले जाँचते थे कि कितने पैसे निकलते हैं। सभी उत्तर-पुस्तिका को झाड़ने के बाद ही वह किसी को उत्तर-पुस्तिका देते थे।''

मैंने कहा- ''उस प्रधान परीक्षक की महानता के आगे तो महात्मा गाँधी भी कम पड़ जायेंगे।''

रघुबंश बाबू बोले- ''हमारे बच्चे जवाहर लाल नेहरू से कम हैं क्या! बच्चों ने अपना ट्रेंड ही बदल लिया।''

मैंने पूछा- ''क्या मतलब?''

रघुबंश बाबू बोले- ''अब उत्तर-पुस्तिका में बच्चों ने पैसा डालना छोड़ दिया और उसके जगह मोबाइल नंबर डालना शुरू कर दिया। उन शिक्षकों की

दाद देनी होगी जो उस मोबाइल नंबर पर फ़ोन करके बच्चों से अपना मोबाइल रिचार्ज करवा लेते।''

रघुबंश बाबू ने पूछा- ''आख़िर ऐसी स्थिति क्यों हो गयी श्रीमान कि बच्चों को चोरी करनी की आवश्यकता पड़ने लगी?''

मैंने कहा- ''रघुबंश बाबू सभी विद्यालय अपने जैसे नहीं हैं, और बच्चे तो किताब ख़रीदना भी नहीं चाहते। आजकल बाज़ार में तरह-तरह के गेस-पेपर और एटम-बम मिलते हैं, जो बच्चों के शत-प्रतिशत पास करने की गारंटी लेते हैं। अब सोचिये दस पन्ने की किताब और शत-प्रतिशत की गारंटी, भला वह क्यों विद्यालय आयें और मेहनत करें। अगर कुछ बच्चे विद्यालय आते भी हैं तो उन्हें बाँस देकर पास करने की आदत हो गयी है।''

मैंने पूछा- '' ''बाँस देकर'' पास करने का मतलब?''

रघुबंश बाबू बोले- ''देखिये सर हमारे साथ कुछ ज़मींदार के लड़के पढ़ते थे, वह कभी विद्यालय नहीं आते या आते भी तो अपनी मर्ज़ी से। जिस दिन विद्यालय परीक्षाफल लेने आते थे उस दिन दूर से बाँस लेकर उनका नौकर आता था। दूर से ही आवाज़ लगाता मास्टर साहब मैं बाँस लेकर आ गया हूँ।

मास्टर साहब बोलते, चलो तुम पास हो गये हो। हम दोनों ख़ूब हँसे। रघुबंश बाबू हँसते हुए बोले- ''बात वही है, अपने प्रधान बाँस के बदले लोहा लेने लगे हैं, मतलब लोहे का दाम लेने लगे हैं।''

हँसते हुए रघुबंश बाबू आगे बोले- ''अच्छा छोड़िये ये बताइये प्रधान जी का अब क्या हाल है?''

मैंने कहा- ''क्या होगा आपको लगता है कि वो बदलने वाले हैं। कहते हैं न ''कुत्ते की पूँछ लाख कोशिश के बाद भी टेढ़ी ही रह जाती है'', वही हुआ। दो चार दिन प्रधान जी ठीक रहे फिर वही स्थिति, अब उन्होंने देख लिया था कि विद्यालय में कमाना थोड़ा कठिन काम है इसलिए उन्होंने दूसरे तरफ़ का रास्ता खोजना शुरू किया।

अब उन्होंने विधायक के यहाँ लगातार दौड़ लगाई, अंततः एक दिन विद्यालय आने का आश्वासन मिला। प्रधान जी के मन में था कि विधायक जी आयेंगे तो कुछ फ़ंड देंगे और उसमें से मैं कुछ हाथ मार लूँगा। इसलिए उन्होंने कई लोगों से पैरवी करवाई, ख़ुद गये उससे भी नहीं हुआ तो उनके क्षेत्र के कई

सामाजिक कार्यकर्ता जिन्होंने उन्हें जीतने में मदद की थी, उनका भी सहारा लिया।

जिस दिन विधायक जी विद्यालय आने वाले थे, यह बात केवल उन्हीं को पता थी। उन्होंने किसी को भी नहीं बताया, उनके मन में था कि शिक्षक लोग पकड़ायें, ताकि उनके सामने अपनी शेखी बघारूँ। पर आज सभी लोग समय पर ही थे।

प्रधान ने मुखविलास बाबू को कहा- ''मरर आपका स्वास्थ्य ठीक नहीं लग रहा है, आप जाइए विश्राम करिए।''

मरर को देखकर ऐसा लगा कि वह इसके लिए तैयार बैठा हो, उसने कहा- ''हाँ सर, मेरी तबीअत ठीक नहीं लग रही है, मैं जा रहा हूँ। वो वहाँ से निकले और विधायक जी विद्यालय पहुँचे। आने के साथ उन्होंने विद्यालय को घूमकर देखा फिर सर से पूछा- ''विज्ञान कक्ष किधर है?'' सर उन्हें आदरपूर्वक विज्ञान कक्ष ले गये मैं यहाँ बाहर ही था।

विधायक जी ने विज्ञान कक्ष को देखा और कहा- ''वाह! यह तो सुसज्जित है।'' फिर धीरे से पूछा- ''अच्छा प्रायोगिक कक्षाएँ तो होती है न।'' तभी प्रधान जी बोले- ''नहीं-नहीं अभी तो नहीं हो रही हैं।''

नेता जी ने पूछा- ''क्यों नहीं हो रही हैं?''

प्रधान जी बोले- ''हाँ कभी-कभार करवाते हैं।''

नेता जी ने पूछा- ''कभी- कभार क्यों?''

प्रधान जी बोले- ''ये बात तो विज्ञान शिक्षक ही बता सकते हैं।'' मैंने सुना तो नेता जी के सेफ़ जोन को तोड़ते हुए आगे बढ़ा और उनसे कहा- ''माफ़ करेंगे सर मुझे बाहर से अन्दर आने में देर हो गयी है।''

तभी नेता जी बोले- ''सर आप प्रायोगिक कक्षा कभी-कभार ही करवाते हैं, ऐसे में बच्चों का भविष्य कैसे बनेगा?''

मैंने कहा- ''सर क्या करें इस विज्ञान कक्ष को प्रधान जी ने बहुत मेहनत से बनवाया है और इस कारण इसे खोलते ही नहीं ताकि मेहनत लोगों को न दिख जाये।'' तभी प्रधान जी बोले- ''हाँ सर हम अपने प्रयास से इसको बनवाये हैं।''

विधायक जी ने पूछा- ''अपने प्रयास से मतलब! अपने वेतन से?''

''नहीं-नहीं फ़ंड आया था न।''

मैंने बीच में ही टोकते हुए कहा- ''सर पैसे की बात आप प्रधान जी से कर लेंगे। आपकी जानकारी के लिए मैं बता दूँ कि जिस दिन सर की कृपा होती है, सर झाड़ू दिलवाने के लिए प्रयोगशाला को खुलवाते हैं ताकि बाहर से कोई आये तो देख ले कि हमारे यहाँ प्रयोगशाला चल रही है; वैसे मैं प्रतिदिन बच्चों को प्रयोग करवाता हूँ।''

नेता जी बोले- ''अच्छा ये बताइए जब ये प्रयोगशाला खुलती ही नहीं है, तो आप कैसे प्रयोग करवाते हैं? अभी आपके प्रधान जी तो बोल रहे थे कि प्रयोग कभी-कभार ही होता है।'' मैंने कहा- ''माफ़ करेंगे सर, प्रधान जी की बात को भला मैं कैसे काट सकता हूँ पर अपनी बात को सच साबित कर सकता हूँ। शिक्षक के लिए सबसे बड़ा जज तो उसके बच्चे होते हैं। आप मेरे साथ वर्ग में चलिए।''

मैं उनको लेकर वर्ग गया और कहा- ''बच्चों नेता जी कुछ पूछना चाहते हैं, आप वही बताएँगे जो सच है, न मेरा पक्ष लेंगे और न नेता जी का।''

अब विधायक जी ने बच्चों से पूछा, सभी बच्चों ने कहा- ''सर बिना प्रयोग किये हम लोग विज्ञान कैसे पढ़ पायेंगे और हमारे सर ने तो ऐसी आदत डाल दी है कि बिना प्रयोग किये हम लोग आगे बढ़ते ही नहीं हैं। सर के पास टूटे-फूटे उपकरण ही हैं तो क्या? जज़्बा तो है न।'' नेता जी को भी अपने समय की याद आ गयी जब उनके विज्ञान शिक्षक उन्हें प्रयोग करने के लिए प्रेरित करते थे।

नेता जी ने बच्चों से कहा- ''मैं भी तुम्हारे विज्ञान शिक्षक के जज़्बे को सलाम करता हूँ।''

मैंने कहा- ''सर मैं अपना कर्तव्य निभा रहा हूँ।'' मैंने आगे कहा- ''सर प्रयोगशाला के खुलने या न खुलने से कोई फ़र्क़ नहीं पड़ता है। वास्तव में जितना प्रयोग वर्ग नवीं और दसवीं में है, वह तो शिक्षक के थोड़े प्रयास से भी कराया जा सकता है और मेरे पास जो टूटे उपकरण हैं उसी से वह हो जाता है। हाँ, रसायन के वैसे प्रयोग को मैं नहीं करवा पाता हूँ जिसे ऊष्मा की आवश्यकता होती है क्योंकि मेरे प्रयोगशाला में गैस नहीं है और स्प्रिट लैंप में लगने वाला स्प्रिट की अब सरकारी प्रयोगशाला में आपूर्ति नहीं की जाती है।

बाक़ी उपकरण क्या है, वह तो मुझे पता ही नहीं है क्योंकि वो आलमारी तो आज तक खुली ही नहीं है जब से पैसा आया।''

"अच्छा कितना पैसा आया था?"

मैंने कहा- "सर आठ लाख।" आठ लाख सुनते ही विधायक जी की बाँछें खिल गयीं, पूछे- "क्या बोले आठ लाख! ये सामान आठ लाख का है? दिखाइये बिल, कहाँ से लिये हैं, कैसे लिये हैं, आपको कितना मिला?" अब तो प्रधान जी की सिट्टी-पिट्टी गुम, फिर धीरे से बोले- "सर बिल पास हो चुका है।"

"क्या मतलब?"

"मतलब सर जो कुछ लेन-देन था सब दे चुके हैं।" तभी विधायक जी के साथ खड़े एक व्यक्ति ने कहा- "और हमारा?"

प्रधान जी को ज़्यादा बर्दाश्त करने की आदत तो थी नहीं, बोले- "हम क्या पुजारी हैं जो सबको प्रसाद बाँटते चलें।"

विधायक जी ने बात को सँभाला, बोले- "हाँ सही कह रहे हैं बेचारे कहाँ-कहाँ दें।" प्रधान जी बोले- "और सर आप पहले आते तो हम सोचते भी। आगे है न, आप कुछ दीजिये फिर उसमें जो आपका बनेगा आप रख लीजियेगा। कोई चीज़ हिसाब से न होता है कि जब मन हुआ तभी बोल दिये।" विधायक जी ने इधर-उधर देखा कि कहीं किसी ने सुन तो नहीं लिया है, वोट बैंक न गड़बड़ा जाये, पर कई लोगों ने यह सुन लिया था।

विधायक जी तुरंत पलट गये, उस व्यक्ति को डाँटते हुए बोले- "हद है, सही तो कह रहे हैं प्रधान जी और बहुत सारे फ़ंड हैं उसमें दिमाग़ लगाओ।"

प्रधान जी ने जब यह सुना तो उनकी आँखों में चमक आ गयी, सोचे चलो कम से कम एक हिस्सेदार तो घटा और विधायक जी के मन में उनके लिए सम्मान का भाव जागृत हो गया पर ये उनकी भूल थी। कुछ ही देर बाद विधायक जी अपने सभी आदमी को मैदान में छोड़ प्रधान जी को लेकर फ़ाइल देखने के बहाने कार्यालय आ गये।

प्रधान जी फ़ाइल खोलकर दिखाने ही वाले थे कि विधायक जी ने उनसे कहा- "अरे छोड़िये प्रधान जी, कितना हाथ मारे थे विज्ञान प्रयोगशाला के सामान ख़रीद में?" प्रधान जी ने कहा- "सर बीस प्रतिशत मिला था पर उसमें सभी को देते-देते थोड़ा बहुत ही बचा था मेरे पास। आप तो समझते ही हैं क्या बचता है।"

तभी विधायक जी बोले- "पर हमें तो आपके एजेंसी वाले ने कहा था कि चालीस प्रतिशत दिये हैं और सभी विद्यालय में उसने ही माल की आपूर्ति की है।" अब तो प्रधान जी समझ गये कि यह तो हमसे भी बीस हैं, बोले- "अच्छा सर, आपको मिल जायेगा।"

विधायक जी ख़ुश हो गये बोले- "सुनिए, मैं आपको दस लाख दूँगा पर पहले हमारा हिस्सा आप पहुँचा दीजिये।" सर बोले- "अच्छा ठीक है।" विधायक जी ने कार्यालय से जाते-जाते कहा- "हाँ ध्यान रखियेगा कि यह बात किसी के पास बोलियेगा नहीं।" प्रधान जी बोले- "पर सर, उसके बाद तो दिक़्क़त नहीं होगी न बिल पास होने में?"

"अरे नहीं मैं हूँ न, कौन रोकेगा।"

"जी सर आप हैं तो हमें भला क्या दिक़्क़त है।"

विधायक जी बाहर आये, सभी लोग मैदान में उनको घेर कर बैठ गये। अब बारी थी विधायक जी के साथ आये छोटे नेताओं को अपनी नेतागिरी चमकाने की। आने के साथ पूछे- "अच्छा बताइये, आपके यहाँ कितने शिक्षक हैं?"

सर बोले- "वही दस, बारह, तेरह।"

"क्या! आपको पता नहीं है कि कितने शिक्षक हैं आपके यहाँ?"

सर बोले- "हाँ पता है न, बड़ा बाबू रजिस्टर लाइए तो।"

सब हँसने लगे।

"शिक्षकों की संख्या के लिए रजिस्टर लाना पड़ता है तो छात्र की संख्या आपको नहीं ही पता होगी न।"

प्रधान जी हँसते हुए बोले- "सही कहा आपने ये सभी चीज़ तो बड़ा बाबू ही जानते हैं। भला मुझे इस सब से क्या मतलब।" तभी विधायक जी के पी.ए. ने पूछा- "आपके यहाँ ग्यारहवीं-बारहवीं में कितने शिक्षक हैं?"

प्रधान जी बोले- "कहाँ हैं कोई शिक्षक।" विधायक जी भी चौंके, बोले- "क्या बोले! एक भी नहीं? हद है बिना शिक्षक की पढ़ाई कैसे चलती है?"

प्रधान जी बोले- "पढ़ाई कहाँ चलती है।"

विधायक जी ने पूछा- "अरे आपके यहाँ नामांकन है न।"

"हाँ है सर।"

"अच्छा तो नामांकन है लेकिन बिना कक्षा किये बच्चे अगली कक्षा में प्रोमोट कैसे होते हैं और उनका फ़ॉर्म कैसे भरा जाता है?"

"अरे सब हो जाता है काग़ज़ पर। हम लोग भर के देते हैं न इस बच्चे की उपस्थिति पचहत्तर प्रतिशत है।"

"अच्छा आप लिखकर देते हैं पर वर्ग नहीं करवाते हैं।"

प्रधान जी बोले- "वर्ग कैसे करवायें, एक तो शिक्षक नहीं हैं और दूसरी बात हमारे यहाँ तो यहाँ से पचास किलोमीटर दूर के छात्र का नामांकन हुआ है। उन्हें कहें भी तो वह थोड़े आयेंगे वर्ग करने के लिए।" तभी विधायक जी के पी.ए. ने कहा- "हद है लोग यहाँ से पाँच हज़ार किलोमीटर जाकर वर्ग कर लेते हैं और आप कहते हैं कि पचास किलोमीटर से बच्चे कैसे आयेंगे।"

प्रधान जी बोले- "मैं ग़लत थोड़े कह रहा हूँ।" विधायक जी ग़ुस्सा हो गये, बोले- "तो हम लोग ग़लत कह रहे हैं? यह बताइये कि आपने विभाग को लिखा है कि मेरे यहाँ एक भी शिक्षक नहीं है?"

प्रधान जी बोले- "इसमें कहने की क्या बात है, बहाली तो प्रक्रिया से होता है। आपको पता नहीं है क्या?"

विधायक जी बोले- "अरे मास्टर साहब मुझे कुछ पता नहीं है, सभी कुछ का आप ही ने ठेका ले रखा है।" विधायक जी के साथ जो अन्य नेतागण थे उन्हें ये बात एकदम अच्छी नहीं लग रही थी। एक नेता जी बोले- "जब इतनी बात आप जानते थे तो फिर आपने नामांकन क्यों लिया?"

प्रधान जी बोले- "नामांकन कैसे नहीं लेता, हमने कितनी पैरवी की और ले-देकर इस विद्यालय को ग्यारहवीं-बारहवीं करवाया और आप कह रहे हैं कि नामांकन क्यों लिया।" विधायक जी बोले- "मास्टर साहब आपको पता है न, सरकार ने सभी पंचायत में एक-एक ग्यारहवीं-बारहवीं विद्यालय खोलने का निर्णय लिया है और उसी के तहत यहाँ भी ग्यारहवीं-बारहवीं किया गया पर आप से किसने पैसा ले लिया?"

तभी एक नेता जी बोले- "अरे इनसे भला कोई पैसा ले ले, मुझे तो असंभव लगता है।" पीछे से किसी ने कहा- "आप सही ही कह रहे हैं, जो आदमी ग्यारहवीं-बारहवीं के नामांकन में दोगुना फ़ीस वसूल कर ले और वो भी

तैयारी के साथ कि अमिताभ के "अमर, अकबर, एंथोनी" भी फ़ेल हो जायें। उससे क्या कोई ऐंठ सकता है।" तभी विधायक जी ने कहा- "क्या मतलब?"

उस व्यक्ति ने कहा- "आपको अगर देखना है तो आपको कुछ ख़र्च करना होगा।" विधायक जी ने अपने जेब से पाँच सौ का नोट निकाला और उस व्यक्ति के हाथ में रख दिया।

उस व्यक्ति ने कहा- "देखिये अब प्रधान जी आप लोगों को जादू दिखायेंगे।" प्रधान जी को भी नहीं मालूम चला कि आख़िर ये क्या कह रहा है। उस व्यक्ति ने कहा- "ये देखिये सर, अब इस पैसे को प्रधान जी ग़ायब करेंगे। हाँ, पर आप सभी को वादा करना होगा कि आप इनसे ये पैसा वापस नहीं माँगेंगे।"

प्रधान जी बोले- "क्या मज़ाक़ कर रहे हैं?" तभी उस व्यक्ति ने पाँच सौ का नोट प्रधान जी की जेब में रखा और बोला- "गिल्ली गिल्ली छू।" सच में पैसा ग़ायब हो चुका था, प्रधान जी को याद आया कि आज उन्होंने वही पैंट पहना है, जिसमें पैर तक का जेबी था जिसे उन्होंने नामांकन के समय सिलवाया था। अब सच सबके सामने था।

विधायक जी को भी हँसी आ गयी बोले- "प्रधान जी वो जेबी भरा कि ख़ाली ही है?" प्रधान जी बोले- "वैसे ही ये लोग बोल रहे हैं।" तभी एक बच्चा वहाँ आया, वह न तो विधायक को जानता था और न ही प्रधान जी को। आने के साथ बोला- "सर प्रधान जी हैं क्या?"

विधायक जी बोले- "हाँ हैं न सर, ये हैं, बोलिए क्या काम है?"

उस लड़के ने कहा- "सर रसीद लेनी है नामांकन की।"

विधायक जी ने पूछा- "नामांकन के समय रसीद नहीं मिली थी क्या?" वह बोला- "नहीं सर अभी तक नहीं मिला है, आप बोले थे कि बाद में मिल जायेगा।"

विधायक जी ने प्रधान जी से पूछा- "सर आपने रसीद क्यों नहीं दिया बच्चों को?" प्रधान जी बोले- "सर उस समय में भीड़ बहुत थी इसलिए नहीं दे सका।" विधायक जी ने पूछा- "कितना नामांकन लिये हैं विज्ञान में?"

प्रधान जी बोले- "सर चौंतीस।"

"क्या चौंतीस! और कितना दिन का समय था नामांकन के लिए?"

प्रधान जी बोले- ''सर वही बीस दिन के क़रीब।''

''मतलब दो दिन में तीन बच्चों का नामांकन लेना था, वाक़ई बहुत भीड़ रही होगी। अच्छा आपके बड़ा बाबू कहाँ हैं?''

बड़ा बाबू आये तो विधायक जी ने उन्हें रसीद देने को कहा। बड़ा बाबू ने उन्हें रसीद दिया। उस लड़के ने रसीद देखा तो पूछा- ''सर बाक़ी पैसे का रसीद कब देंगे?''

विधायक जी बोले- ''अरे पूरा रसीद देना चाहिए न, आप लोग किरानीगिरी छोड़ने के लिए तैयार ही नहीं हैं।''

बड़ा बाबू बोले- ''सर पूरा रसीद तो हमने दे दिया है, अब क्या दें।''। वह लड़का बोला- ''अरे लिया था दो हज़ार और दे रहे हैं एक हज़ार का।'' तभी प्रधान जी बोले- ''भागते हो कि नहीं और तुम्हारा जो उपस्थिति से लेकर सारा डी.बी.टी. करवाते हैं वह अपने पिताजी के घर से करेंगे ऊपर से नीचे तक सब उसी में है न।'' विधायक जी ने जब सुना तो बोले- ''ये आप क्या बोल रहे हैं?''

प्रधान जी ग़ुस्से से बोले- ''मैं क्या करूँ सर, ऊपर से ही सब गड़बड़ है।''

अब विधायक जी बोले- ''आप क्या बोल रहे हैं, आपको पता भी है कि नहीं? आप कुछ समझ भी रहे हैं कि पूरे दिमाग़ से पैदल हैं? मैं सत्ता दल का नेता हूँ और आप मेरे सामने ही यह कह रहे हैं तो पीठ पीछे क्या कहते होंगे। आपको अपने पदाधिकारी से इन सभी दिक़्क़त को कहना चाहिए। बताइए आपके पास आर.डी.डी.ई. का नंबर है?'' प्रधान जी ने जैसे ही आर.डी.डी.ई. का नाम सुना, उनके पसीने छूटने लगे क्योंकि इससे पहले भी उनके पास कई शिकायत जा चुकी थीं।

विधायक जी ने कहा- ''कोई बात नहीं मेरे पास है नंबर।'' विधायक जी ने उनका नंबर लगाया और कहा- ''सर अगर आपको समय मिले तो एक बार इस विद्यालय को देख लीजियेगा।'' उधर से आवाज़ आयी- ''सर मैं अभी तुरंत पहुँच रहा हूँ।''

अभी विधायक जी बैठे ही थे कि आर.डी.डी.ई. साहब की गाड़ी लग गयी, आने के साथ उन्होंने पूछा- ''कौन हैं प्रधान जी?''

प्रधान जी बोले- ''सर मैं।''

''अच्छा तो आप कैसे विद्यालय को चलाते हैं जो विधायक जी को हमें याद

करना पड़ता है।''

प्रधान जी बोले- ''सर वो ग्यारहवीं-बारहवीं के शिक्षक के बारे में कह रहे थे।''

साहब बोले- ''अच्छा तो आपने हमें क्यों नहीं कहा?''

प्रधान जी बोले- ''आप कहाँ से मुझे देते, मुझे तो सब पता है।''

साहब बोले- ''चुप रहो प्रोटोकॉल भी नहीं जानते हो। जब साहब बोल रहे होते हैं तो चुप रहना चाहिए।''

प्रधान जी बोले- ''सर पैसा देने वक़्त तो सभी साहब लोग बहुत बढ़िया से बात करते हैं फिर तो डर ही ख़त्म हो जाता है न।'' साहब को डर हुआ कि कहीं ये प्रधान जी हमारी पोल न खोल दें।

इसलिए उसने ज़ोर से प्रधान जी से कहा- ''सुनो, तुम आज वर्ग गये थे?''

प्रधान जी बोले- ''आज तो नहीं गये थे।''

''क्यों नहीं गये थे? आप कभी वर्ग नहीं जाते होंगे।''

प्रधान जी बोले- ''नहीं सर, हम कभी-कभार जाते हैं।''

''चुप रहिये, अच्छा बताइये आप किस विषय के शिक्षक हैं?''

उन्होंने कहा- ''सर इतिहास।''

''अच्छा बताइये द्वितीय विश्वयुद्ध क्यों हुआ था?''

सर बोले- ''युद्ध का कोई कारण होता है क्या? अपने आप हो गया होगा।''

साहब बोले- ''हाँ बात तो सही है अच्छा बताइये किन देशों ने विश्वयुद्ध में हिस्सा लिया था?''

''सर आप भी क्या पूछते हैं नाम ही है विश्वयुद्ध तो इसमें कोई देश बचा था, सभी ने हिस्सा लिया था।''

साहब बोले- ''आप महान हैं, अच्छा बताइये ''झरोखा दर्शन'' क्या होता है?''

प्रधान जी मुस्कुराते हुए बोले- ''झरोखा दर्शन यह एक ग़लत प्रवृत्ति है जिसे बच्चे लोग करते हैं।'' अब तो साहब का मुँह देखने लायक़ था, बोले-

"आप कभी झरोखा दर्शन किये कि नहीं?"

सर बोले- "नहीं सर, भला हम लोगों की उम्र अब झरोखा दर्शन करने की है, पहले करते थे जब हम लोग भी इन बच्चों के उम्र के थे। अब तो जब बच्चा सब ऐसा करता है तो हम लोगों को हँसी आती है।"

साहब बोले- "चुप रहिये कुछ दिमाग़ भी है कि नहीं, तुम क्या देखोगे शिक्षकों को। आज क्या सब वर्ग में पढ़ाई हुई है बताओ?"

प्रधान जी बोले- "सर मैं तो आज नहीं गया था वर्ग में।"

"अरे छोड़ो न तुम क्या जाओगे? ये बताओ आज क्या सब पढ़ाई हुई दोनों वर्ग में?"

सर बोले- "कुंदन जी बतायेंगे।"

साहब ने डाँटते हुए कहा- "प्रधान हो तुम और बतायेंगे कुंदन जी, पूरे बेवक़ूफ़ हो क्या! अच्छा बताओ विज्ञान कौन पढ़ाते हैं?"

प्रधान जी ने कहा- "कुंदन जी पढ़ाते हैं।"

"अच्छा बुलाओ उन्हें।" तभी कुंदन जी आये, अब साहब ने पूछा- "आज वर्ग गये थे क्या?"

मैंने कहा- "हाँ गया था।"

"अच्छा गये थे तो क्या पढ़ाया था?"

मैंने कहा- "सर आज मैंने भौतिकी पढ़ाया था।"

"भौतिकी में क्या?"

मैंने कहा- "सर न्यूटन का गति नियम।"

साहब ने पूछा- "कौन-सा नियम?"

मैंने कहा- "सर मैंने तो तीनों नियम समझा दिये हैं, हाँ बच्चे उसके प्रायोगिक पहलू के बारे में विचार विमर्श करके मुझे बतायेंगे।"

"अच्छा पहले आप मुझे समझा दें, फिर आप बच्चों को समझाइएगा।"

मैंने संवेग के आधार पर तीनों नियम की व्याख्या की और गति के रैखिक, वृतीय सभी प्रारूप में उसकी वृहत व्याख्या की तो वह ख़ुश हो गये। फिर उन्होंने पूछा- "ट्विन्स थ्योरी क्या हैं?" मैंने आइन्स्टाइन के "ट्विन्स थ्योरी" की

व्याख्या की तो वो मुझे देखकर भौचक्के रह गए, पूछा- "आपका भौतिकी विषय है क्या?"

मैंने कहा- "नहीं सर, मैं तो जीव विज्ञान का शिक्षक हूँ, हाँ भौतिकी भी पढ़ा लेता हूँ।" साहब बोले- "वाह, जब आप भौतिकी इतने अच्छे से पढ़ा सकते हैं तो जीव विज्ञान तो आपका अपना विषय है।" फिर उन्होंने आगे कहा- "अगर आपको बुरा न लगे तो मैं आपका वर्ग देखना चाहूँगा।" मैंने कहा- "अवश्य।" फिर हम लोग वर्ग में गये साहब और विधायक जी दोनों ने हमारे वर्ग को देखा। मैं अपने लय में था और बच्चे ऐसे प्रश्नों का जवाब दे रहे थे मानो "डी.पी.एस., आर.के. पुरम" के बच्चे हों।

साहब ने प्रधान जी से कहा- "सीखिए, आप से छोटे हैं तो क्या? नियोजित हैं तो क्या? आपके चौथाई वेतन मिलता है तो क्या? आपसे अच्छे हैं और मैं दावे के साथ कह सकता हूँ ऐसे शिक्षक बहुत कम होते हैं। सुनिए, आपके यहाँ हिन्दी कौन पढ़ाता है?"

तभी मैडम वहाँ आयीं। साहब ने पूछा- "अच्छा बताइए तो हिंदी क्या है राष्ट्रभाषा या राजभाषा?"

मैडम बोलीं- "यह तो राष्ट्रभाषा ही है।" सर ने कहा- "और राजभाषा नहीं?" मैडम बोलीं- "हाँ राजभाषा भी है।"

"क्या होता है राजभाषा?"

मैडम को पता नहीं था राजभाषा के बारे में। मैडम राज्यभाषा को लेकर आगे बढ़ने की कोशिश कर रहीं थीं और साहब चाहते थे कि राजभाषा और राष्ट्रभाषा में विभेद को समझें।

मुझसे नहीं रहा गया, मैंने कहा- "सर अगर इज़ाज़त हो तो मैं बताऊँ।"

साहब बोले- "हाँ-हाँ क्यों नहीं।"

मैंने कहा- "दुर्भाग्य हमारा, आप सभी का कि हमारे देश में कोई राष्ट्रभाषा नहीं है और राजभाषा तो सरकारी कामकाज की भाषा है। राज्यभाषा अलग है जो हर राज्य के अपनी होती है। फिर मैंने तीनों के बारे में विस्तारपूर्वक बताया।"

साहब ने कहा- "अरे सर आप किस विषय के हैं मुझे तो पता ही नहीं चल रहा है।"

वहाँ उपस्थित सभी लोगों के मुख से निकला- "वाह!" तभी सामाजिक

विज्ञान के सर का नंबर आया उनसे उन्होंने पूछा- "सामाजिक परिवर्तन क्या होता है?" चूँकि मैंने इसे बी.एड. के कक्षाओं में पढ़ा था इसलिए मैंने इसका भी जवाब आसानी से दे दिया। अब सर ने कहा- "अरे ये आप कैसे जानते हैं?"

मैंने उन्हें बताया- "सर, मैंने शिक्षा महाविद्यालय में भी अतिथि व्याख्याता के रूप में काम किया है।"

उन्होंने पूछा- "सर आप दो जगह कैसे काम करते हैं?" फिर मैंने उन्हें विस्तारपूर्वक बताया कि कैसे यहाँ वर्षों से नियुक्ति नहीं हुई है और अतिथि व्याख्याता और प्रतिनियोजन से काम चला रहे हैं। अगर काफ़ी दिनों के बाद नियुक्ति के लिए रिक्तियाँ आयीं भी तो उसमें कई सारी ख़ामियाँ थीं, जिस कारण मामला न्यायालय में चला गया और वर्षों लग गये उसकी परीक्षा लेने में।

अंततः जब परीक्षा ली भी तो सभी विषय के लिए एक समान प्रश्न तो कई विषय के एक भी प्रश्न नहीं। उसमें ज़्यादा अंक लाने के बाद भी कई बच्चे सफल नहीं हो पाये और कुछ बच्चे उसी परीक्षा में उनसे आधे से भी कम अंक लाकर सफल घोषित हो गये। उतना ही नहीं, नौ महीने नौकरी करने के बाद भी उच्च न्यायालय ने फैसला दिया कि यह नियुक्ति अवैध थी क्योंकि एम् एड स्पेशल के कुछ छात्र थे जिसे सरकार नहीं मान रही थी जबकि उन लोगों ने बनारस हिन्दू विश्वविद्यालय और जामिया मिल्लिया इस्लामिया जैसे संस्थान से अपनी डिग्री ली थी।

साहब ने पूछा "क्यों सरकार ने एन.सी.टी.ई. के तहत बहाली नहीं की थी क्या?"

मैंने कहा- "सर अगर आपको पता हो तो बताऊँ, एन.सी.टी.ई. के नियम के तहत व्याख्याता के लिए कम से कम नेट या डॉक्टरेट चाहिए पर उसने नियम को ताक पर रखकर यह काम किया। इतना ही नहीं यह नियम है कि प्रत्येक शिक्षा संकाय कम से कम एक विषय समावेशी शिक्षा के लिए रखेंगे और वहाँ उस विषय के विशेषज्ञ ही काम करेंगे पर आर.सी.आई. और एन.सी.टी.ई. के बीच हुए एम.ओ.यू. के तहत काम हो तब न।

हालाँकि यह कोई नयी बात नहीं है शिक्षा व्यवस्था में, पूरे देश में यही तो हो रहा है जिसका परिणाम कि हमारे यहाँ के बच्चे बाहर पलायन कर जाते हैं और अपना देश देखता ही रह जाता है। अब न्यायालय ने किसी तरह हस्तक्षेप करके परिणाम तो घोषित करवा दिया पर आगे क्या होने वाला है भगवान ही

जाने। जिस विषय के एक भी प्रश्न नहीं पूछे गये, उसे उस विषय में लेक्चरर नियुक्त किया गया।'' सर ने पूछा- ''आपने परीक्षा नहीं दिया था क्या?''

मैंने कहा- ''दिया था न सर, पचहत्तर प्रतिशत अंक थे पर एक अंक से छूट गया। मेरे साथ कई उम्मीदवार थे उन्हें हमसे दोगुने से भी कम अंक थे पर उनका चयन हुआ और अभी वह लेक्चरर है।''

साहब ने पूछा- ''यह कैसे?''

मैंने कहा ''सर सामान्य वर्ग से हूँ न सर।''

साहब कुछ देर के लिए चुप हो गये, फिर बोले- ''सामान्य वर्ग वालों को सच में बहुत दिक़्क़त है।''

मैंने कहा- ''सर अब तो सामान्य वर्ग के बच्चों में पुरुष को तो मुश्किल से ही नौकरी मिल सकती है। एक तो जो पहले से चली आ रही सामाजिक व्यवस्था के तहत सरकार के द्वारा दिया गया व्यवस्था और अब महिला के लिए सीट सुरक्षित होना।'' तभी विधायक जी बोले- ''हाँ यही कारण तो है कि इस बार से सरकार ने सामान्य वर्ग के लिए भी आरक्षण की व्यवस्था कर दी है।''

मैंने कहा- ''जी सर यह क़दम तो स्वागतयोग्य है पर आप ही बताइये अगर ई.डब्लू.एस. वर्ग से ही ऐसे लोगों का चयन हो जाये जो सौ में बीस अंक लेकर आये तो इन बच्चों का क्या होगा और भला वह देश के भविष्य को क्या बढ़ायेंगे। फिर तो वही स्थिति हो जायेगी जैसी कि अभी देखने को मिल रही है।

बच्चे उन शिक्षकों से पढ़ना नहीं चाहते जो कम अंक लेकर बहाल हुए हैं, क्योंकि उन्होंने जीवन भर सीढ़ी के सहारे ही ओसारे पर चढ़ना सीखा है। जीवन की शुरूआत से लेकर हर एक जगह उन्होंने सीढ़ी ही लगाकर पास किया है। नामांकन से लेकर नौकरी और पदोन्नति तक ऐसे मुँह करके खड़े होते हैं जैसे कि सीढ़ी के बिना जीवन की नैया को पार ही नहीं किया जा सकता है।

इतने दिन तो सामान्य वर्ग सिर ऊँचा करके चलता था कि वह बिना सीढ़ी के ओसारे पर चढ़ता है, पर अब तो उसमें भी लोग पूछेंगे तुम सीढ़ी वाले हो या बिना सीढ़ी वाले हो? विचित्र विडम्बना है कोई स्वस्थ प्रतिस्पर्धा ही नहीं होने देना चाहता है।'' विधायक जी को देर हो रही थी, आर.डी.डी.ई. भी बार-बार अपनी घड़ी देख रहे थे। तभी साहब बोले- ''अच्छा आपके यहाँ सभी शिक्षक और कर्मी का पोस्टर टंगा है न? ताकि बच्चे, अभिभावक और पदाधिकारी को पहचानने में

दिक़्क़त न हो।''

तभी प्रभाकर जी बोले- ''हाँ सर कल ही तो लाये हैं पाँच हज़ार में।''

साहब बोले- ''पाँच हज़ार! तो किस चीज़ का पोस्टर बनवा लिये आप लोग?''

मैंने कहा- ''सर आइये न आपको दिखाते हैं।'' हम लोग साहब को पोस्टर के बग़ल में ले गये। साहब ने जैसे ही देखा बोले- ''यही है पाँच हज़ार का पोस्टर?''

प्रभाकर जी बोले- ''हाँ सर हमारे यहाँ सभी कुछ अप-टू-डेट है। देखिये न सर कल ही ये पर्दा और शीशा आया है दस हज़ार का।''

साहब ने जब इसे सुना तो पूछा- ''क्या हेडमास्टर साहब सब कुछ काग़ज़ पर ही दौड़ा देते हैं! हद है, थोड़ा हिसाब से चलिए।''

प्रधान जी बोले- ''क्या हिसाब से चलेंगे, अगर सही से चलेंगे तो अपने घर से देकर बिल पास करना होगा।''

''फिर भी आपको आँख खोल के ही काम करना चाहिए, अगर आप ''छः सौ'' के बदले ''छः हज़ार'' का पर्दा दिखलायेंगे तो परेशानी लाज़िमी है।''

ख़ैर बात ख़त्म हो चुकी थी, साहब और विधायक दोनों अपने रास्ते चले गये थे। मैंने सर से कहा- ''सर मैंने आपको कितनी बार कहा था नेता जी के न आगे चलिए और न पीछे पर आप ने नहीं माना। बताइये इतनी बेइज़्ज़ती करवाने की क्या आवश्यकता थी।''

अभी चूँकि घटना ताज़ा-ताज़ा हुई थी इसीलिए उन्होंने कुछ भी बोलना उचित नहीं समझा। मैंने कहा- ''क्या मिला आपको? आप ही का खाया और आपको ही सुना कर चले गये!''

दूसरे दिन फिर प्रधान जी की पुरानी स्थिति वापस आ चुकी थी, सभी लोगों को बारी-बारी से परेशान करना उन्होंने शुरू कर दिया। अब सभी लोग उनसे तंग आ चुके थे, सभी ने मिलकर सामूहिक आवेदन दिया कि हम लोग इस प्रभारी प्रधानाध्यापक के नीचे काम नहीं कर सकते। तरह-तरह के आरोप प्रत्यारोप लगाए गये। किसी ने कहा- ''हरिजन एक्ट'' लगाओ, तो किसी ने कहा- ''महिला एक्ट'' लगाओ, किसी ने कहा- ''शक्ति का ग़लत इस्तेमाल'', तो किसी ने ''वित्तीय अनियमितता'' का आरोप लगाना उचित समझा।

मुझे दया आ रही थी, पर कहते हैं न जब समूह की बात होती है तो आप कुछ नहीं कर सकते इसलिए चुप हो गया।

अब आवेदन कार्यालय पहुँच चुका था। बड़ा बाबू ने जैसे ही आवेदन को देखा उनके चेहरे पर ख़ुशी की लकीरें स्पष्ट पढ़ी जा सकती थीं क्योंकि उनके दोनों हाथ में लड्डू था। अगर हम शिक्षकों का काम होता है तो भी मिलेगा और अगर प्रधान जी बच जाते हैं तो भी मिलेगा। फिर भी उन्होंने कहा- ''क्या ज़रूरत थी यह देने की, आपस में मिल बैठकर समझौता कर लेते।'' तभी विनय बाबू बोले- ''बड़ा बाबू सही कह रहे हैं, लाइए बड़ा बाबू हम लोग अपना आवेदन वापस लेते हैं।''

अब तो बड़ा बाबू को लगा, ''गयी भैंस पानी में'', उसने तुरंत अपने सलाह को वापस ले लिया। फिर बोले- ''अरे मेरे कहने का यह मतलब नहीं है, मेरे कहने का मतलब है अगर सभी को उन्होंने परेशान किया है तो आवेदन देना सही है वरना एक आध-आदमी के साथ ऐसा हुआ होगा तो आपस में सलट लेते। अच्छा कोई बात नहीं आप लोग जाइए हम साहब से बात करते हैं।''

इधर जैसे ही हम लोग निकले, बड़ा बाबू ने प्रधान जी को फ़ोन लगाया। बड़ा बाबू का फ़ोन लगते ही प्रधान जी कार्यालय पहुँचे। बड़ा बाबू नाम से ही बड़े थे साधारण काम को भी लम्बा बनाने में महारथ हासिल की थी उन्होंने और यह तो बड़ा काम था ही। बहुत देर बातचीत हुई, उसने काम को भारी करना शुरू किया- ''आप तो गये, आपका निलंबन तो निश्चित है। आगे बर्खास्तगी के लिए भी फ़ाइल बढ़ सकती है।'' अब ये सुनते ही प्रधान जी के पैर काँपने लगे- ''बड़ा बाबू किसी तरह हमें बचाइये।''

बड़ा बाबू ने कहा- ''मामला तो गंभीर है, आपको साहब को ख़ुश करना होगा।'' प्रधान जी बोले- ''कैसे भी करके आप काम करिए, आपका काम हो जायेगा।'' बड़ा बाबू बोले- ''जाइये और व्यवस्था करिए हम साहब से बात करते हैं।''

''अच्छा कर लूँगा।''

बड़ा बाबू बोले- ''क्या कर लेंगे? कितना करना है पता है न।'' उसने इशारे से अपने हाथ को पाँच बार ऊपर किया।

पचास उँगली ऊपर उठीं और प्रति उँगली हज़ार, मतलब पचास हज़ार। अब तो प्रधान जी को ''काटो तो ख़ून नहीं''। प्रधान जी को असमंजस में पड़े

देखकर बोले- "सर सोच क्या रहे हैं? नहीं करवाना है तो कोई बात नहीं। सर यहाँ से चले जाइये, कहीं किसी ने इस फ़ाइल को देखा तो साहब के कानों में पहले दे देंगे फिर दावेदारों की संख्या बढ़ेगी और सीधा काँटा एक पर चला जायेगा।"

मरता क्या नहीं करता, उन्होंने धीरे से कहा- "ठीक है, काम हो जाना चाहिए।"

"अरे, आप जाइये।" अब प्रधान के जाते ही बड़ा बाबू ने विनय बाबू को फ़ोन किया- "नमस्कार सर!"

विनय बाबू ने भी नमस्कार किया और कहा- "कहिये सर क्या किया जाए?"

"कौन चीज़ को क्या किया जाए?"

तभी बड़ा बाबू बोले- "अरे सर बस फ़ाइल रख दिये, हो गया? कैसे फ़ाइल आगे बढ़ेगा कुछ वज़न दीजिये नहीं तो फ़ाइल उड़ जायेगा।" विनय बाबू बोले- "अरे सर हम लोग नियोजित शिक्षक हैं, कहाँ से वज़न बढ़ा सकेंगे।"

तभी बड़ा बाबू बोले- "हाथी को रास्ते से हटाइयेगा और बिना वज़न दिये, यह कैसे होगा? आपने सुना होगा चीटियों का झुण्ड अगर हाथी को घेर ले तो हाथी के लाख मशक़्क़त के बाद भी कोई न कोई तो उसके सूंढ़ में जगह बना ही लेता है। आप लोग भी चींटी के झुण्ड जैसे हैं, अगर साथ देंगे तो थोड़े-थोड़े से ही इतना दे सकते हैं कि हाथी अपने आप भाग जायेगा।"

विनय बाबू बोले- "फिर भी चींटी अपनी औक़ात मुताबिक़ ही दे सकेगी और अगर काम नहीं हुआ तो उसे बीनना भी आता है।"

बड़ा बाबू विनय जी के ग़ुस्से को समझ चुके थे इसलिए उन्होंने कहा- "अरे कोई बात नहीं, आपको परेशान होने की आवश्यकता नहीं है, आप लोगों को जो बन पायेगा दे देंगे।" फिर वही हुआ सब ने थोड़ा-थोड़ा योगदान किया और कुल जमा हुआ बीस हज़ार। बड़ा बाबू के लिए वह काफ़ी था। अब दोनों को उसने सलाह दी, जैसे अभी-अभी तुरंत विवेकानंद शिकागो से भाषण देकर निकले हों।

"सभी तो हमारे भाई-बन्धु ही हैं फिर आपस में क्या लड़ना। आप लोग निश्चिंत रहिये आपका काम होते ही आपको ख़बर किया जायेगा।"

इधर प्रवीण जी को ये बात पता चली तो वो पूरे ग़ुस्सा हो गये और बोलने लगे- "अरे आप लोग नियोजित का नियोजित ही रह जाइएगा। दिमाग़ है ही नहीं,क्या ज़रूरत है उधर पैसे देने की। पता है न हम लोग अपना केस उच्च न्यायालय में जीत चुके हैं और उसने सरकार को स्पष्ट आदेश दिया है कि सभी लोगों को एरियर सहित नियोजन की तिथि से भुगतान करने का कष्ट करें, पर सरकार का कहना है कि हमारा बजट गड़बड़ा जायेगा। हो सकता है कि हम लोगों को सुप्रीम कोर्ट का दरवाज़ा खटखटाना पड़े। वहाँ हमें पैसे की ज़रूरत होगी, बचाकर रखें काम आयेगा।"

वही हुआ भी सरकार ने सुप्रीम कोर्ट का दरवाज़ा खटखटाया। अब एक तरफ़ नियोजित शिक्षक जिनकी संख्या लगभग पाँच लाख और दूसरी तरफ़ सरकार की समूची टीम। कई बार बहस हुई, सभी नियोजित शिक्षकों ने अपने घरों से पैसे लगाये कई लोग तो इतने आश्वस्त और आशावान थे कि अपने गहने तक बेच डाले। वो अलग बात थी कि कुछ संघों ने उन बेचारों से भी पैसे बनाने में चूकना उचित नहीं समझा।

महँगे से महँगे वकील रखे गये। देश के शायद ही कोई नामी-गिरामी वकील हों जिन्होंने किसी न किसी तरफ़ से अपनी बात न रखी हो। कई सारे संगठन थे जो अपने आपको शिक्षक के हितैषी कहते थे और चंदा जमा कर रहे थे। उन्होंने काम भी किया, पुराने संघ से अच्छा काम नये संगठनों ने किया। शायद ही कोई दिन बचे हों जिस दिन अख़बार के ऊपरी पन्नों पर शिक्षक से सम्बंधित समाचार न छपता हो। सड़क से लेकर संसद तक इस बात के लिए बहस हुई कि शिक्षकों को समान काम के लिए समान वेतन दिया जाना चाहिए।

सरकार की हालत ऐसी हो गयी थी कि उन्हें लग रहा था कि हमने क्यों नियोजित शिक्षकों की बहाली की। धरना प्रदर्शन से सरकार के मन में होता कि हमने क्या कर दिया। विपक्ष अलग कहता, "बोये पेड़ बबूल के तो खजूर कहाँ से होय"। वादे पर वादे किये जाने लगे, "मेरी सरकार बनेगी तो मैं सभी नियोजित शिक्षकों को नियमित करूँगा"। विपक्ष का साथ देखकर सरकार ने घूम-घूमकर नियोजित शिक्षकों का विरोध करना शुरू कर दिया। सभाएँ होतीं तो नियोजित शिक्षक वहाँ पहुँचते, काला कपड़ा दिखाकर विरोध किया जाता तो कहीं पर जूते दिखाये जाते। कहीं पर सरकार बिरोधी नारे लगते तो कहीं पर विरोध में वोट डालने की धमकी दी जाती।

सरकार के मुखिया ने मूर्ख जनता को मूर्ख बनाना शुरू किया, सभाओं में

सबके सामने पूछा जाता- "बताओ हम आप लोगों को पैसा दें कि इन नियोजित शिक्षकों को?" सभी का हाथ उनकी तरफ़ ही उठता। फिर प्रश्न पूछे जाते बतायें, "हम विकास का काम करें कि नियोजित शिक्षकों को पैसा दें?" सभी कहते विकास का काम करें, जैसे "शिक्षा और शिक्षक" विकास के दायरे से बाहर हुआ करते हों। मुखिया जी को पता चल गया कि तीर निशाने पर जा रहा है। अब उन्हें कौन समझाये कि सारे विकास की जड़ तो शिक्षा ही है और शिक्षा बिना शिक्षक के कैसे दी जा सकती है।

एक बार मैं और विनय बाबू एक सेमीनार में गये थे, विषय ही था "वर्तमान शिक्षा व्यवस्था"। ऐसा लगा सभी लोगों ने नियोजित शिक्षक पर ही वर्तमान शिक्षा व्यवस्था को हाइजैक कर लिया है। अंत में रघुबंश बाबू को मंच सँभालना पड़ा। रघुबंश बाबू वहाँ उपस्थित लोगों से बोले- "एक बात बताइये, हमारे देश में प्रधानमंत्री बनाने के लिए क्या अनिवार्य शर्तें हैं?"

सभी लोगों ने सारे शर्तों को बताया। वो आगे बोले- "अब आप बताइये अगर उन शर्तों का पालन करते हुए वह प्रधानमंत्री बन जाता है तो आप कह सकते हैं कि आपको डॉक्टरेट करके आना चाहिए नहीं तो आपको प्रधानमंत्री नहीं बनाया जायेगा?"

सभी ने कहा- "नहीं, ये हम कैसे कह सकते हैं!"

"यही बात है नियोजित शिक्षक के साथ आपने जो शर्त रखी, उसके तहत वह आया इसलिए सबसे पहले उसे स्वीकार करना चाहिए। अब आप बताइये अभी प्रधानमंत्री को आप जो तनख़्वाह देते हैं उससे इतर आपने अगले बार के चुनाव के लिए प्रधानमंत्री के लिए शर्त रखी? अब बताइये प्रधानमंत्री के लिए लोग दावेदारी देंगे या यह कहकर छोड़ देंगे कि अब तनख़्वाह कम मिलती है इसलिए बिना प्रधानमंत्री के ही काम चल जायेगा?" सभी लोगों ने कहा- "नहीं बिना प्रधानमंत्री के देश कैसे चलेगा।"

"यही बात नियोजित शिक्षकों के साथ है, जहाँ सरकार ने नियुक्तियाँ बंद कर रखी थीं वहाँ उसने बेरोज़गारी दूर करने के लिए नियोजित शिक्षक और शिक्षा मित्र की नियुक्ति निकाली। नियोजित शिक्षक के लिए कोई आवेदन ही नहीं करता अगर नियमित बहाली आती पर बेरोज़गार क्या करें?

अब आप बताइये जब आपने किसी को प्रधानमंत्री की कुर्सी दे दी तो वह अपने कर्तव्य का पालन करेगा या फिर दूसरे देश में चला जायेगा और अगर

जायेगा भी तो कितनी देर के लिए?'' सभी ने कहा- ''अरे कैसे वह अपना देश छोड़कर जायेगा और अगर जायेगा भी तो थोड़े देर के लिए ही न।''

रघुबंश बाबू बोले- ''अब वह दूसरे देश भी नहीं जा सकता है क्योंकि उसे अपने काम से फ़ुर्सत नहीं मिलती है और अगर प्रधानमंत्री के पास उसे अपने बच्चों को खिलाने के लिए पैसे न बचते हों और उसे अपने पास आने वाले आगंतुकों को खिलाने के लिए पैसे के लाले पड़े तो वह क्या करेगा?''

सभी ने कहा- ''क्या करेगा वह कुछ कर तो नहीं पायेगा क्योंकि उनके इज़्ज़त का सवाल है पर उनका ध्यान अपने काम के प्रति नहीं लगेगा।''

''उसे यह लगे कि फ़लाने काम करने से उसे पैसे बन सकते हैं तो वह कितना दिन अपने आपको रोक कर रख पायेगा?''

सभी ने कहा- ''ज़्यादा दिन नहीं। फिर वह ताक में रहेगा कि कैसे दो पैसा कमाये कि अच्छे से अपने परिवार की परवरिश कर सके; फिर देश उनके लिए द्वितीयक बातें होंगी।''

रघुबंश बाबू बोले- ''यही बात तो हम नियोजितों की है। अब आप ही बताइये कौन क़ुसूरवार ''शिक्षक'' या ''मास्टर'' या कोई और?'' सभी चुप हो गए। ''पर जिसे शिक्षा और शिक्षक के बीच की दूरी प्रशांत महासागर और अरब की खाड़ी जितनी लगे, भला उसे उस दूरी को पाटने में कितना समय लगेगा आप ख़ुद समझ सकते हैं।''

आख़िरकार बहस का दिन भी आ गया राज्य सरकार और केंद्र सरकार ने अपनी ताक़तें झोंक दीं। भारत के महान्यायवादी को भी कई बार न्यायालय के चक्कर लगाने पड़े। केंद्र सरकार और राज्य सरकार दोनों ने अपने तर्क दिये कि अगर शिक्षक को पैसा दे दिया जाये तो उसका बजट ख़राब हो जायेगा। मुझे इनकी बात से हर ''गोविन्द खुराना'' की वो चिट्ठी याद आ गयी जिसमें उन्होंने जवाहरलाल नेहरू से प्रयोगशाला लगाने के लिए कहा था ताकि ''जीन'' से सम्बंधित खोज की जा सके, पर उन्होंने बजट नहीं होने का बहाना बनाया। शायद उच्चतम न्यायालय ने बाक़ी बजट को शिक्षा के बजट से ऊपर समझा।

अंत में वही हुआ शिक्षक के हाथ मिला चायनीज़ वेतनमान जो चपरासी से भी कम होता है। ऊपर से नीचे सभी राज्य और केंद्र सरकार ने राहत की साँस ली। उच्चतम न्यायालय ने यह निर्णय देकर ज़रूर राज्य सरकार के हाथ मज़बूत कर दिये कि वह अगर चाहे तो अपने अनुसार वेतनमान दे सकती है।

वही बात हुई ''न तो राधा को नौ मन तेल होगा और न राधा नाचेगी'' हाँ इस फ़ैसले से हमारे जैसे शिक्षक ज़रूर निराश हुए जो मन से दिन और रात एक करके मेहनत करते थे कि कम से कम सरकार सभी की कठिन से कठिन परीक्षा ले लें और पास करने वाले को वेतन व अन्य सुविधाएँ दे दें ताकि शिक्षकों के मन में उठा असंतोष कम हो जाये और जो पास नहीं कर पायेंगे उन्हें भी इस बात का आभास हो जाये कि मैं उस लायक़ नहीं हूँ कि सरकार हमें वेतनमान दे सकती है।

कुछ समयांतराल पर फिर से परीक्षा का आयोजन करें और उन्हें फिर से मौक़ा मिले, जिससे उनके मन भी प्रतियोगिता और स्वस्थ प्रतिस्पर्धा की भावना जागृत हो सके।

अब शिक्षकों के बीच की बातें जो अक्सर बनी रहती थीं धीरे-धीरे बंद होती चली गयीं। उन्हें न्यायालय से बहुत उम्मीद थी पर अब कोई आस नहीं देखकर प्रवीण जी ने अपने संघ के महासचिव पर दबाव बनाना शुरू किया। कई नवनियोजितों ने महासचिव को गालियाँ तक देने से गुरेज़ नहीं किया। किसी ने ''वोट न देने की धमकी'' दी तो किसी ने ''सत्ता पक्ष के दलाल'' की उपमा देने में भी कसर नहीं छोड़ी।

सभी तरफ़ से दबाव को समझकर संघ ने महाहड़ताल की घोषणा की। हड़ताल से परीक्षा और मूल्यांकन का भी बहिष्कार हुआ। कार्रवाई हुई फिर भी नियोजित शिक्षक नहीं माने। तब अंत में समझौता हुआ कि सेवा शर्त बनायी जायेगी जो पंद्रह वर्ष से बन रही थी और शिक्षक बिना सेवा शर्त के ही काम कर रहे थे। फिर मामूली वेतन वृद्धि से सबको संतोष करना पड़ा।

अब सभी शिक्षक शांत हो चुके थे, उन्होंने इसी चक्रव्यूह में रहना सीख लिया था। सरकार ने तरह-तरह का फ़रमान निकालना शुरू किया। अब तो शिक्षकों के मन में निराशा का भाव इतना घर कर गया कि उन्हें कोई कितना कुछ कहे उन्होंने प्रतिक्रिया देना छोड़ दिया था।

समाज जिसने आजतक यह सीखा ही नहीं था कि शिक्षक की मान मर्यादा क्या होती है और शिक्षा किस तरह आपके जीवन में बदलाव ला सकती है भला वह नवका मास्टर से कितनी सहानुभूति रख सकता था। कोई कहता- ''नियोजित, नियोजित ही रह गया'' कोई कहे, ''ये लोग इसी के लायक़ ही हैं'' पर कहते हैं न, जो काम कोई नहीं करा सकता वह काम राजनीति करा देती है।

राजनीति तो ऐसा नशा है जो अफीम की तरह है, जिसे खाने के बाद सही बात के ऊपर लगा पर्दा टंग जाता है और जो बातें उसे अभी तक ग़लत लग रही थीं वह उसे सही लगने लगती हैं।

यहाँ के राजनीतिक पुरोधा जिन्होंने यहाँ के शिक्षा व्यवस्था को पीछे छोड़ने में कोई कसर नहीं छोड़ी थी, आज उनके घर ने अपनी साख बचाने के लिए उस मास्टर का दामन थाम लिया था; यहाँ तक कि अपने घोषणापत्र में भी इस बात का समावेश किया। आज नवका मास्टर का कोई हितैषी था तो वही था, जिसने सत्ता में आने से पहले तक नवका मास्टर को अयोग्य की उपमा दी थी।

अगर आपके पास दो विकल्प हैंः एक तरफ़ गड्ढा और दूसरे तरफ़ खाई तो आप गड्ढा को ही चुनेंगे। आज वही बात नियोजित शिक्षक के साथ शत प्रतिशत चरितार्थ हो रही थी। शिक्षकों ने उनका साथ दिया भी पर भाग्य ने नये युवराज का साथ नहीं दिया। थोड़ी कसर रह गयी वरना नियोजितों को कुछ दिन उनको भी देखने को मिल जाता जिन्होंने अठारह महीने सत्ता का सुख लिया पर उस समय उनके ज़ुबान पर एक बार भी यह बात नहीं आयी कि नियोजित के लिए हमने कुछ वादा किया था।

हाँ नियोजितों के भाग्य में एक ऐसे नेता ने ज़रूर कुछ देर के लिए आस जगा दी थी जिसने बीच मझदार में भगवान राम की भी नैया पार कराई, यह कहकर कि हम सभी को पूर्ण वेतनमान देंगे और अभी जो चायनीज़ वेतनमान भी नवका मास्टर के हाथ आया उसमें उनका नाम सबसे ऊपर है। सत्ता विपक्ष ने भले कुछ न दिया हो पर एक चीज़ तो ज़रूर दे दी कि समाज में ये संदेश ज़रूर गया कि नियोजित शिक्षकों को भी उचित पैसा मिलना चाहिए और आप उसे सब दिन कम वेतन देकर नहीं रख सकते हैं। अब बसों में भी उतनी चर्चा नहीं होती।

सत्ता के साथ खड़े लोगों ने भी इस बात को समझना शुरू कर दिया था कि अब जब सरकार ने व्यवस्था ही नियोजित कर दी है और यह बात केवल एक राज्य या प्रदेश तक सीमित नहीं है बल्कि पूरे हिन्दुस्तान में ऐसा ही होने लगा है। उनकी भी आँखें खुलने लगीं थीं पर मोतियाबिन्द की परत तो तभी हटेगी जब उनके ख़ुद के बच्चे उस लाइन में लगे रहेंगे जिसे आज वह तिरस्कार के भाव से देख रहा है।

अब शिक्षकों की महफ़िल नहीं सजतीं। अब वो बात ज़ेहन में नहीं आती कि दूसरे देश में शिक्षकों को सम्मान दिया जाता है, जर्मनी में शिक्षक के वेतन से

ज़्यादा किसी का वेतन नहीं है तो अमेरिका में प्राथमिक शिक्षक का वेतन इसलिए ज़्यादा होता है क्योंकि देश के निर्माण की शुरूआत वहीं से होती है। अब अगर बात होती भी तो यही कि अपने देश में शिक्षक का स्थान समाज में उस रिक्शेवाले-सी है जो अपने ख़ून-पसीने को सुखाकर आपको गंतव्य तक पहुँचाता है और आप उसे दस रुपये का नोट हाथों में थमाकर निश्चिंत हो जाते हैं कि आपके गाड़ी में कोई पेट्रोल लगता है, जैसे ख़ून और पसीने से ज़्यादा पेट्रोल की क़ीमत होती है।

मैं भी उसी भीड़ का हिस्सा था जिसका शीर्षक था ''हर एक माल तीस रुपये किलो'' मुझे भी कुछ आस थी कि शायद सरकार अच्छे शिक्षकों को अलग करके कम से कम यह तो सोचेगी कि उसने मन से इस पेशे को चुना था, पर मेरी भी आस टूट चुकी थी। उस आस के टूटते अरमानों के बीच मेरी नज़र विज्ञान के कमरे पर गयी जो बार-बार मुझसे कह रहा था कि मुझे देखो कभी मेरा अंग बोरोसिल का हुआ करता था अब लोकल से ही काम चला लिया करता हूँ, सूक्ष्मदर्शी जो कभी ओलिम्पस का हुआ करता था अब अजय से काम चला लेता हूँ लेकिन मैंने अपना काम नहीं छोड़ा है। अभी भी वही आस है कि कोई मुझे छुए, जाँचे, परखे और मुझसे कुछ सीख ले जाये। मेरी आँखें खुल चुकी थीं कि अब इसी परिस्थिति में जीना है तो अपने आप से समझौता न करके परिस्थिति से समझौता कर लो।

मैंने आनंद को देखा जो मेरे कक्ष के बाहर इस आस में खड़ा इंतज़ार कर रहा था कि सर को सबसे पहले मैं ही अपना गृह कार्य दिखाऊँगा। मेरे पास जो उपलब्ध उपकरण थे, मैंने उन्हें बच्चों से अच्छी तरह से साफ़ कराया। एक टूटी अलमारी मुझे मिली, मैंने प्रधान जी से कहकर उस एक बंद कमरे का ताला खुलवाया और सभी सामान को अच्छे से रखवाया। अब बच्चे कम से कम दिन में एक बार विज्ञान कक्ष में आने लगे; जो कमरा बंद रहता था अब वह खुलने लगा था। पहले जो बच्चे उन उपकरणों को केवल किताबों में देखते थे अब उन्हें हाथों में लेकर देखने लगे थे।

मेरी दिलचस्पी बच्चों में बढ़ने लगी थी, बच्चे विद्यालय नियमित रूप से आने लगे थे; उन्हें मेरी घंटी का इंतज़ार रहता। जो बच्चे कभी नहीं आ पाते उन्हें अपराधबोध सा लगता और उन्हें लगता कि उन्होंने आज सबसे बड़ी चीज़ मिस की है। हालाँकि मैंने जिस दिन विद्यालय में नियुक्ति ली थी उसी दिन से लगातार बच्चों की उम्मीदों पर खरा उतरने की चेष्टा करता रहा था लेकिन मन में आस

रहती थी कि शायद यहाँ से बाहर चला जाऊँ तो कभी-कभार मन में भटकाव आ भी जाता पर जब यह सुनिश्चित हो गया कि अब "जीना यहाँ, मरना यहाँ, इसके सिवा जाना कहाँ" तो स्वतः स्फूर्त समर्पण का भाव जागृत हो चुका था।

हाँ, समस्याएँ बढ़ती जा रही थीं, मेरे बच्चे भी बड़े होने लगे थे। ऊपर से यह भी सुनिश्चित था कि नौकरी के बाद हमें खाने के भी लाले पड़ेंगे। मैंने अपने साथ नियुक्ति पत्र पाने वालों को सेवानिवृत होते देखा था। न कोई ताम-झाम न कोई शोर-शराबा, एकदम निःशब्द अँधेरी रात की तरह जिसके आग़ोश में दूर-दूर तक अंधकार ही अन्धकार फैला हो। प्रधान जी ने जाते वक़्त एक क़लम भी देना उचित नहीं समझा यह सोचकर कि नियोजित शिक्षक भला उस क़लम का क्या करेंगे जिसे कल के बाद काग़ज़ भी नसीब नहीं होगा। उस काली सियाह रात को चीरता वह उसमें ऐसा समाया कि फिर कभी बाहर आ नहीं सका। मुँह छिपाये, दर्द बचाये इस ताक में कि कहीं कोई जुगाड़ हो जाये ताकि उदर से उठ रही आग को शांत कर सकूँ।

मैंने बच्चों से घुलमिल कर उन सभी मिठाइयों को बनाने की कोशिश की जो हमारी चाशनी के प्रभाव से बनाई जा सकती थीं। शुरू में तो कुछ शिक्षकों ने उस चाशनी में पाक लगाने में मदद भी की पर अपने घर से उठ रहे ज्वार ने उसे इस क़दर दूर किया कि चाशनी तो दूर पानी को भी हाथ लगाने से कतराने लगे। आख़िर क्या करते अब उनकी सारी आशाएँ ख़त्म हो चुकी थीं।

विद्यालय में रहने के बावजूद उन्हें यह चिंता रहती कि यहाँ से जाने के बाद क्या करें ताकि अपने घर का ख़र्च निकाल सकें। धीरे-धीरे सभी ने मेरा साथ देना छोड़ दिया। अब प्रत्येक वर्ष कोई न कोई आनंद आता और मैं उसे भविष्य के सपने दिखाता, उसे दुलराता साथ ही बताता कि कुछ ऐसा करो ताकि तुम्हें हमारे जैसे मास्टर न बनना पड़े। अब आनंद को समझ में आने लगा था कि क्यों पापा मास्टर बनने के लिए नहीं कहते थे।

समय बीतता गया अब सरकार के नियमित शिक्षकों की संख्या घटने लगी थी। विद्यालयों में प्रधानाध्यापक के पद वर्षों से ख़ाली थे। सरकार ने दिमाग़ लगाया कि जब शिक्षक चायनीज़ तो प्रधान भी चायनीज़ ही होने चाहिए। वही किया भी, इसी चायनीज़ स्केल पर प्रधान के पद पर नियुक्ति की गयी।

मुझे भी प्रधान बना दिया गया, मैं अन्दर से ख़ुश नहीं था। मुझे अपने बच्चों को छोड़कर जाना वैसा ही लग रहा था जैसे नदी से निकलकर मछली

किसी तालाब में जा रही हो। इस विद्यालय क्षेत्र ने जो हमें प्यार दिया था उसे भला मैं कैसे छोड़कर जाऊँ और दूसरी बात मैंने प्रधान के कार्यों को नज़दीक से देखा था जो पढ़ाई के सिवा सभी काम को करने में निपुण होते हैं या यूँ कहें होना पड़ता है। मेरे दोस्त लोग मुझे बुड़बक समझते, जब मैं कहता कि अगर हमें सहायक शिक्षक ही बने रहने दें तो मैं सरकार को धन्यवाद दूँगा। पर जब आप सरकारी नौकर हैं तो आपको तो उनकी बात माननी ही पड़ेगी।

मेरे ट्रांसफ़र की बात इलाक़े में फैल गयी, सभी लोगों ने हमें ससम्मान विदा दिया। बच्चों के आँसू से सबके वस्त्र भीग गये, महिलाओं ने सोहर गाये, पंडित ने तिलक किया। जिसे जो बन पाया सभी ने हमारी गाड़ी पर संदेशों का गट्ठर रख दिया। हमने भारी मन से विदा ली और अपने नये गंतव्य की ओर प्रस्थान किया।

नयी जगह, नये लोग, नयी ज़मीं, नया आसमान, सब नया और साथ में हमारी नयी पारी की शुरूआत। हमने तो सोच लिया था कुछ भी हो जाये हमें विद्यालय को अच्छे से चलाना है और वो भी ईमानदारी से।

हमने विद्यालय के सभी अभिलेख को देखना शुरू किया जिसमें भी हाथ लगाता उसी में गड़बड़ी। ख़ैर कुछ समय लगा, मैंने सभी फ़ाइलों पर जमी धूल को साफ़ कराया। फिर मैंने ग्रामीणों को इकट्ठा किया उनसे बात की और बताया कि देखिये आज तक यहाँ जो भी हुआ उसे न तो मैं जानता हूँ और न ही हमें जानना है पर आज से आप लोगों का काम ईमानदारी पूर्वक मैं करूँगा यह मैं आपसे वादा करता हूँ।

आपसे जो भी ख़र्च लिया जायेगा उसकी रसीद दी जायेगी और ज़्यादा लेने का तो प्रश्न ही नहीं है। सभी लोग काफ़ी ख़ुश हो गए। बस आप लोग अपने बच्चों को समय से विद्यालय भेजा करिए, आपके बच्चों की उपस्थिति पचहत्तर प्रतिशत होनी चाहिए नहीं तो आपको कोई लाभ नहीं मिलेगा। सभी ने हाँ में हाँ मिलाई, मुझे बहुत प्रसन्नता हुई कि यहाँ के लोग बहुत अच्छे हैं।

दूसरे दिन से बच्चों ने आना शुरू कर दिया। अब शिक्षकों को परेशानी होने लगी, प्रतिदिन कोई न कोई बहाना बनाकर वर्ग को स्थगित करने की धमकी दी जाती पर लाख छटपटाने के बाद भी उसे कोई सफलता नहीं मिली क्योंकि ईमानदारी से बड़ा हथियार कोई नहीं होता जिसके बल पर महात्मा गाँधी ने अंग्रेज़ों को भागने के लिए मजबूर कर दिया।

खैऱ हमारे शिक्षकों को भी कुछ दिनों के बाद मज़ा आने लगा, जो कल तक अलग-थलग थे वह भी हमारा साथ देने लगे। अब उपस्थिति पचहत्तर प्रतिशत ही नहीं थी, सौ प्रतिशत का आंकड़ा भी कम पड़ने लगा था। मैं काफ़ी ख़ुश था, मन ही मन अपने आपको समझाता कि चलो भले हमें पैसे कम हैं लेकिन इज़्ज़त की कोई कमी नहीं है। तभी सरकार की तरफ़ से फ़रमान आया कि बच्चों की उपस्थिति तीन दिनों के अन्दर जमा करें। जब से व्हाट्स एप आ गया है शिक्षा कार्यालय उस पर अपना पत्र डालकर निश्चिंत हो जाता है। मैंने भी सरकार के फ़रमान का पालन करना उचित समझा क्योंकि छात्र हित से जुड़ा मामला था।

दूसरे दिन कार्यालय से फ़ोन आया- "मज़ाक़ करते हैं क्या कुंदन बाबू? सभी बच्चों की उपस्थिति बनाकर दिये हैं।"

मैंने कहा- "सर बनाकर दिये हैं, मतलब क्या? मैंने तो वही दिया है जो सही है। मेरे यहाँ सभी बच्चे प्रतिदिन आते हैं।" तभी साहब ने फ़ोन लिया और कहा- "सर पर आवंटन सत्तर प्रतिशत ही है इसलिए सत्तर प्रतिशत बच्चों को ही राशि जा सकती है।"

मैंने पूछा- "यह कहाँ का सर्कुलर है कि जो बच्चे प्रतिदिन आते हैं उसको पैसा नहीं मिलेगा?" मैं जब नहीं माना तो उसने ग़ुस्सा होकर फ़ोन रख दिया। अब उनके कार्यालय कर्मियों ने उन्हें समझाया, बहुत उड़ते हैं, कल इनके विद्यालय का निरीक्षण करिए तभी समझ में आ जायेगा कि साहब से ज़ुबान लड़ाने का क्या परिणाम होता है। फिर सर को बोले- "सर चार-पाँच शिक्षक तो पकड़ा ही जायेंगे, अगर एक हज़ार भी सभी लोग देंगे तो पाँच हज़ार हो जायेगा और प्रधान जी से पाँच हज़ार ऐठेंगे, दस हज़ार लगेगा न तो अपने आप ज़ुबाँ बंद हो जायेगी।"

वही हुआ दूसरे दिन साहब अपने कर्मी के साथ विद्यालय ससमय पहुँच गये पर उन्होंने देखा सभी शिक्षक समय पर आ चुके हैं, बच्चों की उपस्थिति शत-प्रतिशत थी। अब तो साहब ने अपने कर्मी को देखा कि झूठ-मूठ का यहाँ लेकर आ गये हो। साहब ने कैशबुक, छात्रोपस्थिति और शिक्षक उपस्थिति रजिस्टर को देखा, सभी अप-टू-डेट थे। फिर अपनी गाड़ी में आकर बैठ गये। रास्ते में कार्यालय कर्मी से पूछा- "यहाँ तो सब अप-टू-डेट है, भला इसका कैसे काट पायेंगे?"

उसने कहा सर लगता है इन्हें सब पता चल गया होगा, इन्होंने सभी को

बुला लिया होगा।'' जाते वक़्त साहब ने हमें बुलाया और कहा- ''सर मुझे आपके विद्यालय में आकर अच्छा लगा पर हमें ऊपर से आदेश है कि सत्तर प्रतिशत से ज़्यादा बच्चों को लाभ नहीं देना है। अब आप ही बतायें क्या किया जाये।'' मैंने कहा- ''सर मैं कुछ भी नहीं कर सकता, आपको जो करना है अपने स्तर से कर लें।''

वहीं हुआ जिसकी हमें उम्मीद भी नहीं थी, कार्यालय कर्मी ने अपने मन से तीस प्रतिशत बच्चों का नाम हटा दिया। मैं तो अपने विद्यालय के काम में लगा रहता। सभी सहकर्मियों ने भी साथ देना शुरू कर दिया था। मैंने अपने जीवन का लक्ष्य बना लिया था कि प्रधान के सभी कर्तव्य को अक्षरशः निभाऊँगा। जिस तरह मैंने एक शिक्षक के रूप में ख्याति पायी उसी तरह प्रधान के रूप में भी ख्याति पाऊँगा। एक प्राइवेट विद्यालय में जितनी भी बातें होती हैं उन सभी क्रियाकलापों को मैंने अपने विद्यालय में करवाना शुरू करवाया। बच्चों में भी एक नया उत्साह का संचार देखने को मिला। सभी बच्चे गर्व करने लगे कि वो उस विद्यालय में पढ़ते हैं जहाँ बच्चों के हर एक बात का ख़याल रखा जाता है। सभी शिक्षकों के दिल में भी बच्चों के प्रति हमदर्दी बढ़ गयी थी, उन्हें सभी बच्चे अपने बच्चे जैसे लगने लगे थे। अगर कभी विद्यालय बंद रहता तो उन्हें ख़ाली-ख़ाली लगता, ऐसा आभास होता मानो कुछ देने के लिए निकला पर हाथ में ही रह गया हो। अभिभावक भी काफ़ी ख़ुश थे क्योंकि उन्हें अब वही पैसे लगते जो दर सरकार के तरफ़ से निर्धारित थी।

अब सरकार से बच्चों के खातों में पैसे ट्रांसफ़र होने लगे थे। प्रतिदिन बच्चे आपस में बात करते कि आज उनके खाते में पैसा गया है। मैं भी ख़ुश था कि बच्चों को पैसे मिल रहे हैं, कुछ बच्चे और अभिभावकों ने मुझसे शिकायत की कि उनके बैंक अकाउंट में पैसा नहीं गया है। मैंने सोचा कुछ दिन के बाद चला जायेगा पर शिकायतों की संख्या बढ़ने लगी थी। अब मैंने उन बच्चों के खाता नंबर लिया और बैंक में पता किया तो पता चला इन बच्चों को तो पैसा भेजा ही नहीं गया है तो भला उन्हें कैसे मिलेगा।

अब मैंने कार्यालय के चक्कर लगाना शुरू किया। जिस किरानी से उस सम्बन्ध में पूछता वही अपनी व्यस्तता दिखाकर हमसे दूर भागने लगा था क्योंकि मैंने उसे काम करने के एवज़ में जो चढ़ावा मिलता था देना बंद कर दिया था। खैऱ हमारे जैसे एक सज्जन जो इसी सूत्र पर चलते थे, उन्होंने कहा- ''सर मैं आपको बताता हूँ आपके विद्यालय में तीस प्रतिशत बच्चों के पैसे काट लिये गये

हैं इसलिए उन बच्चों को पैसा मिलेगा ही नहीं।''

पहले वाले पदाधिकारी का तबादला हो चुका था। अब तो मेरे होश उड़ गये। मैंने पदाधिकारी से भेंट की तो उसने कहा- ''मैं तो अभी नया हूँ और यह काम तो मेरे समय का है भी नहीं, भला मैं आपकी क्या मदद कर सकता हूँ।''

मैं थक हारकर मामले को न्यायालय में ले गया इसलिए क्योंकि मुझे पता था कि हमारे जिन बच्चों के पैसे कटे हैं वो सभी प्रतिदिन आने वाले बच्चे हैं पर भारतीय प्रशासनिक व्यवस्था कितना सुदृढ़ है वह तो आपको पता ही है। फ़ाइल एक पदाधिकारी से दूसरे पदाधिकारी तक जाने में कई महीने लग गये। इधर विद्यालय में अभिभावकों ने दौड़ना शुरू किया।

वो अक्सर आते और मुझे कहना पड़ता- ''आप लोग धैर्य रखें मैंने मामले को कोर्ट में पहुँचा दिया है।'' अपनी भेजी हुआ रिपोर्ट दिखाता जिसमें सभी बच्चों की लिस्ट भेजी थी ताकि उन्हें संतोष हो और वो समझ जायें कि इसमें मेरी कोई ग़लती नहीं है पर कहते हैं न समझ तो उसे आता है जो समझने के लिए बैठा हो और जो समझने के लिए तैयार ही न हो, भला उसे क्या समझाना, वास्तव में उसकी समझ तो हम लोगों से ऊपर की होती है।

मुझे प्रधानाध्यापक मीटिंग में जाना था। आज मैंने विद्यालय का प्रभार अपने वरीय शिक्षक मनोहर जी को दे दिया था। अभी मीटिंग शुरू नहीं हुई थी, हम लोग बाहर घूम रहे थे, तभी मनोहर जी का फ़ोन आने लगा- मैंने जैसे ही फ़ोन उठाया उधर से मनोहर जी घबराते हुए बोले- ''सर जल्दी आइये अनर्थ हो गया।'' मैंने सुना कई लोगों की आवाज़ें आ रही थीं। कोई कह रहा था- ''मुर्दाबाद! मुर्दाबाद!'' तो कोई ''प्रधानाध्यापक साहब मुर्दाबाद! ''हाय-हाय, हाय-हाय'' ''नहीं चलेगी-नहीं चलेगी'' ''विद्यालय प्रशासन मुर्दाबाद! मुर्दाबाद!''

मैं तो अन्दर से काँप गया मनोहर जी की आवाज़ नहीं सुनाई पड़ रही थी। तभी मैंने सुना किसी ने कहा- ''मारो इस मास्टरबा सबको यही लोग जानबूझकर किया है।'' किसी ने मनोहर जी को धक्का दिया और उनका मोबाइल उनसे दूर जा गिरा। मैंने जब उन्हें लगाने की कोशिश की तो ''आउट ऑफ़ कवरेज एरिया'' बता रहा था। मैं क्या करूँ? कुछ समझ में नहीं आ रहा था अगर यहाँ से चला जाता हूँ तो पदाधिकारी पूछेंगे अगर वहाँ नहीं जाता हूँ तो हमारे शिक्षक परेशान होंगे। मैंने मानव धर्म को मानना उचित समझा, यहाँ कार्यालय में बोल

दिया कि विद्यालय जाना एकदम ज़रूरी है। अगर ये कहता कि वहाँ हल्ला-गुल्ला या शोर-शराबा हुआ है तो लेनी की देनी पड़ती और सभी चटकारे लेकर पूछते और कहते बड़ा ईमानदार बनता फिरता है अब मज़ा आयेगा। मैंने घर का बहाना लेकर बग़ल में बैठे प्रधान को कह दिया और वहाँ से अपने विद्यालय की ओर बढ़ चला। रास्ते में तरह-तरह के ख़याल आ रहे थे सोच रहा था क्या हो सकता है। कहीं किसी बच्चे को किसी शिक्षक ने पिटाई तो नहीं कर दी फिर मन में आता नहीं ऐसा क्यों होगा। अब तो हमारे शिक्षक लोग बच्चों से इतने जुड़े हुए हैं कि उन्हें छड़ी उठाने की आवश्यकता ही नहीं पड़ती। कभी ख़याल आता हो सकता है, बच्चों ने आपस में झगड़ा कर लिया हो और शिक्षक लोगों से नहीं सँभला हो और अभिभावक लोगों को आना पड़ा हो। कभी आता कहीं लड़का-लड़की का चक्कर तो नहीं।

यहीं सोचते-सोचते मैं अपने विद्यालय पहुँच चुका था, लेकिन समय तो लगभग दो घंटे बीत चुके थे। कहते हैं न "जब भीड़ अनियंत्रित हो और सर पर कफ़न बाँध लिया हो तो उसे दो मिनट दो घंटे लगते हैं" और यहाँ तो दो घंटे हो चुके थे। मैंने देखा हमारे विद्यालय के बाहर सड़क पर काफ़ी भीड़ लगी थी,दोनों ओर गाड़ियों की लम्बी क़तार थीं। मैंने भी अपनी गाड़ी एक तरफ़ लगाई और पूछा- "भाई किस चीज़ की भीड़ है?" पता चला विद्यालय में बच्चों को पैसे नहीं मिले हैं इसलिए अभिभावकों ने सड़क जाम कर दिया है। अब तो मेरे पैर तले ज़मीन खिसक गयी। मैं जल्दी-जल्दी अपने विद्यालय के गेट की तरफ़ भागा पर ये क्या! मैंने देखा हमारे विद्यालय के सभी बच्चों को उनके अभिभावक लेकर सड़क पर बैठे हैं और "विद्यालय प्रशासन मुर्दाबाद!" के नारे लगा रहे हैं। मुझे तब आश्चर्य हुआ जब मैंने अपने एक भी शिक्षक को वहाँ नहीं देखा। मेरे वहाँ पहुँचते ही सभी लोगों ने मुझे घेर लिया, मैंने उन लोगों को शांत हो जाने को कहा पर वो मानने वाले कहाँ थे। मैंने उन लोगों से जाम हटाने को कहा। तभी उन लोगों ने कहा- "ऐसे जाम थोड़े हटेगा मास्टर जी।पहले हमारे बच्चों का पैसा दीजिये तभी हम जाम हटायेंगे।"

मैंने कहा- "मैंने तो आप लोगों को कहा था कि ऊपर से कुछ बच्चों का पैसा काट दिया गया है जबकि हमने सभी बच्चों की रिपोर्ट भेज दी थी। तभी पीछे से किसी ने कहा- "अरे हमको सब पता है ई मास्टरबा सब का खेला। सब खा गया होगा।" तभी किसी ने कहा- "अरे देखते क्या हो इसको भी उसी मास्टरबा सब के साथ बंद कर दो, अपने आप चुप हो जायेगा।"

अब मुझे समझ में आ गया था कि हमारे शिक्षक लोग क्यों नहीं दिखाई दे रहे थे। मैंने कहा- "भाई आप लोगों को हमसे परेशानी है न, तो आप हमें परेशान करें न! मैं तो सदा आपके साथ रहा हूँ आपके बच्चों का कल्याण किया है।"

"हाँ-हाँ आप कितना कल्याण किये हैं वह तो दिख रहा है। आप से तो बढ़िया पहले वाले प्रधान थे जिसने पैसे लेकर सभी का काम तो कर दिया न। हाँ वो अलग बात है कि उसने पढ़ाई-लिखाई का कोई ढोंग आपके जैसे नहीं किया।" तभी एक व्यक्ति बोला- "यह बात बिल्कुल सही है,मेरी बेटी तो एक दिन भी विद्यालय नहीं आयी थी पर सर ने थोड़े-से पैसे लिये और मेरा काम कर दिये थे।

आपके जैसे बच्चों को आने की बाध्यता उन्होंने नहीं की थी, आपके जैसे वह कभी कक्षा भी नहीं जाते थे, शेर थे शेर। वह कभी सुक-सुक नहीं करते थे और न उन्हें किसी बात का डर था। अपने शिक्षकों को भी वह कहते थे आप आराम से आइये-जाइये हम लोग भी निश्चिंत रहते थे बच्चे को दो बार ही आना पड़ता था एक बार परीक्षा देने और दूसरी बार फ़ॉर्म भरवाने के लिए। सबसे पहले अगर किसी विद्यालय के बच्चों के खाते में पैसा जाता था तो वह अपना विद्यालय होता था।"

मैंने पूछा- "पढ़ना-लिखना भी कोई चीज़ होती है कि नहीं?" तभी किसी ने कहा- "चुप रहिये! बड़का पढ़ाने वाले हुए हैं, हम सब मास्टरबा को जानते हैं किसी को कुछ आता है सब ऐसे ही समय खेपता है। अरे ठीक है जब सरकार ने आप लोगों को खेपने के लिए बनाया है तो चुप चाप खेपिये न काहे के लिए अतिरिक्त दिमाग़ लगाते हैं। बच्चा सब कोचिंग-ट्यूशन जाता ही है झूठ-मूठ का विद्यालय आने से क्या होगा? मध्य विद्यालय और प्राथमिक विद्यालयों में तो बच्चे खिचड़ी खाने के लिए आते थे पर यहाँ तो खिचड़ी भी नहीं मिलता है। वैसे भले नहीं मिलता है नहीं तो ई मास्टरबा सब को एक कमाने का ज़रिया मिल जाता और बच्चे बड़े भी हो गये हैं अब खिचड़ी खाना भी नहीं चाहेगा।" तभी किसी ने कहा- "हाँ सही बात है खायेगा भी कैसे, एक डब्बुक खिचड़ी से क्या होगा।" किसी ने पीछे से टोन मारा- "अरे होता न मास्टरबा सबका पेट फूल जाता खिचड़ी खा-खा कर के।"

मैं चुपचाप बीच में खड़ा सबकी बातों को महादेव के विष के समान पीता जा रहा था, ठीक वैसे ही जैसे महादेव ने यह जानते हुए उस विष को ग्रहण किया

था कि इसे कोई ग्रहण नहीं करेगा। मैंने भी तो इस सत्य को जानते हुए इस पेशे को चुना था शायद इस उम्मीद से कि महादेव ने जैसे विषपान करते हुए अमरत्व को प्राप्त किया था, एक दिन हमारा समाज भी हमारी अहमियत को समझेगा और वातावरण में फैले विष को शिक्षा की रौशनी से अमृत में बदल देगा।

मैं सोच ही रहा था तभी किसी ने पीछे से धक्का मारा और मुझे धकियाते हुए विद्यालय के अन्दर ले आया। हमारे शिक्षकों ने हमें देखकर खिड़की से आवाज़ लगाई- "सर हमें बचाइए।" मैंने अपनी आँखें बंद कर ली थीं। मुझे वो सभी पाठ एक-एक कर याद आने लगे थे जो कभी मुझे शिक्षा संकाय में बताये गये थे। उन सभी शिक्षकों का चेहरा नज़र के सामने नाचने लगा था जिन्होंने हमें ईमानदारी का आदर्श पाठ पढ़ाया था।

अपने उन प्रोफ़ेसर की भी हमें याद आ रही थी जिन्होंने हमें जीवन के आदर्श पाठ पढ़ाते हुए बताया था, "परिस्थितियाँ आपको लाचार बना सकती हैं, पर हालात बदलने का हौसला रख ऐ बन्दे परवरदिगार को मदद करने जन्नत से आना होगा।" विद्यालय का पूरा मैदान भर चुका था। बार-बार एक शब्द हमारे अंतर्मन को झकझोर रहा था वह था "मास्टरबा!"

मैं अपने आपको उन लोगों के शोर में ढूँढ़ता "मैं नवका मास्टर, मैं नियोजित, मैं बकरचरवा, मैं अनुबन्ध-कर्मी, मैं गुरु, मैं शिक्षक, मैं मास्टर या फिर मास्टरबा?" अंदर से आवाज़ आती- "अरे गुरुजी आप परिस्थितियों से हार जायेंगे तो उन बच्चों का क्या होगा जिन्हें आपने उँगली पकड़कर जीने के लिए प्रेरित किया। उन नाबोधों का क्या होगा जिन्होंने आपकी बातों को रामबाण समझ जीवन की राह पर चलना शुरू कर दिया है। उन कुमारों का क्या होगा जो आपके दिखाए शिखर को छूने के लिए घरों से दूर रहकर तपस्या में लीन हैं। उन मासूमों का क्या होगा जिन्होंने आपसे अनाथ से सनाथ होना सीखा। उन देश के भविष्यों का क्या होगा जिन्होंने आपके सामने एक बार नहीं कई बार देश की ख़ातिर मर-मिटने की क़समें खायीं। उन छात्रों का क्या होगा जिन्होंने आपकी तस्वीरों को अपने सीने में इस तरह रखा है जैसे हनुमान के दिल में राम की तस्वीर झलक रही हो। उन किशोरों का क्या जिन्होंने आपके व्यक्तित्व को अपना व्यक्तित्व माना। उन आँखों का क्या जिन्हें आपने सपने देखना सिखाया।उठ गुरु! सँभाल अपने नौनिहालों को सिखा मास्टरी।"

कुछ देर ठहरती फिर आवाज़ आती, "नहीं-नहीं ये मास्टरबा भला ऐसे सपने कैसे दिखा सकता है। आख़िर इस नियोजित का वजूद ही कितना है, कौन

है इसका सुनने वाला। बच्चों के लिए काम ही करेगा तो क्या होगा, समाज इसे स्वीकार लेगा? अरे स्वीकारेगा कैसे, समाज पद को स्वीकारता है पैसा से न। तुम्हें भला क्या स्वीकारेगा जिसे चपरासी से भी कम पगार मिलता है। सरकारी विद्यालय में हो अपना वजूद भूल गये और चले हीरो बनने। सरकारी विद्यालय पढ़ने के लिए होता है कि योजना का लाभ देने के लिए इतना भी नहीं समझते हो। अरे अच्छे से अंक दो बच्चों को ताकि पास करने पर उसे पच्चीस हज़ार मिलेगा सरकार के तरफ़ से और तुम्हें क्या मिलेगा जो बेचारे बच्चे का अंक काटते हो। लगता है आजतक तुमने सुना नहीं कि बच्चा प्रश्न भी अगर लिखकर आ जाये तो उसे पास कर दो। अरे तुमने क्या सिखाया बच्चों को कि पढ़ाई करो और अगर ग़लत लिखोगे तो अंक काट लिये जायेंगे। तुम्हें समझ में अभी तक नहीं आया कि सरकार विद्यालय में पढ़ रहे दो करोड़ बच्चों के लिए काम करेगी कि तुम पाँच लाख शिक्षकों के लिए। सरकार को पता है तुम्हारे वोट से उसे कोई अंतर नहीं पड़ता है। तुम्हारा जितना वेतन है सरकार उसके घर उतना पहुँचाना चाहती है ताकि समभाव बना रहे। और वैसे भी बच्चों के बिना तुम शिक्षकों का अस्तित्व ही क्या है।

तुमको तो सरकार ने इसलिए नियोजित किया है कि बच्चों को समय पर सारी सुविधाएँ मिल जायें और तुम हो कि अपने आपको शिक्षक बनाने में लगे हो। अरे अपने आपको पहचानो तुम ''मास्टर'' हो ''मास्टर''!

अगर मास्टर वाला पहचान बनाये रखना चाहते हो तो अपने आँख, कान खोल लो और मुँह बंद कर दिमाग़ को उतना ही दौड़ाओ जितने से काम चल जाये, नहीं तो ''मास्टर'' से ''मास्टरबा'' बन जाओगे।''

शोर बढ़ता जा रहा था मैंने अब ज़्यादा देर करना उचित नहीं समझा. मैंने अभिभावकों को शांत रहने को कहा।

मैंने कहा- ''आप लोग परेशान न हों, जिन बच्चों को पैसे नहीं मिले हैं उसे आज पैसे मिल जायेंगे।''

सभी शांत हो गये लगा जैसे जलती आग में किसी ने पानी डाल दिया हो।

मैंने उन लोगों से आग्रह किया कि ''सर्वप्रथम आप लोग सड़क जाम को हटा दें, बहुत बड़ी लाइन लग गयी है। तभी एक अभिभावक ने कहा- ''हमें लिखित देना पड़ेगा कि आप सभी को आज पैसे दे देंगे।''

मैंने कहा- ''भाई मैं कहता हूँ तो आप विश्वास तो करिए।''

उसने कहा- "विश्वास क्या करना, हमने पहली बार थोड़े सड़क जाम किया है। वो तो आपको इसलिए जल्दी छोड़ रहे हैं क्योंकि आप ने जल्दी ही यह मान लिया कि आज सबको पैसे दे देंगे। नहीं तो अभी शिक्षा पदाधिकारी और आर.डी.डी.ई. को यहाँ आना पड़ता अगर उससे भी बात नहीं बनती तो डी.एम. साहब को आना पड़ता।"

मैंने उन लोगों को लिखित दिया कि आज किसी भी सूरत पर आपको मैं अपने खाते से सभी को पैसे दूँगा। तभी किसी ने कहा- "अरे पत्रकार अभी तक कहाँ आया है, जो जाम हटा देंगे कुछ फ़ोटो तो होनी चाहिये।" किसी ने कहा- "फ़ोटो खींच लिये हैं न, चलिए न पत्रकार को दे देंगे और बाक़ी तो प्रधान जी से वह बात कर लेगा कि कल अख़बार में कितना और क्या निकलवाना है।"

मैंने कहा- "पत्रकार के लिए आप लोग निश्चिंत रहें, उन्हें जो मैं कहूँगा वही निकालेगा।" किसी ने पूछा- "क्यों मास्टर जी उसे पहले से ही कहा हुआ है क्या?"

"अरे नहीं ऐसी बात नहीं है पर मैं उन्हें तब से जानता हूँ, जब वह पिल्लू खोजता फिरता था।" किसी ने पूछा- "क्या मतलब मास्टर जी?"

मैंने कहा- "सुनना है तो सुनिए। बात उस समय की है जब वह नया-नया पत्रकार बना था। एक दिन मैं अपने विद्यालय में बैठा हुआ था, तभी किसी ने कहा, सर पत्रकार आया है। मैंने कहा तो क्या हुआ! हम लोगों की कक्षाएँ चल ही रही हैं प्रधान जी अपने कार्यालय में जमे हुए ही हैं तो भला क्या डर।

तभी पत्रकार ने अपना कैमरा चमकाना शुरू कर दिया। मैंने ग़ौर से देखा यह तो अपना डब्बू मामा है। मैंने आवाज़ दी अरे मामा जी! उन्होंने पीछे देखा तो अचानक से उनके मुँह से निकला अरे कुंदन तुम यहीं हो। उन्होंने अपना कैमरा बंद कर लिया और पूछा प्रधान जी हैं न? मैंने कहा, नहीं वह तो ज़िला कार्यालय गये हैं। फिर मामा जी ने पूछा तुम्हारे यहाँ खिचड़ी बनती है न! मैंने कहा, मामा जी यह उच्चतर माध्यमिक विद्यालय है, यहाँ खिचड़ी नहीं बनती है। मामा जी मुस्कुराकर बोले तब तो पिल्लू भी नहीं मिलेगा। मैंने कहा, क्या मतलब?

मामा जी बोले मतलब समझना है तो चलिए मेरे साथ। मैं और मामा जी दोनों कुछ दूरी पर अवस्थित मध्य विद्यालय पहुँचे। वहाँ देखा सभी बच्चे अपनी थाली बजा रहे हैं। मैंने पूछा, मामा जी यहाँ क्या करना है? तभी मामा जी ने अपना कैमरा इस अंदाज़ में निकाला जैसे दुश्मन को देखते ही सैनिक अपना

ए.के. छप्पन निकालता हो। सभी बच्चों ने ज़ोर-ज़ोर से चिल्लाना शुरू कर दिया, आज भोजन में क्या मिला है? पिल्लू मिला है पिल्लू मिला है। तभी प्रधान जी ने मामा जी को इशारा किया सर कैमरा बंद करिए न। मामा जी ने अपना कैमरा बंद कर लिया, प्रधान जी मामा जी और मुझे लेकर कार्यालय गये। चुपके से उन्होंने पाँच सौ का नोट मामा जी के जेबी में रख दिया। मामा जी पाँच सौ के नोट देखते ही बोले क्या समझते हैं हमें? यह मुझे क्या दे रहे हैं?

प्रधान जी मुस्कुराते हुए बोले, "क्या डब्बू जी आप भी! महाराज रखिये न और कोनो एक बार की बात है। फिर तो पिल्लू मिलवे न करेगा। अगली बार सेवा का मौक़ा दीजिये। मामा जी बोले, हाँ पर अगली बार से आप ध्यान रखियेगा इसको दोगुना कर दीजियेगा।"

सभी लोग मेरी बात को सुनकर हँसने लगे।

मैंने सभी लोगों को विद्यालय के मैदान में बैठ जाने को कहा, सभी बैठ गये थे। अब मैंने उन लोगों को सभी शिक्षकों को मुक्त करने को कहा। सभी शिक्षक अपना मुँह छिपाये पिछले दरवाज़े से निकल गये।

मैंने उन लोगों को जाते देखा पर हिम्मत नहीं हुई कि उन्हें टोकूँ। अब मैंने अपने बच्चों के तरफ़ देखा जो कल तक हमारे सामने प्यार और स्नेह का परिचय देते थे आज उसे अचानक क्या हो गया। मैंने जब उनकी तरफ़ देखा तो सभी बच्चों ने अपनी आँखें चुरा लीं थीं। मैं सोचने लगा कि आख़िर पैसे में इतना दम है कि वह प्यार, स्नेह और पढ़ाई से ऊपर आ जाता है। उन अभिभावकों के तरफ़ देखा जो गर्व से चमक रहे थे कि आख़िर हमने प्रधान से कहलवा ही लिया कि मैं आपको पैसा दूँगा। हमने उन शिक्षा समितियों को देखा जिसकी मुस्कान यह बताने के लिए काफ़ी थी काश प्रधान जी हमारी बात मान लेते तो अभी आधा-आधा दोनों को मिलता और ये मजमा भी नहीं लगता। मैंने उस फूलों को भी देखा जिनकी चमक मेरी एक नज़र से मुरझा जा रही थी। ग्राम प्रधान जी के कुटिल मुस्कान को देखा जिसने मनरेगा के पैसे लूटने के लिए हमारे फ़ील्ड को ज़बरदस्ती भरवाने की बात कही थी और मैंने उन्हें इसलिए मना किया था कि आप जितना ख़र्च करेंगे मैं उतने पर ही हस्ताक्षर करूँगा। मैंने उन नौनिहालों को भी देखा जो एक-आध वर्ष के बाद हमारे विद्यालय में दाख़िला लेंगे पर अपने माँ-बाप को साथ देने के लिए लाठी डंडे और पत्थर लेकर सड़क जाम करने आये थे। मैंने अपने आपको देखा जिसकी एक नज़र पर बच्चे इतने शांत हो गये थे जैसे लग रहा हो कि अभी यहाँ कुछ हुआ ही न हो।

मैंने लम्बी साँस ली फिर उन लोगों से कहा- "मुझे माफ़ करेंगे, आप लोगों को कष्ट उठाना पड़ा पर एक विनती है आप लोगों से कि अपने साथ अपने बच्चों को इस भीड़ तंत्र का हिस्सा मत बनाइये। अरे मैंने तो एक कोशिश की थी कि शिक्षा दान कर आपको इस क़ाबिल बना दूँ कि आप सही-ग़लत में फ़र्क़ कर सकें। आप अपने साथ-साथ अपने भविष्य की चिंता करें। आप यथार्थ के महत्त्व को समझें वर्तमान में जीना सीखें पर आपने बहुत अच्छा सन्देश मुझे ही नहीं दिया बल्कि हम सभी शिक्षकों को दिया। हम सभी "शिक्षक" से "मास्टरबा" हो गये, इससे बड़ी उपमा शायद ही होगी।

हम सभी यथार्थ से पड़े आभाषी दुनिया में जी रहे थे आपने हमारी आँखें खोल दीं। हम लोग बच्चों को शिक्षा दान देकर अपने आपको शिक्षक समझने लगे थे पर हमारी बहुत बड़ी भूल थी।"

मैंने बच्चों की तरफ़ मुख़ातिब हो उनसे कहा- "आप सभी बच्चे हमें माफ़ कर देंगे, हमारे कारण आप लोगों को विद्यालय आना पड़ा। मैं आपसे वादा करता हूँ आज के बाद आप लोगों को कभी विद्यालय नहीं आना पड़ेगा। इसका मतलब आप यह मत समझियेगा कि आपको सरकारी फ़ायदा नहीं मिलेगा, आपको उन सभी चीज़ों का लाभ मिलेगा जो सरकार आप लोगों को देना चाहती है। वो तो हमें समझ नहीं आ रहा था इसलिए मैंने आप लोगों को परेशान किया, आप लोगों को पढ़ने के लिए प्रेरित किया, आप अभिभावकों को इतना कष्ट उठाना पड़ा।

आप लोगों ने जो स्नेह अभी-अभी दिया है उसे मैं आशीर्वाद मानकर अपने लिए याद रखूँगा ताकि अपने शिक्षकों को यह सन्देश देता रहूँ जब भी वह विद्यालयी क्रियाकलापों में अपनी मर्ज़ी थोपने लगेंगे मैं उन्हें इस बात के लिए आगाह करूँगा कि ज़्यादा मत बनो नहीं तो फिर से "मास्टरबा" बन जाओगे।

अरे हमें सरकार ने पैसा नहीं भेजा तो क्या? मेरा वेतन है न, वैसे भी मास्टरबा होता किसलिए हैं, इतना भी अपने बच्चों के लिए नहीं किया तो क्या किया।" मैंने अपना चेकबुक निकाला और सभी अभिभावकों को बारी-बारी से चेक देना शुरू कर दिया। मैंने यह पढ़ने की चेष्टा की कि आख़िर इन लोगों पर मेरी बातों का कोई असर भी है या नहीं। पर उनके मुस्काते मुख ने मुझे इस बात का आभास दिला दिया था कि इनके आँखों के ऊपर पड़े पर्दे को हटने में वर्षों लगेंगे जिसे बहुत सलीक़े से व्यवस्था ने आगे लगा दिया है ताकि यथार्थ का बोध उन्हें नहीं हो, पर वह बदलेगा ज़रूर और व्यवस्थापक को व्यवस्था सही करना ही

होगा।

मैंने देखा बच्चों ने मैदान ख़ाली कर दिया था। अगर कोई नज़र के सामने आता तो उसके भीगे नेत्र यह बतलाने के लिए काफ़ी था कि भले मैं मास्टर से मास्टरबा बन गया पर मैंने जो सपने देखे थे उसके अन्दर बीज ने पनपना शुरू कर दिया था। मैं सोच ही रहा था तभी ज़िला शिक्षा पदाधिकारी कार्यालय से फ़ोन आ गया कि प्रधानाध्यापक की बैठक से अनुपस्थित रहने के कारण आपको निलंबित किया गया है, आप अपना स्पष्टीकरण चौबीस घंटे के अन्दर समर्पित करें।

मैंने उन्हें हँसते हुए कहा- ''साहब को मेरे तरफ़ से धन्यवाद बोल दीजियेगा।'' उन्हें भी आश्चर्य लगा कि निलंबन के बाद भी ये ख़ुश कैसे हैं। उन्होंने फिर से बात को दुहराते हुए कहा- ''अरे सर आपको निलंबित कर दिया गया है।'' मैंने कहा- ''हाँ भाई मैं समझ गया और मैं कल जबाब भी आकर दे दूँगा।''

मैं अभी जा ही रहा था कि मेरे सामने किसी की कार लगी। मैंने कार पर सरकारी प्लेट लगा देखा तो वहाँ जाकर खड़ा हो गया और उनसे कहा- ''साहब और कुछ बचा है क्या?'', फिर हँसते हुए कहा- ''ईमानदारी का परिणाम मुझे मिल गया है, अब इस मास्टरबा के लिए एक ही चीज़ बची है वह है, बर्खास्तगी। साहब वह भी कर ही दो ताकि शिक्षक का चोला पहनकर जो यह मास्टरबा घूम रहा है उससे उसे मुक्ति मिले।

वैसे भी हम लोगों को सेवा निवृति के बाद कहीं न कहीं मज़दूरी करनी ही होगी ताकि अपनी क्षुधा को शांत कर सकें। ''न कोई पेंशन न कोई टेंशन माय डिअर ऑफ़िसर गिव अटेंशन''।'' यह कहकर मैं विद्यालय से निकल गया।

ड्राइवर ने जैसे सुना वह जाकर अपने साहब को बता आया। साहब ने पूछा कि आख़िर कुंदन बाबू गये किधर, उसने कहा- ''साहब पता नहीं पर वह शायद कल शिक्षा पदाधिकारी कार्यालय जायेंगे। कह रहे थे साहब ने निलंबित तो कर दिया है अब बर्खास्तगी बाक़ी है।'' उन्होंने ड्राइवर से गाड़ी घुमाने को कहा, ड्राइवर गाड़ी लेकर बस्ती पर पहुँचा।

जब सभी बात की जानकारी उन्हें हुई तो उन्होंने ग्रामीणों को समझाया- ''आपने जिस इंसान के साथ ऐसा किया है वह तो भगवान से भी ऊपर है। फिर उसने सारी बात उन लोगों को बतायीं- आज वह नहीं होते तो मैं कलक्टर नहीं

बनता, धन्य हैं आपके बच्चे जिन्हें उनका सानिध्य मिला।

आपने अपने बच्चों से पूछा कि आख़िर उनके मन में उस शिक्षक के प्रति क्या स्थान है? आपने चंद रुपयों की ख़ातिर इन बच्चों के मन में जो भरा है वह उस बारूद के जैसे है जो उसे ही जलाकर राख कर देगी। अरे निकाल फेंकिये उस बारूद को और जाइए उन्हें वापस ले आइये।''

मैं सुबह-सुबह उठा और कार्यालय की ओर बढ़ चला, मैंने देखा आज फिर वही भीड़। अपने बच्चों को भी उस भीड़ में देखा। मैंने देखा पर जानने की कोशिश भी नहीं की कि हुआ क्या है और ये लोग आज यहाँ क्यों आये हैं। आज फिर से आवाज़ें आने लगी थीं- ''मुर्दाबाद!- मुर्दाबाद!'',''जिला शिक्षा पदाधिकारी मुर्दाबाद!''

''नहीं चलेगी-नहीं चलेगी, तेरी मनमानी नहीं चलेगी'',''हाय-हाय, हाय-हाय'' ''भ्रष्ट कर्मचारी मुर्दाबाद!'' ''वापस लो-वापस लो, प्रधान का निलंबन वापस लो।'', ''बंद करो-बंद करो अपना धंधा बंद करो।''

मुझे समझ में नहीं आ रहा था कि आख़िर ये हो क्या रहा है? मैंने इधर-उधर देखा और सबसे नज़र बचाते हुए पीछे के दरवाज़े से कार्यालय में दाख़िल हुआ। जैसे ही मुझे कार्यालय कर्मियों ने देखा, दौड़कर मेरे पास आये और ससम्मान साहब के पास ले गये। मुझे उनके इस बर्ताव से आश्चर्य हुआ, मैंने कहा- ''भाई मैं आपको कुछ भी नहीं दे सकता। अगर आपके मन में हो कि मैं निलंबन तुड़वाने के लिए आपको पैसे दूँगा तो यह आपकी भूल है। अरे मैं मर जाऊँगा पर ईमानदारी नहीं छोड़ूँगा।'' आज सभी चुप थे और मुझे कह रहे थे- ''सर साहब आपको नहीं समझ सके। सर आपका निलंबन वापस होगा और आपको पैसे भी मिलेंगे जिसे आपने वेतन से कटाकर उन बच्चों को दिया है।''

मैंने देखा साहब ख़ुद बाहर आ गये और बोले- ''सर इतना करने की क्या ज़रूरत थी, आप हमें कहते मैं निलंबन वापस ले लेता और इसी कारण तो आपको आज बुलाया भी था।''

मुझे कुछ समझ में नहीं आ रहा था कि आख़िर मैंने ऐसा क्या कर डाला कि सब एक तरफ़ से ग़लती मान रहे हैं। मैंने कहा- ''सर मुझे कुछ नहीं चाहिए लेकिन सर मन बार-बार पूछता है आख़िर मेरी ग़लती क्या है?

किसे दोष दूँ आपको? अपने समाज को या अपने आपको कि आख़िर इस पेशे को मैंने चुना ही क्यों? मन में कई बातें उठती हैं, कभी हताश होता हूँ कभी

निराश पर उस बच्चों के मुख को जब भी देखता हूँ तो वो निराशा के भंवर पता नहीं कहाँ ग़ायब हो जाते हैं।

पर आज उन नौनिहालों को जब बीच सड़क पर देखा तो पता नहीं क्यों मन उद्विग्न-सा हो रहा है आख़िर दाता और याचक के बीच जब दूरी बन जायेगी तो ज्ञान का स्वरूप क्या होगा? साहब अब मुझे आराम करना है। मैं थक गया हूँ अपने आप से, उस समाज से जिसने ज्ञान और पैसे में फ़र्क़ करना नहीं सीखा है। अपने शिक्षा तंत्र से जिसके लिए हमारी अहमियत उस कीड़े मकोड़े-सी है जिसे जब चाहें, जहाँ चाहे उठाकर फेंक दें।

मैं अगर उड़ना चाहूँ तो आप मेरे पर काट देंगे क्योंकि मेरे पास उस पर को जोड़ने के पैसे नहीं हैं। पता नहीं कितने सपने संजोये थे यहाँ आने से पहले। सोचा था, अरे क्या होगा पैसे ही कम मिलेंगे न, उस कमी को समाज में मिले इज़्ज़त से पूरा कर लूँगा। सोचा था समाज हमें माथे पर उठा लेगा क्योंकि मैं समाज की दिशा बदलने की हिम्मत और हौसला रखता हूँ। यहाँ आने से पहले हमारे पास अपने गुरु के दिये हुए वो सभी ज्ञान, हमारा पिटारा था जिसे उसने बड़ी संजीदगी से हमारे अन्दर डाला था। आपकी बातें तो सर माथे, पर समाज ने हमें जो उपमा दी उससे मन विचलित हो रहा है। एक आख़िरी विनती है आपसे मैं अब अपनी इस पहचान से दूर होना चाहता हूँ, मैं दूर जाना चाहता हूँ अपनी इस विशेष पहचान से। मैं धोना चाहता हूँ इस नियोजित रूपी कलंक को। मैं नहीं जी सकता इस विशेष उपमा के साथ जिसे हमारे समाज ने हमें दिया है, मैं ''मास्टरबा'' बनकर नहीं जी सकता। साहब आपने आधा काम करके मेरा मन हल्का कर दिया है अब इतना-सा कर दो कि मेरे नाम की बर्खास्तगी का एक पत्र निकलवा दो ताकि मैं खुली हवा में साँस ले सकूँ बिना उस बोझा को लिये जिसमें अनाज का नामोनिशान न हो।'' तभी कई गाड़ियों ने ज़िला शिक्षा कार्यालय को घेर लिया। साहब दौड़कर बड़े साहब को लाने गये। मैं बाहर बेंच पर बैठकर सभी कुछ देख रहा था। तभी अपने ज़िला के ज़िला पदाधिकारी ने आकर हमें नमस्कार किया और शिक्षा पदाधिकारी को फटकार लगायी कि सर को अन्दर क्यों नहीं बैठाये। मैंने तो आज तक किसी ज़िला पदाधिकारी को इस तरह करते नहीं देखा था। तभी सभी लोग अचानक से हरकत में आ गये, धीरे-धीरे कई गाड़ियों से कार्यालय का आँगन भर गया।

मुझे देर हो रही थी मैंने अपने शिक्षा पदाधिकारी से आग्रह किया, ''सर मेरे ऊपर रहम करिए मैं खुले में साँस लेना चाहता हूँ।'', विलम्ब देखकर मैंने कहा-

"सर मुझे मुक्त कर दीजिये अगर मुक्ति के लिए भी कुछ चाहिए तो हमें बता दीजिये क्योंकि आपके यहाँ का उसूल हमें पता है कि बिन दक्षिणा भगवान के भी दर्शन दुर्लभ है।"

मेरी नज़र एक गाड़ी के आगे लगे प्लेट पर गयी तो देखा "गृह सचिव सामान्य प्रशासन"। अब मुझे समझ में आ गया था कि आख़िर क्यों सभी लोग इतने नरम पड़े हैं।

मैंने पीछे देखा सभी पदाधिकारी एक पदाधिकारी के सामने खड़े हैं। मैंने देखा वह हमारे तरफ़ चलते चले आ रहे हैं। मुझे पहचानते देर न हुई, मेरे मुख से अचानक निकला- "आनंद!" आनंद ने चरण स्पर्श किया और कहा- "सर सुना है आप मुक्ति चाहते हैं?"

मैंने कहा- "हाँ बेटा हमने इतना यश कमा लिया कि गुरु या शिक्षक की दीवार को लाँघते हुए मैंने मास्टरबा की उपाधि ले ली है।"

आनंद बोला- "कुछ बदलने के लिए आप जैसे महापुरुष जन्म लेते हैं। यह देखिये आपने हमारे शिक्षा पदाधिकारी के हृदय को परिवर्तत कर दिया, इन्होंने वो सभी पैसा आपके अकाउंट में भेज दिया है जिसे इन्होंने रोक रखा था और साथ में इन्होंने घोषणा की है कि ऐसे शिक्षकों को चुन-चुनकर प्रत्येक वर्ष सम्मानित करेंगे जो सुदूर रहकर कम पैसों में भी अपने कर्तव्य का पालन आपके जैसे निभा रहे हैं। सर आपने तो समाज बदल दिया। आपने बाहर नहीं देखा क्या सभी अभिभावकों ने हमें घेर रखा है और एक और केवल एक ही माँग है प्रधान की निलंबन वापसी और बच्चों को भला आपसे अच्छा कौन जान सकता है। ये देखिये आपके बच्चे आपका इंतज़ार कर रहे हैं।"

सभी बच्चे आकर हमारे देह से लिपट गये थे और उनके अश्रुधार से हमारा बदन भीग चुका था।

www.ingramcontent.com/pod-product-compliance
Lightning Source LLC
LaVergne TN
LVHW090344051026
849518LV00006B/2040
* 9 7 8 8 1 9 5 3 0 4 5 8 5 *